AF289767

Christina Forss

Nemesis

© 2022 Christina Forss

Förlag: BoD – Books on Demand, Stockholm, Sverige

Tryck: BoD – Books on Demand, Norderstedt, Tyskland

ISBN: 978-91-8027-918-5

1

31 aug 2015

Dagen var tidig och tyst, den stora schäfern stod vid ytterdörren och viftade på svansen.

"Spring ut, Kaiser, hela trädgården är din."

Han tog fart ut genom dörren som Anna öppnat och hon stod kvar en stund och lyssnade på ett par talgoxar innan hon fortsatte ut till brevlådan för att hämta tidningen.

Niels var vaken, han kom gående från sitt rum, klädd i badrock.

"God morgon."

"Ja hej du, vill du ha kaffe?"

"Gärna."

"Jag fixar det, tänker äta frukost nu. Har du sovit?"

"Så där, tillräckligt kanske."

Anna åt som vanligt frukost i det inglasade rummet; glasdörrarna var dragna åt sidan och Kaisers matskål hade hon ställt utanför på altanen. När hon visslade kom han störtande från syrenbuskaget nere vid sjön. Den stora hunden var snabb och smidig som en hare...

Det var den 31 augusti, deras bröllopsdag men det visste inte Niels och hon tänkte inte betunga honom med den vetskapen. Saker och ting är som de är. Senare tänkte hon ta med Kaiser på en promenad och titta på hur naturen förändrats jämfört med förra veckan.

Niels kom och hämtade sportbilagan och satte sig på altanen med sitt kaffe och ett par skorpor. Det var länge sedan hon föreslog honom något mer matnyttigt till frukost, vad spelar det för roll för en gammal man, han får väl göra som han vill, precis som hon som aldrig accepterat annat än vad hon själv bestämt.

Hon hade gått med kryckor ganska länge eftersom benen inte velat bära henne men nu gick hon med käpp och det fungerade bra. Hon borde jobba en stund i trädgården, rosorna behövde bindas upp och det fanns annat att göra bland slokande blommor och växande kirskål. Hon kände äntligen lust att göra nytta så att det blev vackert här igen. Niels förstår inte det som växer, han är helt ointresserad och därför gör hon det.

*

Sent på eftermiddagen kom en bris från fjärden och gav svalka efter en ovanligt varm sensommardag och hon visslade på Kaiser som låg och vilade under den stora hasseln. Han lyfte på huvudet och såg sig undrande omkring, så reste han sig och travade med bakåtstrukna öron mot sin matte, som stod lutad mot ytterdörren med halsband och koppel i handen. I hans mörka uttrycksfulla ögon lyste lycka och kärlek till människan som väntade på honom klart förberedd på en promenad.

De tog den smala grusvägen mellan nyplöjda åkrar där höstvete och raps skulle sås inom kort och Kaiser la iväg i full fart tills minnet kom ifatt honom, då vände han och sprang tillbaka till sin matte, som visserligen gick bättre nu än för en tid sedan men som ännu gick stödd på en käpp. Det hade varit värre när hon var tvungen att gå med kryckor. Under den tiden hade Kaiser varit så ledsen att han hållit sig undan för att slippa se hennes smärta. Nu verkade hon bättre och det räckte för att glädja honom.

Egentligen borde väl hösten vara nära med orange och gula lövverk, i stället var det rosornas glöd som färgade trädgårdarna och lavendel som blommade om och vinrankor som satte fler och fler druvklasar. Anna noterade allt detta och struntade i hur abnormt det kanske var.

Efter åkrarna tog den stora ekdungen vid och under de mäktiga kronorna hördes ljudet av rinnande vatten. Det kluckade och brusade och Anna och Kaiser stannade i de uråldriga ekarnas skugga, lockade och förtrollade av det strilande porlandet. Detta var deras favoritställe, den brusande ån med sitt klara skvalpande flöde. Kaiser var redan ute på det grunda vadstället, drack och stänkte, sprang tillbaka till henne och ruskade på sig, vände återigen och stannade på den södra stranden och väntade på henne. Hela den stora schäfern utstrålade lycka.

Kaiser hade valt rätt väg, egentligen den enda hon kunde gå utan större besvär och hon undrade om han hade uppfattat det. Ja, varför inte, vid nio års ålder förstod han ju nästan allt. En klok och erfaren man, log hon för sig själv, sämre sällskap kan man ha.

Stranden bestod av hårdpackad sand och ån var mycket smal här i ekarnas närhet men både Kaiser och hon visste att den snart skulle bli bredare, vidga sig från å till bäck, till flod eller till fors rentav. Kaiser hade att göra på just denna sträcka, för detta var det enda vatten i vilket han frivilligt nedsänkte sin tunga muskulösa kropp. Det var lagom tempererat, tillräckligt grunt och utan gropar att falla i. Det var dessutom klart och fullt av lustiga slingerväxter att slita i. Han var en lycklig hund särskilt när han såg sin matte kliva framåt i ganska god fart på strandbanken.

Ekdungen var en trolsk plats. På grund av sin sjukdom var det länge sedan hon senast varit där och hon hade saknat den. Den var månghundraårigt orörd, historiskt urgammal, mäktig i de omfångsrika stammarnas grovlek, oberörd av seklers gång och den talade till henne som ingen annan plats. Dungen växte i en svag sluttning ned mot ån och mellan träden växte varken svamp eller bär, inte heller blommor, endast glesa buskar av odefinierbart slag. Det låg ett kompakt lugn under de ogenomträngliga lövmassorna, ett lugn som naglade fast henne vid den enda sten som var stor nog att sitta på; hon kände inget som helst behov att skaka av sig denna halvt förlamande sinnesro, som invaderat henne. Det enda hon hörde var det svaga sorlet från den klara ån, ett ljuvt välljud av hudlösa toner, av åns brusande musik.

Kaiser ryckte upp henne ur det dvalliknande tillståndet, han var tvungen att skälla för att väcka henne ur hennes hallucinatoriska sinnesstämning.

Kaiser som sprang i förväg hade lämnat dungens skuggor och Anna såg eftermiddagens sena solstrålar blänka i den stilla floden, som slingrade sig genom jordbrukslandskapet och skänkte fortbestånd åt folk, djur och grödor. Hon längtade redan efter att Kaiser och hon ofta skulle gå den här vägen igen.

I en hage på andra sidan floden betade en skock bräkande får, feta tackor och välgödda lamm och mitt bland dem gick en svart katt. Hon hörde barn som lekte och skrattade, en traktor som startades och hon såg rök ur gårdarnas skorstenar. Grisar bökade utanför en fallfärdig lada och kreaturens läten blandades med människornas.

Efter en krök var floden som bredast, hon stannade för att i sitt minne fånga utsikten över det guldskimrande landskapet. Så annorlunda det var här jämfört med ekdungen och grusvägen mellan de nyplöjda åkrarna.

Hon hörde låga röster på nära håll, när hon gick mot ljudet såg hon bakom en gles häck en smal bro över floden. En kvinna och två män stod lutade mot broräcket på andra sidan floden och de såg mot henne. Hon skyndade sig fram och stannade vid räcket på sin sida av bron, vinkade till dem för hon kände igen dem och hon tyckte att de log vänligt.

Kaiser hade lagt sig på marken framför hennes fötter, han reagerade inte på kvinnans och de två männens närvaro, själv ville hon gärna gå över bron men någonting höll henne tillbaka. Hon stod stilla och såg dem vända och gå, såg deras ryggar skymmas av den sena eftermiddagens lätta dimma, blekna, falna och försvinna i dagens sista matta solstrålar.

Solen sjönk hastigt nu och gav inte längre liv åt landskapet som för endast en kort stund sedan varit fullt av färg och rörelse. Hon rös till och sträckte sig efter Kaiser som reste sig och mötte hennes blick en lång stund och därefter – hon var helt säker på att hon sett rätt – ruskade på huvudet som om han ville göra sig av med någonting obegripligt. Anna förstod inte heller vad som pågick när hon hörde Kaiser muttra:

"Vi går hem, annars blir du sjuk. Vi går. Nu."

Hon betraktade sin hund som så tydligt deklarerade sin uppfattning och hon gav honom rätt, deras vandring hade redan fört dem alltför långt, det enda kloka vore att avbryta.

De vände och gick hemåt, de gick intill varandra, var och en starkt beroende av den andres närhet. De stannade inte i ekdungen, Anna kunde efteråt inte minnas att hon hört ljudet av det strilande vattnet och för första gången badade inte Kaiser i den brusande ån. De fortsatte hem, stängde dörren om sig och Anna tände ljus och ordnade med värme och mat åt dem båda.

På spisen låg ett meddelande: *Gubbröra med bridge hos Sverker, blir nog sen./N*

Musik strömmade ur högtalarna, en elgitarr sprudlade som ekbackens vilda vatten, som åns livgivande ström – och som en overklig dröm kändes dagens gåtfulla upplevelser.

Det fanns ingen bro över floden. Det hade aldrig funnits någon bro, aldrig, varken där eller längre bort. Anna undrade vilka människorna var som hon vinkat åt.

Hon bäddade åt Kaiser på en filt nedanför sin säng, de var båda uttröttade och somnade ganska direkt, Anna med sin hand mot hans mjuka päls.

2

1 sept

Anna vände blad i almanackan. Sex månader sedan den 28 februari. Hon hade tänkt åka till kyrkogården idag och plantera två krukor ljung. Insikten att Elisabeth var död strömmade igenom henne, gjorde henne orörlig och stum, precis som när det hände. Hon såg genom fönstret att Kaiser stod utanför köksdörren och hon sträckte sig fram för att öppna för honom. Som vanligt kom han in med stora doser glädje och kärlek som för stunden hjälpte till att dämpa hennes sorg. Han stod alldeles stilla och hon strök honom över huvudet, körde fingrarna genom hans tjocka päls och när hon satte sig på kökspallen la han huvudet i hennes knä.

”Du är den enda terapeut jag behöver, min stora kloka pojke.”

Fröydis ringde på förmiddagen, undrade hur det kändes att missa bockjakten.

”Det har du väl aldrig gjort förr. Det var i alla fall mycket lyckat, jag var ensam dam med fyra karlar och vi sköt tre bockar. Det var bara Geir som inte fick någon och det blev han ju präktigt hånad för men jag försökte trösta honom med att jag inte heller fick någon och då blev det ännu roligare, tyckte gubbarna."

Anna lyssnade med ett halvt öra på hennes glada berättelser, kände att hon tinade upp en smula, förstod hur roligt de hade haft särskilt under middagen efter jakten. Hon kände jaktkamraterna sedan flera år och tyckte bra om dem.

"Har du funderat på älgjakten?" undrade Fröydis försiktigt, "då kan det bli ännu roligare."

"Tänkte fråga om jag får ta en tur till Tyreholm redan i eftermiddag, om det passar alltså."

"Kom snälla du, så glad jag blir, kanske blir det folk av dig igen, du kan bo kvar, Geir åker hem i kväll."

"Vet inte om jag stannar men Kaiser och jag kommer vid tvåtiden."

Dörren till Niels sovrum stod öppen men sängen var tom och obäddad. Eftersom hon inte hittade något meddelande, utgick hon från att han spelade golf. Vädret, mulet och vindstilla föreföll lämpligt för den populära sporten.

Niels! Kaiser och jag är på Tyreholm. Det finns pannbiff och kokt potatis i kylen /A

*

Tyreholm var en vacker gammal gård, ett par mil från Niels och Annas 70-tals villaområde. Huvudbyggnaden var från mitten av 1800-talet, med lågt i tak, breda golvtiljor och kakelugnar i vitt och grönt. En stor grusplan omgärdades av rödmålade ekonomibyggnader, vilka bland annat innehöll verkstad, garage för traktorer och bilar och inte minst viktigt, slaktbod och kylrum. Som vanligt välkomnades Anna av en ilsket skällande schäfer som tystnade tvärt när hon släppte ut Kaiser ur bilen.

Fröydis kom ut och öppnade grinden för King, Kaisers kullbror, sannolikt även hans enäggstvilling och schäferpojkarna for i våldsam fart iväg ner mot sjön och tillbaka igen för att visa sina mattar och varandra hur lyckliga de var att äntligen få vara tillsammans igen.

Anna och Fröydis skrattade hjärtligt åt deras okonstlade glädje: samma uppvisning varje gång de möttes.

”Välkommen, det var länge sedan, hur mår du egentligen? Du ser i alla fall ut att må ganska bra, kom får jag ge dig en kram.”

”Det var trevligt att höra, har inte sett mig i spegeln på länge. Kram, kram!”

Anna kände att det var bra att komma tillbaka till Tyreholm. Här hade hon och Niels tillbringat många glada stunder tillsammans med Fröydis och hennes man Olov. Ingen av männen var intresserad av jakt men bridge spelade de och då deltog damerna och sedan fick karlarna dricka whisky i kapp.

Fröydis var norska men hade bott i Sverige större delen av sitt vuxna liv och hon kände de flesta som befolkade gårdarna runt sjön. Hon bjöds in att delta i jakt och fest – Olov gjorde klart att han ville vara hemma, folk slutade snart fråga varför. För ett par år sedan fick han en hjärtinfarkt och dog kort därpå. Fröydis föreföll inte att sörja honom påfallande djupt.

Anna och Fröydis, båda rätt nyblivna 60-årspensionärer, kände varandra sedan länge och när Annas schäfer Thisbe fick nio valpar och Fröydis ringde och tingade en hanvalp så tog deras vänskap fart med hjälp av intresset för dessa kloka hundar, träningen och gemenskapen på den lokala hundklubben.

Jakten tillkom. Anna och Niels hade bott på landet innan de kom till Brobacken och Anna hade jagat tillsammans med grannarna medan Niels skrev domar. Den tillvaron tog slut, när Niels gjorde klart att hans önskan var att lämna det lantliga livet och att ägna det mesta av sin fritid åt golf.

”Geir är i slaktboden, han var ute i natt och sköt två vildsvin och de ska han paketera för resan hem. Jag får bra betalt för hans grisjakt och han får bra betalt för svinköttet. Kom nu, så går vi in.”

Anna grep käppen och följde med Fröydis och hundarna in i det gamla huset. Hon hade inte varit där på länge. Fröydis ställde fram ett fat med smörgåsar; efter ett långt yrkesliv i hotell- och restaurangkök blev all mat hon la hand vid vacker och tilltalande.

”Ät, så får du kaffe, du gillar ju gravlax. Du har magrat så ät nu!”

De satt i köket i de gråmålade gamla stolarna med höga ryggstöd och långa snirklade armstöd, bordet var runt, dukat med broderade tabletter och servetter från ett annat sekel. Fröydis hade jämt tid att göra fint, den talangen saknade Anna.

”Det var skönt att komma hit, det var länge sedan.”

”Du går rätt bra nu, är det sjukgymnasten som har fixat det?”

Anna tyckte att det var svårt att svara, hon visste inte vad som hänt henne mer än att hennes kropp hade slutat fungera när den där polismannen talade om att Elisabeth hade förolyckats. Han sa så och några timmar senare kunde hon inte tala heller, bara viska och kraxa lite.

”Sjukgymnasten har hjälpt mig att vrida på huvudet igen, nacken har varit stel länge. Men det är Kaiser som får mig att vilja gå igen, han var så ledsen.”

”Dessa schäfrar är rena underverken, har Niels hjälpt dig?”

”Ja, på sitt sätt, han vill inte att jag tänder ljus vid Lisas fotografi, det gör bara allt värre, säger han och han går inte till kyrkogården, men det spelar ingen roll. Det går inte att dela sorg.”

Fröydis hällde upp mer kaffe, satte sig ner och betraktade henne granskande.

”Anna, har du inte kommit över sorgen lite grand?”

Anna satt tyst länge, funderade på hur hon skulle besvara den omöjliga frågan. Hon ville få Fröydis att förstå men hon visste innerst inne att ingen kunde begripa det obegripliga.

”Jo, på sätt och vis, jag kan inte gråta mer. Först skrek jag och hörde Niels gråta inne i sitt rum och vi kunde inte hjälpa varandra. Sedan skulle allt vara som vanligt igen bara begravningen var över. Sorgen lämnar mig aldrig och det vill jag inte heller, för den är allt jag har kvar av Lisa och jag vill behålla henne.”

Fröydis torkade tårar och suckade: "Herregud i himlen, varför skulle du behöva uppleva något så jävligt! Anna lilla, tror du inte att du kan bli lite glad igen?"

"Jo, om vi tar en promenad med våra kavaljerer, då blir jag nog glad, jag tycker om att se dem tillsammans."

De tog den smala vägen vid sidan av bostadshuset och fortsatte mot skjutbanan och Fröydis hejdade henne vid annexet och berättade att hon höll på och inredde det för att kunna ha några jägare boende där nästa år.

"Fyra sovrum, en storstuga med ytterligare två sovplatser, ett litet kök, tre duschar och två wc. Det kommer att bli så snyggt att jag antagligen vill flytta in där själv."

Anna log.

"Säkert, men Geir blir nog ännu gladare att få bo i ett eget hus."

Fröydis gapskrattade.

"Hörrudu, han tjatar varje kväll, vill inget hellre än att dela säng med mig."

"Och du nobbar, va?"

"So far. Vi får väl se framåt vintern när det blir dragigt och kallt under täcket."

Kaiser och King syntes som små prickar på andra sidan ett stort gärde. Anna och Fröydis visslade på dem men idag var det svårt för bröderna att lyda. Inte förrän Fröydis tagit fram visselpipan och blåst flera hårda signaler reagerade de och slängde sig flämtande omkull på marken framför sina mattar.

*

"Jag tog med mig två flaskor vin," sa Anna.

Fröydis stod vid spisen och rörde i en kycklinggryta, hon skrattade vänligt åt Anna.

"Tur att jag har en välfylld vinkällare för om vi börjar nu – klockan är halv sex – så är dina flaskor slut vid tiotiden."

Anna log åt Fröydis ironiska kommentar.

"Flytta på dig så jag får ta fram korkskruven."

"Åh, en spanjor, så efterlängtad en kulen höstkväll," log Fröydis och dansade ut i matsalen med tallrikar, glas och bestick.

Geir klev in genom ytterdörren, fick syn på Anna och gick raka vägen in och tog henne i famn.

"Lilla Anna, det var verkligen roligt att se dig här, äntligen är du med oss igen!"

Han kysste henne på båda kinderna och log, Anna blev berörd av hans ord, Geir var en fin man men hon visste inte att han brydde sig om henne mer än ytligt som Fröydis vän.

"Geir äter med oss i all hast innan han far, och han dricker bara vatten," ropade Fröydis från köket.

"Jag förstår," sa Geir, "damerna tänker supa ner sig, jag skulle vilja vara med och höra vad ni pratar om då, fan jag stannar, Fröydis, jag åker i morgon i stället."

"Du åker i kväll, käre norske drengen min, det här är en tjejrunda som vi har längtat efter sedan månader. Du åker i kväll, Geir!"

"Jag tänker försöka vara med på älgjakten," sa Anna, "du kommer väl tillbaka då?"

"Ja visst, jag ska bara hem och sälja gris och lite annat, sen ses vi.

3

4 mars 2015

Föreståndaren på Q8-macken hade ingenting mer att berätta. Arvid Tegel stoppade ner anteckningsboken i jackfickan och suckade. Sex vittnen som alla berättade samma historia, det var ovanligt för folk brukade lägga olika vikt vid samma saker. Den äldsta var en åttiofyraårig dam som antagligen inte borde ha körkort längre, den yngste var en sextonårig knappt läskunnig pojke; förutom dessa två, fyra medelålders män i varsin halvgammal Volvo respektive Skoda och två Saab.

Alla sex hade antagligen blivit chockade av den fruktansvärda smällen men inte tillräckligt för att i minnet blanda ihop och trassla till händelseförloppet. Deras vittnesmål stämde dels inbördes, dels med den svårt chockade lastbilschauffören som i tillåtna knappt sjuttio km/tim körde norrut på länsvägen och som endast med alla krafter hann vrida ratten åt höger innan kraschen var ett faktum.

Arvid Tegel gick ut och satte sig i sin bil, tog fram anteckningsboken för en sista koll, han tänkte inte åka hit fler gånger, han visste hur det hade gått till, han hade talat med alla utom gärningsmannen som verkade ha gått upp i rök. Detta var en ovanligt förskräcklig händelse som snarare hörde hemma i storstadstrafik, inte ute på landsbygden flera mil från närmaste stad. Visserligen låg Brobacken, ett samhälle med tolvtusen invånare bara ett par kilometer söderut men det förändrade ju inte det ovanliga i situationen och i polisens uppgift.

Polisens uppgift var att reda ut händelseförloppet. Arvid läste innantill ur sina anteckningar.

/ "28 febr ca kl 17.00

Lätt snöfall, -4 grader, hala vägbanor, trafiken flyter normalt, ca 8 bilar inne på Q8-macken, en yngling med cykel, 2 övervakningskameror som fungerat men inte fotat händelsen (fel vinkel, för långt avstånd). Norrifrån kommer en stor Mercedes och efter den en Volkswagenbuss. När Mersan är i höjd med macken kör en liten blå bil (Toyota?) i hög hastighet rakt ut från macken och tvingar Mersan att bromsa för att inte krocka med Toyotan. Mersan får sladd och är nära att tvingas ut i mötande körfält men lyckas häva sladden och bli kvar på rätt sida av vägen.

Folkan tvingas också panikbromsa för att inte köra in i Mersan, får svår sladd som föraren inte lyckas häva och kastas rakt ut i den mötande norrgående filen där en 70 ton lastbil inte hinner avvärja kollisionen. Lastbilen kör över Folkan. Föraren Jens Clason, passageraren i framsätet Elisabeth Vanleeder och passageraren i baksätet Jonas Clason (bror till föraren) omkommer omedelbart. Inget av vittnena på macken har noterat Toyotans registreringsnummer.

2 polispatruller anländer efter ca 15 minuter, startar jakt på Toyotan, ordnar identifikation och transport av olycksbilen, ytterligare 2 polispatruller ansluter, föraren av Mersan och hans passagerare identifieras och förhörs (far och vuxen dotter):
/*Pappa skrek, nu jävlar smäller det och jag blev rädd att vi skulle dö och sen stannade pappa bilen och vi grät en lång stund.* /
Alla vittnen på macken identifieras och förhörs. Folkan har nya dubbdäck. Press och TV anländer och blir bortkörda. TV filmar." /

*

28 febr
Det kom med som första nyhet i Rapport kl 19.30, Anna såg när polisen drog en presenning över ett bilvrak. Det tog ytterligare tjugo minuter innan hon förstod att presenningen var till för att skyla hennes dotters och två unga mäns sargade kroppar. Kl 19.50 stod två poliser i sällskap med en präst utanför ytterdörren hos den pensionerade lagmannen Niels och hans maka Anna Vanleeder för att överbringa den svåra nyheten att ett av deras tre barn hade omkommit i en trafikolycka.

"Är Elisabeth död?" sa Anna tonlöst och då la prästen sina armar om henne så att hon hölls fast och den yngre av poliserna sa att de kunde ringa efter doktor Slettengren för att makarna skulle få lugnande medicin.

"Behövs inte," sa prästen bestämt och Anna kom loss och försökte förstå. Sen satt alla i vardagsrummet och Anna ringde deras söner och en av dem skrek högt och flera grannar kom. Niels var alldeles tyst. Prästen och poliserna kramade henne innan de gick men hon kunde inte se deras ansikten och hon hörde ingenting mer än sin egen röst fast hon inte talade.

*

1 mars

Dagen därpå var obegriplig. Polisen ringde för att berätta att de jagade gärningsmannens Toyota, Anna var inte mottaglig utan lämnade över luren till Niels och när hon ville säga något märkte hon att rösten var nästan helt borta, hon kunde viska lite men Niels fick fortsätta prata när Jens och Jonas föräldrar ringde.

"Vi måste ha kaffe Anna, gå ut i köket och ta fram lite ätbart, är du snäll."

Under förmiddagen slutade Annas kropp att lyda henne. Det var en läkare eller sjuksköterska på den avdelning för personer avlidna i trafik där Elisabeth och pojkarna hade placerats, som uttryckte sig så satans olämpligt att Anna rytviskade till Niels att de absolut inte fick peta på Elisabeth, gör de det så stämmer vi!

Kvinnopersonen på sjukhuset fräste tillbaka att han inte skulle ge henne order och Niels svarade att efter en lång domarkarriär hade han ingående kunskap bland annat om vad sjukvårdspersonal har för rättigheter och skyldigheter och ett oskyldigt offer i en trafikolycka har ingen personal befogenhet att röra mot anhörigs vilja.

Kvinnan fortsatte ilsket: "Ni borde verkligen vara tacksam över att jag tänker ta blodprov på er dotter, det är många rattfulla ute i trafiken.

Niels fortsatte: "Du rör henne inte, hon var passagerare i bilen. Jag tvingas tydligen upplysa dig om att min bror är överläkare på kirurgen. Innan jag avslutar detta samtal vill jag ha ditt fullständiga namn, varsågod, jag skriver."

Anna blev trygg av att lyssna till sin mans auktoritära röst, hon visste att han inte hade någon bror.

*

Sverker och Clary kom över sent på eftermiddagen med en stor gryta som innehöll middagsmat. Då hade Niels redan åkt till stan för att hämta deras söner vid tåget och Anna var tacksam över grytan för hon hade blivit så stel i kroppen att hon hade svårt att gå. Hon kunde heller inte stå mer än en kort stund utan var tvungen att dra fram en hög pall att sitta på vid spisen.

Kaiser var ledsen, han hade gått ut i glasrummet och lagt sig på mattan under grå bordet, han hade förstått att någonting hemskt hade hänt, det märkte han på både husse och matte, de var ledsna eller egentligen värre, han visste det. När husse kom tillbaka med båda *småhussarna* i sällskap blev han halvt hysterisk av glädje, hoppade och skällde precis som den unghund han inte längre var. Han hjälpte dem alla att le en smula, det var en stor lättnad.

Anna hade en sådan svår värk i kroppen att hon tvingades i säng med både smärtstillande och sömntablett men Niels satt uppe med deras söner. De var oroliga för Anna precis som Kaiser som sent på kvällen parkerade sig utanför hennes sovrumsdörr. De var alla förkrossade av samma smärta, det var sönernas första svåra sorg, det var Niels tyngsta tänkbara förlust av det älskade flickebarnet.

*

2 mars

Anna vaknade med värkande huvud och kropp, försökte ta sig ur sängen men ramlade omkull på golvet och började gråta och ropa på hjälp. Dörren öppnades och först kom Niels och sedan Kaiser.

"Det gör så jävla ont överallt," snyftade hon och Niels lyfte upp henne på sängen.

"Snälla Niels," kraxade hon, "kan du ringa Calle Slettengren och be honom komma och ta med sig receptblocket, han bor ju nära oss, jag tror inte att jag orkar åka bil till stan, han kanske förstår under dessa omständigheter och på vårdcentralen är jag inte listad så ingen känner mig där."

Annas röst tog slut, hon kunde bara gråta.

Världen hade rusat från februari till mars och bytt ansikte, ingenting var längre som förut. Anna kunde inte se klart, hon hörde egendomliga ljud som hon inte kände igen och hon önskade att hon skulle få dö denna dag, just idag, inte i morgon för allt hon hela sitt vuxna liv hade önskat sig och längtat efter hade hon förlorat, sin enda dotter, lilla Lisa som aldrig mer skulle komma hem.

Dr Calle skrev ut starkare sömn och värktabletter, talade med henne om sorgens märkvärdiga förmåga att styra kroppens reaktioner.

"Du förstår nog att du inte bör bli liggande här alltför länge, det vore bra om du försöker gå upp och röra dig lite grand och när du ligger i sängen ska du röra på armar och ben. Jag känner att du är ganska stel så det här kan ta tid men det finns hjälpmedel, först och främst Kaiser, han behöver dig och detsamma gäller tre killar till. Be någon av dem att åka till vårdcentralen och hämta ett par kryckor åt dig, det underlättar livet och ger dig möjlighet att få en smula motion. När du blir bättre ska jag fixa en bra sjukgymnast som hjälper dig att mjuka upp leder och muskler.

Lilla Anna, det är många som tänker på er nu, Linda och jag sörjer med dig och hela familjen. Ring när du vill."

4

2 mars
Arvid Tegel satt kvar på sitt tjänsterum i polishuset tills klockan var över tolv på natten. Han hade gått igenom rapporterna om sökandet efter den lilla blå Toyotan och vilka i kommunen som ägde en dylik. Arvid hade fått för sig att denna bil var hemmahörande i kommunen och om det överensstämde med verkligheten, hade han för avsikt att finna den. Visst kunde den ha sin hemort ytterligare något tiotal mil längre söderut men den vansinniga hastigheten ut från Q8-macken som föraren enligt samtliga vittnen höll, tydde på att han hade mycket bråttom och sådan brådska har man knappast om det återstår flera mil till resmålet.

Den unge pojken på macken, den som Arvid uppfattade som knappt skrivkunnig hade berättat en sak vid det första förhöret som Arvid till en början inte lagt större vikt vid. Mannen i Toyotan hade inte tankat, han hade kört in och ställt sig snett bakom stationshuset, varpå han gått ur och skrapat sina vindrutetorkare fria från is med hjälp av en kniv, typ morakniv. Han var inte inne på stationsområdet mer än några minuter innan han snabb som en vessla satte sig i bilen och utan att se sig för körde rakt ut i trafiken och förorsakade tre människors död.

Av rapporterna framgick att det inom kommunen fanns en stor blå Toyota och sex av mindre modell. Fem ägdes av kvinnor varav tre var gifta och två var ensamstående, den sjätte lilla Toyotan ägdes av en gift manlig pensionär. Vem som ägde den större Toyotan hade man inte brytt sig om att ta reda på. Rapporten innehöll namnen på alla bilägarna, Arvid gick igenom listan, hittade inget intressant. Slut för idag.

*

3 mars

Den tredje mars ringde man från blomsterhandeln och sa att det hade kommit över tjugo beställningar på blommor till familjen, redan dagen innan hade blomsterbudet kommit till Anna och Niels fyra gånger. Niels bad blomsterhandlaren att avvakta med leverans till senare.

Gustav hade hämtat kryckor på vårdcentralen åt Anna och Johan hade gått en lång promenad med Kaiser. Fröydis hade ringt men Niels gav henne beskedet att Anna inte kunde tala, rösten var borta.

Anna låg kvar i sin säng utan förmåga att tala, tänka eller röra sig mer än nödvändigt. Livet hade slutat att hända i hennes kropp. Niels gick ut till brevlådan och strax kom fem, sex, grannar fram till honom för att kramas och beklaga och somliga grät. Niels hade ingenting att säga, han gick in och ringde sin forna sekreterare Berit på tingsrätten och delgav henne sin egen och familjens version av helvetet som hon kunde återge i domstolen. Berit grät.

Gustav och Johan bar in en andra frukost till Anna – hon ville inte ha lagad mat utan bara te och rostat bröd. De satt båda på sängens fotända och Kaiser kom också och ville delta i gemenskapen. De talade om vad som hänt men ingen nämnde den blå Toyotan och vems den kunde vara. En polis hade ringt och talat med pappa Niels, berättat att de följde alla spår för att få tag i föraren men det återgav inte sönerna för sin mamma.

De såg att hon hade åldrats under dessa iskalla dagar och de anade att hennes gråblonda hår snart skulle bli vitt.

Slutligen lyckades de övertala henne att sätta sig på sängkanten och ställa sig upp och pröva kryckorna. Johan påminde henne om att hon hade varit jätteduktig och gått med kryckor bara ett par dagar efter sin höftoperation. Anna försökte och det gick ganska bra men hon behövde hjälp för att klara sig ända in i vardagsrummet, där Niels satt och läste tidningen.

Så blev hela familjen sittande tillsammans och så småningom kunde de tala om det

som måste planeras och göras. Niels ringde en begravningsentreprenör, han ringde församlingens kyrkoherde, som visade sig vara samma präst som varit hos dem med poliserna. Anna viskade och tecknade tyst åt dem det hon ville säga. Gustav ringde Lisas bostadsrättsförening, gav fakta och sa att de skulle återkomma.

Familjen beslöt att begravningen skulle vara i Stockholm, där Lisa hade bott under lång tid och där de allra flesta av hennes vänner fanns och de fattade även beslutet att Lisa skulle få sin sista vila i en tänkt familjegrav på kyrkogården två kvarter från föräldrarnas hus. Man enades om att ha en mottagning efter begravningen på något värdshus på Djurgården.

Anna orkade inte mer, hon kunde inte tänka, hon ville ta sina sömnmedel men alla sa åt henne att hon måste vänta tills det blev kväll.

"Ge mamma ett glas rödvin," sa Niels, "det tycker du om, Anna.

Slutligen hjälpte Gustav Anna in i hennes sovrum och gav henne sömn- och värktabletter. Sönerna stannade och gjorde sitt bästa för att trösta Niels i hans sovrum och Johan gav honom ett av Annas sömnpiller, till sist somnade bröderna skavfötters i vardagsrumssoffan.

Kaiser la sig på mattan nedanför och vaktade dem hela natten.

*

12 mars

Klockan var redan halv tio när Niels kom in till Anna med en frukostbricka. Han hade hört henne studsa omkring i huset på sina kryckor så sent som vid fyratiden då han låg och bläddrade i en gammal bridgetidning. Han undrade vem av de två som hade det värst, antagligen Anna som inte kunde gå själv och knappt tala heller. Sömnlösheten delade de och värken i kroppen och själen men sorgen fick var och en handskas med såsom han och hon förmådde. Niels visste att sorg inte är någonting man hanterar, den väntar man ut. Han var en tålmodig man, van vid stridande, påfrestande parter i domstolen, högljudda advokater, somliga från storstaden i sina skräddarsydda kostymer och ibland med håret i en liten tofs i nacken, vilket understundom bidrog till viss munterhet i synnerhet bland nämndemännen på denna *lantliga* plats där en av rikets större städer var belägen.

Efter förhandlingarna följde många, långa timmar i ensamhet i arbetsrummet för att sammanfatta yrkanden, sakframställningar och pläderingar och med hänsyn tagen till varje invändning och påpekande från samtliga inblandade – inklusive nämndemännen som dessvärre sällan hade någonting vitalt att bidra med – efter allt detta var det hans yrkesmässiga uppgift att formulera en dom som helst skulle hålla för granskning i hovrätten.

Efter pensioneringen hade han kallats in en eller ett par gånger i veckan för att avlasta kollegorna på tingsrätten och det var han glad för. Sverige bjuder ju inte på väder för golf året om.

"Anna lilla, om du försöker att sätta dig upp i sängen ska jag hälla upp te åt dig, hur mår du idag, har du fått sova lite, du ser inte så trött ut. Nu sitter du bra, här ligger tre smörgåsar och väntar på dig."

Anna viskade någonting och Niels böjde sig fram för att höra.

"Ja, det är den 12 mars, Lisas födelsedag, jag vet det. Du kan ropa på mig om du behöver hjälp ut i badrummet. Jag ser att Kaiser tycks ha flyttat in här för gott, vill du att jag ska ta hit hans korg? Inte det."

5

Dagarna gick, Anna oroade sig för begravningen, åka tåg till Stockholm, sitta i kyrkan, träffa alla Lisas vänner utan att kunna tala med dem. Hela familjen hade varit på sjukhuset för att ta avsked av Lisa, hon låg i en smal vit kista, som Niels och hon hade valt, på hennes huvud och ansikte syntes inga skador, hennes ögon var slutna. Anna fick en stol att sitta på intill kistan för att kunna se sin dotter och aldrig någonsin glömma hur hon förvandlats från en levande, livlig, strålande glad ung människa till en stilla, stel och kall kropp i ett vitt oformligt klädesplagg.

Hennes händer som låg över bröstet, hade man täckt med ett vitt tygstycke, Anna lyfte på tyget och såg att händerna hade röda och blå märken. Naturligtvis, hon hade ju försökt att stoppa en lastbil som i rasande fart körde rakt emot dem. Anna visste att Lisa hade skrikit på henne då det skedde, men där fanns ingen mamma som kunde hjälpa sin skräckslagna flicka. Hon önskade att det hade varit Niels och hon som omkommit i stället för Jens och Lisa som var förlovade och skulle gifta sig under pingsten, den ljuva hänryckningens tid. Nu betydde hänryckning bara död.

Niels bad kyrkoherden Lars Wing att följa med dem till Stockholm för att ta hand om den kyrkliga delen av begravningen, Anna och Niels hade inga religiösa traditioner. Anna bad om Astrid Lindgrens *Du ska inte tro det blir sommar, om inte jag hjälper till* – det var den älskade visan vid vårterminens avslutning som fått henne att smågråta varje år. Slutligen önskade hon att någon skulle sjunga Schuberts Ave Maria, hon visste varför men det var ingen idé att tala om.

Dr Calle gav henne några lugnande tabletter, hon tog en när de steg på tåget och hon tog en till innan de gick in i kyrkan. Niels och Gustav höll henne under armarna och om ryggen, det kändes som hon flöt fram. Det enda hon kom ihåg efteråt var blommornas doft och prakt och att det var blommor överallt, kransar och kors och buketter, hon såg på dem och försökte räkna dem för att slippa titta på kistan. Niels hade avtalat med blomsterhandeln i Brobacken att skicka alla beställda blommor till kyrkan i stället för hem till dem. Familjen gick fram tillsammans för att ta avsked av Lisa, Anna klappade sin dotters kista och tänkte att detta är absolut obegripligt, så tog Niels och Johan hennes armar igen och hjälpte henne tillbaka till kyrkbänken.

Från mottagningen på Djurgårdens Värdshus hade hon inga klara håkomster mer än några bekanta ansikten, sin egen kusin Lena och Lisas bästa vänner som hon känt sedan flickorna var små.

Tomheten tog över, natten på ett hotell vid Slussen, tågresan till Brobacken då hon funderade på vad hon skulle göra när hon kom hem. Det fanns ju ingenting mer att göra, hon såg att tårarna rann på Niels men det berörde henne inte, för som det hade blivit, kunde ingenting mer bli värre; att gråta var enbart meningslöst och tröttsamt för hela kroppen.

Begravningen blev inget fint minne, den blev en evig påminnelse om den ofattbara skräck och smärta som hade drabbat hennes enda dotter.

*

Fröydis kom ganska ofta på besök och med henne kom King till Kaisers glädje. Hundarna fick springa ute och leka bäst de ville och gladare hundar var svårt att tänka sig.

Med Fröydis kunde Anna sitta och tiga och lyssna på allt som hänt ute i deras värld. Det handlade om förberedelser för älgjakten men även det vanliga skvallret om födda och döda, frånskilda, trogna och otrogna. Fröydis var otrolig på att snappa upp det mesta, antagligen hade hon en osedvanligt stark hörsel och - vilket kanske var viktigast – en stark lust att få veta vad hennes nästa gjort sedan sist.

Dr Calle kom ett par gånger i veckan för att titta till Anna och han hade nyligen frågat om hon var redo att träffa en sjukgymnast. Anna var tveksam men Calle envisades.

"Du minns väl Nicke som gav Kaiser akupunktur när han hade ont i ryggen, han vill gärna komma hit och försöka hjälpa dig, vad säger du om det?"

Anna accepterade, det var jobbigt att inte kunna gå ordentligt men akupunktur var hon inte säker på.

"Kaiser är modigare än jag, jag törs nog inte."

Calle skrattade åt henne.

"Det där får du ta med Nicke, han kan nog övertala dig. Hans kvinnliga patienter tycks vara väldigt förtjusta i honom, de är duktiga på att fylla väntrummet. Krya på dig lilla Anna, nu ska jag ta en öl med Niels."

Med hjälp av Nicke med sina bruna, glittrande ögon kunde Anna slänga en krycka i början på maj och gå runt i trädgården lutad mot hans arm och axel. Kaiser följde med på deras promenader i början men insåg snart att han kunde ligga kvar under det knotiga gamla äppelträdet som fick röda frukter på hösten. Därifrån hade han kontroll över trädgården och han var glad att se sin matte gå nästan själv uppför och nerför de sluttande gräsmattorna. Han hörde också att hon skrattade lite grand vid några tillfällen och det var länge sedan sist.

*

Vår och sommar

Arvid Tegel hade kort tid efter bilkraschen satt sin närmaste man Sune Kranz att identifiera samtliga ägare till små blå Toyota inom kommunen. Det var inget omfattande arbete och resultatet gav inte stort hopp om att hitta gärningsmannen. Kranz hade under senvintern åkt runt i Brobacken och sökt dessa bilar och deras ägare men det var alldeles förbannat omöjligt att få undersökningarna att ge resultat som förde framåt.

Maj blev en av de senaste årens varmaste vårmånader, folk började elda och grilla
i trädgårdar och skogsbryn, på badplatser och stränder. Fjolårsgräset brann blixtsnabbt som en löpeld och brandkårens utarbetade soldater hotade med att gå i strejk. Även polisen kallades ut vid varje brandlarm vilket tog en hel del tid från det vanliga arbetet

Juni, juli och augusti betydde som vanligt hårt tryck på trafiken, rattfylla under sommarnätterna, det vanliga utbudet av inbrott och slagsmål, nytt för i år var dessutom en bilpyroman som hann med att förstöra ca femton bilar innan en privatperson kom på honom, tog fast honom och höll honom tills polisen kom. Rubriker = Årets hjälte, polisen borde skämmas.

Kranz tog semester från midsommar, Tegel från mitten av juli och vid sommarens slut hade ingenting hänt eller gjorts i undersökningen av Toyotamarodörens framfart.

6

1 sept.

Arvid Tegel och Sune Kranz satt på Tegels rum i polishuset och diskuterade Toyota-fallet.

"Sune, du ska veta en sak och det är att ingen i ledningen anser att detta går att lösa. Det finns helt enkelt ingen möjlighet att få fram en gärningsman med hjälp av de upplysningar och vittnesutsagor vi har. Det är tänkbart att de har rätt men det är också tänkbart att de har fel. Jag tror att han bor inom kommunen eller i dess omedelbara närhet, det kan vara fel men det kan också vara rätt.

Ledningens order är att det här fallet ska packas ihop och inte längre vara föremål för vår mångåriga expertis under arbetstid och därför tänker jag ta det på min så kallade fritid eller när luckor dyker upp under dagen. Så ligger det till och du gör som du vill."

Kranz kliade sig i skallen och funderade en kort stund.

"Vi gör väl som vi brukar, alltså vi gör väl som vi vill, det brukar ju bli bäst då, eller hur?"

Tegel smålog mot kollegan.

"Det är bra, Kranz, vi tar den här jäveln också. Själv har jag läst på om japanska bilar men inte hittat något sensationellt. Jag ska ta ytterligare en titt och sedan tänker jag jämföra din lista på Toyotaägare med dem vi tagit för trafikförseelser de senaste två åren. Vi vet att föraren är en man, du har inte hittat någon manlig ägare som varit ute i trafiken vid den tidpunkten, alltså letar vi efter manliga grannar, vänner eller släktingar till ägaren som kan vara föraren. Eller någon som lånar utan att fråga, ja, du förstår själv.”

”Ja, jag förstår själv, man får väl tänka lite och använda sin fantasi som vanligt”, sa Kranz vänligt, reste sig och lämnade Tegels rum.

*

4 sept

September hade börjat med solsken och milda fläktar och känslan av sensommar låg ännu kvar över Fröydis veranda där doften av lavendel var som ett stråk av parfym. Arvid Tegel drog efter andan och log mot Fröydis.

”Du behöver aldrig köpa parfym, det räcker att du går ut hit en stund och blir besprutad.”

Fröydis log tillbaka och hällde upp kaffe i deras koppar.

”Risken för din del är förstås att du blir tagen för fruntimmer när du är tillbaka i byn.”

”Jag tar den risken, jag gillar lavendel. Förstod jag rätt att Anna har varit här?”

Fröydis redogjorde för Annas besök.

”Hon har magrat, pratar inte så mycket och hon går med käpp. Hon är bättre men sorgen verkar inte släppa, det har tagit hårt på hela familjen. Niels har sin golf, Anna pysslar i trädgården, promenerar med Kaiser - gud vilken tur att hon har honom - men hon har ingen lust att umgås med grannar och andra. Hon har inte varit på hundklubben en enda gång, varken Kaiser eller hon trivs där så de gör sina egna utfärder mest på andra sidan sjön. Sönerna har sina liv men ringer ofta har jag förstått.”

”Nämner hon bilkraschen?”

”Nej, inte med ett ord, hon nämner inte gärna Lisa heller.”

Arvid suckade.

”Vi har granskat varenda japansk bil i hela kommunen- man kan ju inte ge sig den på att det var just en Toyota, de där bilarna är ganska lika.

Vi har också granskat varenda fortkörare, rattfyllerist och andra knäppskallar som blivit av med körkortet under de två senaste åren. Jag säger dig bara det, Fröydis, han finns där, jag vet det. Jag ska köra de där listorna jämsides gång på gång, någonstans hakar den ena i den andra och då tar vi honom."

Dörren öppnades och ut på verandan klev Birger Jonsson, polis och hundförare.

"Hallå där, kära vänner, jag kom visst i rätta ögonblicket."

"Så roligt att se dig, har du med dig Sigge?"

"Lugn Fröydis, min dotter är ute och går med honom, inget bråk med King alltså."

"Dig kan man inte undgå ens på fritiden," klagade Arvid, vad vill du här?"

"Kul att se dig med, Tegel. Fröydis och jag ska prata älgjakt nu och det intresserar väl inte dig."

"Lägg av småpojkar, hos mig är alla vänner välkomna!"

"Ok, prata på om älgjakten, om ni vill, det är väl det enda ni går omkring och tänker på," sa Arvid.

"Anna funderar på att vara med på älgjakten i år."

"Är det sant," sa Birger, "det är ju ett riktigt friskhetstecken, tycker ni inte det? Tror ni att hon orkar?"

"Kanske, svårt att säga."

"En annan sak," sa Arvid, " tror du att hon bryr sig, om vi tar honom eller inte?"

"Den frågan kan jag inte besvara. Hon ger aldrig ifrån sig tung information om sig själv."

"Det får bli som det blir, jag fortsätter att jaga honom av det enkla skälet att ett as som han ska bort från gator och vägar för alltid."

"Så ska det låta när polisen sätter till alla klutar mot den kriminella världen, bravo Arvid, jag blir den första att gratulera när du kommer hit med hans skalp i bältet."

"Vore nästan som en tolvtaggare," flinade Birger, bjuder du gubbarna på det, Fröydis?"

"Vi har en vuxen och en kalv, men jag skulle vara tacksam om ni lät tolvtaggaren trava förbi, jag planerar att han ska bli pappa till fler tolvtaggare."

"Visst, allt är precis som vanligt men roligt ska det bli ändå."

Under bilresan tillbaka mot byn tänkte Arvid på hur olika folk bor här på landet. Tyreholm där Fröydis bodde var rena bondlandet, på Liljekronas marker var det närmare mellan grannarna och Brobacken var ett villasamhälle med Ica vid torget, apotek, systembolag, databutik, tandläkare och allt annat som människor behöver nästan dagligen.

Vid den nedlagda järnvägsstationen stannade Arvid och funderade. Kartan eller terrängen är den ständigt närvarande frågan i de flesta utredningar. Hittills hade han bara använt kartan och den hade inte gett honom mycket. Terrängen alltså. Var bor den jäveln? Ja, inte i villa eller i radhus. Lägenhet, eventuellt, men det satsar vi inte hårt på. Nu tar vi fram alla fördomar vi har, de rymmer en hel del kunskap. Den här skiten hyr säkert ett ruckel i värsta glesbygden och jag ska röka ut fanstyget ur sitt pörte.

7

10 sept.

Niels och Anna satt på sin altan tillsammans med Fröydis och diskuterade den kommande älgjakten, det vill säga Fröydis pratade och Niels och Anna lyssnade. Solen lyste på de mörkröda klängrosorna som klättrat nästan lika högt som klematisen. Det är ännu sommar, tänkte Anna och när hon lyfte blicken såg hon tre svanar som värdigt omedvetna om sin oförlikneliga skönhet flöt förbi mitt i sjön.

"Men säg nånting, du också Anna," sa Fröydis, "du kan ju prata numera och jag är säker på att du har synpunkter på det mesta."

Anna smålog mot sin vän.

"Jag tror inte att mina åsikter har betydelse, du är van att arrangera små och stora jakter och för mig känns det länge sedan jag var med. Men jag vill gärna komma ut och skjuta på din bana, kolla att både geväret och jag har formen kvar.”

”Det har ni säkert men kom när du vill, du får vara ifred där, det är ett par gubbar som vill träna upp pricksäkerheten men de får komma på morgnarna.”

”Vilka kommer till höstfesten?” undrade Anna.

”Apropå det Niels, kunde det inte vara roligt för dig att som omväxling till kort- och bollspel delta i vad som i vida kretsar anses vara manschauvinismens själva julafton?”

”Med två så hyperstronga och dessutom beväpnade damer som min maka och hennes vän, känd som *hjortslaktar´n* har jag svårt att tro att deltagarna ens vågar tänka i vad du kallar chauvinistiska banor,” fastslog Niels med en lätt dunk i bordet.

Anna skrattade högt mest åt öknamnet *hjortslaktar´n* och Fröydis föll in i munterheten och kastade en glödande slängkyss till Niels.

”Väl talat, Niels! Vilka kommer? Jo, först av alla de glada hästkarlarna Andersson, Håkan och Göran från Fröserum samt en av Håkans söner som är nybörjare. Sen har vi Biggles, d.v.s. Birger Jonsson, vår ende flygande polis; Geir, min egen testosteronstinna landsman från Norge, samt Carl Söderberg, min nyinflyttade granne tvärs över sjön och hans son Staffan. Därtill kommer de två damerna som du känner väl. Nio jägare, en oprövad och två vana damer. Vana vid det mesta menar jag, karlar alltså.”

”Vad då flygande polis,” undrade Niels.

Fröydis älskade att berätta historien om Biggles, Anna hade hört den flera gånger.

”Birger jagade en inbrottstjuv i en villa, han sprang från källare till vind och ner igen då han fick syn på tjuven ute på gårdsplanen. Eftersom han ansåg att han befann sig på bottenvåningen slängde han sig med hög fart ut genom ett öppet fönster, och med den hastigheten flög han en bra bit innan han slog i marken. Felet var bara att han hoppade från villans övervåning. Hur det gick? Han bröt armen och så fick han byta namn på sin hund.”

”Det var märkligt,” sa Niels, ”hur kom hunden med i flykten?”

”Kollegerna döpte honom direkt till Biggles men eftersom jycken redan hette Biggles döptes han om till Sigge. Jycken alltså.”

Niels och Anna log åt Fröydis yviga gestikulerande i beskrivningen av sina jaktvänner, denna stund var så olik det senaste halvårets försök till normal gemenskap, de var båda medvetna om förändringen och deras blickar möttes i samma glädje.

Fröydis fortsatte att berätta om hur hon planerat årets jakt och hon betonade att markerna var hennes och att hon var jaktledare, därför hade hon bestämt att Anna skulle ha närmaste passet med torn för att inte behöva gå mer än nödvändigt

Resten av laget skulle få dra lott. Så fick det bli.

”Vi har en vuxen och en kalv och klarar vi inte det den tolfte oktober så fortsätter vi den trettonde. God mat ska vi ha också.”

Fröydis utstrålade energi och det läckte över på Anna, hon mådde bättre efter deras möten och hon hade märkt att Niels gärna satt hos dem när Fröydis var på besök. Anna visste att Niels hade tagit förlusten av sin dotter lika hårt som hon men sorgen tog ett behärskat uttryck hos honom. Han var en alltigenom lugn person; med sin fridsamma karaktär hade han ofta lyckats lägga sordin på hennes häftiga temperament. Hon var tacksam över att han valt att stanna hos henne.

”Tack Fröydis för din gästfrihet men jag är säker på att det räcker för dig att hålla ordning på *en* nybörjare, dessutom tycker både Anna och jag att det är bra med skilda fritidsintressen. Jag sitter hos Sverker och mår bra.

8

15 sept

Arvid Tegel hade suttit vid datorn och studerat japanska bilar och även koreanska i över två timmar. Nu visste han hur de såg ut och vilka olika blå färger lacken hade. Arbetet var tröstlöst, han ville ut, se bilarna och deras ägare i ansiktet, kolla om de ljög, ställa svåra frågor, se deras uttryck.

Det var söndag, ´jag ger fan i det här, jag sticker till vackra Gertrud och föreslår middag.´

Sune Kranz kom tillbaka till polishuset klockan två. Han hade haft med sig en adresslista på samtliga Toyotor i hela Brobacken och han hade ringt på och pratat med folk och ställt försiktiga frågor och fått se ett antal blå bilar. Folk i allmänhet var tjänstvilliga vilket gjorde att han tvingades granska bilar i flera färger förutom blått och flera märken förutom Toyota.

Kranz var en storvuxen, tystlåten man med en vänlig utstrålning och människor talade gärna med honom just därför, trots att han var polis. Ingen kunde föreställa sig vad han tänkte under dessa samtal eller vad han la märke till. Tillbaka i polishuset skrev han ner allt han mindes, bilarnas modell och färg, människornas utseende och kläder, bostädernas skick, ostädat, odiskat, flaskor och glas, skrikande barn, kvinnor med blåmärken, bundna skällande hundar, frisk lukt eller lukt av sopor och snusk.

Allt fanns i det självsäkra lilla samhället Brobacken, Kranz visste det efter många brottsutredningar under alla år han bott och arbetat där. Brobacken hade visserligen en polisstation, men den var numera obemannad – vid behov av hjälp fick man ringa till stan. Detsamma gällde även taxi. Kranz flyttade till stan när förändringarna var ett faktum.

*

18 sept
Tisdag. Under måndagen hade Tegel och Kranz deltagit i jakten på tonåringar som sköt med skarpa vapen mot varandra och in i bostäder där tänkta fiender bodde. Hemska tider, ungarna gick på högstadiet, två av dem i alla fall, föräldrarna skrek samma otidigheter som sina oskyldiga barn och hotade med att stämma polisen.

"Kan vi hoppas att det var veckans skjutningar," sa Tegel när han och Kranz slog sig ner i hans rum med varsitt smörgåspaket. Ingen av dem gillade hamburgare eller grillade korvar utan hade insett att det bästa var att ta med sig mat hemifrån. Båda var ensamma män, Tegel var en 60 årig änkling och Kranz en 55 årig ungkarl. De var olika som vind och vatten och obeskrivligt nära vänner.

"Bortsett från att detta är en hopplös historia, undrar jag om du tycker att någon av de bilägare du träffat och vars hemmiljö du sett, kunde vara värd ännu ett besök och kanske en djupare diskussion, vad säger du, Kranz?"

"Kanske det, ja," sa Kranz när han svalt sista biten.

"Det finns ett par som vill vara lite fina – de bor i villa nära hotellet – de tittar på varandra och svarar bara halvt om halvt och det finns en kvinna som inte riktigt bryr sig om att svara på frågor, men det kan bero på att hon hör illa."

Tegel skrattade lite.

"Ingen misstänkt här inte."

"Nej, inte rätt adress, kommissarien!"

"Ok, om vi pratar bilar, vad har du då att säga?"

Kranz vred sig på stolen och tittade i taket, Tegel visste att nu sökte han som en dator i sitt minne och väntade tills datorn gett alla svar.

"De japanska bilarna väcker inte direkt min avund men det beror väl på att vi är vana vid svenska fabrikat. Den där Aygo är liten och mäkta populär här i krokarna, ful som fan är den om du frågar mig men billig förstås och då räknas inget annat. Det finns ett par andra små japaner men ingen med rätt färg eller rätt förare. Jag har inte fått adressen till Martin och Gudrun Lundstedts son Bengt, så jag åker dit igen. Annars är det nog över.

Du, Arvid brukar ha rätt i dina antaganden i början av en undersökning men den här gången är det högst ovisst om det blir lätt att lokalisera en gärningsman."

Tegel suckade, han litade på Kranz´ magkänsla eller vad man nu ska kalla den där begåvningen som ger svaret innan frågan ställts. Han kände också att han inte hade bidragit med en större mängd information i det här fallet. Han erkände att denna händelse som kostat tre unga människors liv, hade påverkat honom värre än någon av alla de hemskheter han tidigare upplevt i sitt yrkesliv. Det var han som hämtat en annan polis och Brobackens kyrkoherde och åkt hem till Niels och Anna Vanleeder för att överbringa den svåra nyheten.

Mötet med föräldrarna i den stunden och deras obeskrivliga men behärskade förtvivlan hade tagit honom hårt. Anna hade han träffat tidigare hos Fröydis, men han såg att hon inte kände igen honom, hon var helt upptagen av att försöka förstå det fasansfulla som skett.

När han sedan fick veta att hon blivit sjuk och varken kunde gå eller tala, lovade han sig själv att göra vad han kunde för att bura in den jäveln.

*

20 sept

Kranz sökte ännu en gång efter Bengt Lundstedt i mantalslängder och polisens alla register men mannen ifråga existerade faktiskt inte. Han ville inte ringa arbetsgivaren ännu, föräldrarna skulle först få chansen.

Tegel var sysselsatt med gårdagens skjutningar och ytterligare en bilbrand varför Kranz på egen hand begav sig till Brobacken för att söka efter unge herr Lundstedt.

Fru Gudrun Lundstedt öppnade när Kranz ringde på, hon sken upp lite så Kranz klev rakt in i hallen innan hon bad honom att stiga in.

Kranz bad om ursäkt för att han ännu en gång besvärade dem med ett besök men båda makarna – Martin Lundstedt var i köket men kom ut i hallen när han hörde besökaren – försäkrade att det inte var minsta besvär, tvärtom han var en välkommen gäst.

Snart satt alla tre i köket och drack kaffe, Martin talade om hur trist det kan bli, när man inte orkar gå och röra sig som förr och därför frågade Kranz om inte sonen Bengt kunde vara behjälplig och underlätta livet för sin far.

"Han har ju sitt," sa Lundstedt trött, "och vi klarar oss ju, makan och jag.

"När vi talar om sonen," sa Kranz," jag glömde att be om hans adress sist jag var här och jag har inte hittat någon Bengt Lundstedt i Brobacken. Kanske kunde jag få hans adress nu när jag är här."

"Han heter Nyman," sa Martin Lundstedt," med en suck.

Kranz reagerade kvickt och fick upp anteckningsboken i knät samtidigt som Gudrun Lundstedt reste sig från bordet och lämnade köket. Kranz sa ingenting, han såg oavvänt på Martin Lundstedt och väntade på en förklaring, som aldrig kom. Han läste i anteckningsboken:

Toyota..., 5 dörrars, årsmodell 2001 ägs av Martin Lundstedt, 75 år, pensionerad från bruket, bor i liten villa på Vighallsgatan 3, kör inte bil längre pga dålig rygg, makan Gudrun 72 kör det lilla de behöver, bilen står mest parkerad på deras bakgård. Sonen har lånat den när hans bil varit på verkstad. Sonen Bengt jobbar på sågen, äger en gammal Saab.

"Hur kommer det sig att er son Bengt heter Nyman i efternamn?" frågade Kranz med lite skarpare röst än tidigare.

"Hon hade honom innan vi gifte oss," sa Lundstedt ganska tyst och trött.

Kranz förstod, han behövde bara ställa en fråga till.

"Skulle jag bara kunna få hans adress, så är jag klar."

"Utgårdavägen 3, det är den gamla vägen till sågen. Han och hans fru skildes förra året och han hyr nu ett torp av Liljekrona, det ligger ett torp till längre bort på den vägen."

Kranz reste sig och tackade Martin för kaffestunden, Gudrun såg han inte mer till. Kranz var nöjd, det var sådana här förändringar i manuset som gjorde polislivet värt att leva.

Brobacken var inte särskilt stort till ytan – lite mindre än London brukade Tegel säga. Sågen visste alla var den låg liksom gamla och nya vägen som ledde dit. Kranz körde mot den gamla vägen, den visade sig vara i dåligt skick av naturliga skäl. Kommunen la inte ner pengar på underhåll av en väg som inte längre var i bruk, eller för en enda bostad med en hyresgäst; ska bli intressant att se om de tänker ploga här i vinter, tänkte Kranz.

Efter ca en kilometer såg han på vänster sida en rödbrun stuga, knappast större än Herrgårdens lekstugor, omgiven av några fruktträd och bärbuskar, den såg knappast ut att vara bebodd. Kranz lämnade bilen och gick ett kort stycke utmed vägen och när han stod där och studerade omgivningarna hörde han ljud från stugan. Det bodde alltså folk där och två bilar stod bakom stugan, en gammal skruttig Saab och en blå Toyota Aygo. Kranz antecknade registreringsnumren, slog ihop anteckningsboken och gick tillbaka till sin bil. På vägen hem sjöng han Hej å hå jungman Jansson, redan friskar morgonvinden, la la la la la la la la och Constantia ska gå... Han blev alltid glad av den där gamla låten som hans pappa brukade sjunga på somrarna.

*

21 sept

Sent på eftermiddagen satt Sune Kranz och ritade små hästar på ett block, han kunde inte rita men hans bror Åke hade lärt honom att rita en fin häst. Han hade försökt att med samma metod avbilda en hund men det blev en häst då också. Numera nöjde han sig med hästen, han la extra tid på en upplyft hov och en yvig svans. Resultatet gjorde honom nästan lycklig.

Han hörde Tegel komma i korridoren och reste sig för att gå in till honom innan någon kollega hann före.

”Hallå Kranz, har du varit ensam och ledsen hela dagen?”

”Nej, sa Kranz,” ledsen har jag knappast varit, snarare nöjd. Du vill nog veta varför.”

”Oj, har du löst Palmemordet?”

”Bättre upp, jag kommer in nu.”

Kranz berättade kort och koncist vad han upplevt under sitt besök i Brobacken.

”Vi kan ta in honom nu, Tegel.”

”Bravo Kranz, det här var en riktigt god början, sonen Lundstedt är alltså samma person som Bengt Nyman, vars körkort vi tog förra julen för fortkörning bland annat, men då var det sin egen Saab han körde.”

”Hörru Tegel, uppfattade du att det förutom Saaben står en Toyota Aygo parkerad bakom stugan?”

”Absolut Kranz, absolut, du är genial.”

”Då tar vi in honom i morgon då?”

”Det är inte omöjligt men vi ska hälsa på honom i stugan först, granska hårremmen på honom, få honom att berätta om sina hobbies, avslöja honom för mamma och styvfar, rent ut sagt skrämma skiten ur honom och lite till. Det blir en fin dag, Kranz, fan vet om vi inte kan lösa alltihopa.”

Tegel skrattade och slog ihop händerna av förtjusning.

”Näst efter middagen med vackra Gertrud var detta det bästa som kunde hända idag, tror jag måste ringa och tacka henne igen.”

”Så det är där du har varit?”

”Jamen snälla Kranz, det var ju igår, idag har jag utfört klassiskt polisarbete, jagat bovar.”

”Du verkar inte helt allvarlig, jag vet inte om du har fattat vad jag berättat.”

Tegel sträckte på sig i skrivbordsstolen, såg direkt på Kranz och sa:

”I morgon kl. 08.00 avfärd härifrån till Utgårdavägen nr 3 i Brobacken. Uppfattat”

”Skulle tro det,” sa Kranz halvt surmulet och avlägsnade sig.

9

22 sept

Det störtregnade men det gjorde ingenting, när allt annat var lika ljust och vackert som en blommande sommaräng ungefär, tyckte Kranz som bara längtade efter att få beskåda insidan av Utgårdavägen nr 3.

Han var glad att även Tegel såg någorlunda utsövd ut.

”Nu gör vi så här,” sa Tegel, när de satt sig i bilen. ”Jag börjar förhöret och du säger ingenting förrän jag har tystnat. Då frågar du om något helt annat, ok?”

Kranz rev sig i huvudet.

”Du vill att han ska bli förvirrad?”

”Javisst, du ska fråga om bilar och sånt, om Saaben till exempel och när jag nämner Mantorp, kan du gärna prata om dina hästar.”

”Men Arvid, jag har inga hästar.”

”Jag vet det, de hästar du spelar på, Trög Orvar. Nu kör vi!”

”Jag visste inte att du kände till det.”

”Det finns nästan ingenting som jag inte känner till.”

Två dragiga rum, el och vatten, diskho, vedspis + 2 elplattor, avlopp antagligen direkt ut i naturen, 3 fruktträd, inga grannar, en idyll utan charm.

Arvid Tegel konstaterade dessa fakta sedan han knackat på dörren och Nyman släppt in honom och hans kollega. Klockan var knappt 08.45, Nyman hade just vaknat och for runt i långkalsonger och brynja av alla egendomliga plagg. Till slut fick han tag på en randig badrock och ett par raggsockor. Han var uppenbart nervös.

”Sätt dig Nyman,” sa Tegel, ”Vi vill bara prata lite med dig.”

”Om vad då, vad ska ni prata med mig om?”

”Lugn,” sa Tegel, vi kan väl börja med att fråga om du har lite kaffe att bjuda på, det brukar göra susen med nerverna.”

Nyman for upp igen och började rumstera i rummets köksdel, Tegel såg att han hade en burk pulverkaffe i handen så han reste sig, tog en kastrull och fyllde med vatten och satte den på en platta. Nyman stod stilla och tittade på.

”Har du några muggar kan du ta fram dem,” sa Tegel.

Efter en stund satt de vid köksbordet med varsin mugg kaffe alla tre.

”Har du fått torpet av Liljekrona?” frågade Tegel.

”Fått?” sa Nyman,” jag hyr.”

”Och du jobbar på sågen?”

”Inte nu längre.”

Tegel log vänligt mot honom och sa att det kunde de prata om senare.

”Din styvfar har tydligen svårt att klara av det som är tungt, nu när han har blivit gammal, borde du inte vara där lite oftare och hjälpa honom och din mamma?

”Jag vet inte, han har inte bett mig.”

”Men han är hygglig och lånar ut sin bil till dig, då borde väl du vara hygglig tillbaka.”

Nyman teg, bilen var tydligen ett känsligt ämne. Även Tegel satt tyst.

”Har han vinterdäck på Toyotan,” undrade Kranz, ”eller dubbdäck kanske?”

Nyman såg förvånad ut.

”Än så länge sitter sommardäcken på men det blir dubbdäck när kylan kommer.”

”Klokt av Lundstedt, han bryr sig tydligen om sin bil, annars är det ju omöjligt att bromsa i vinterväglag,” avslutade Kranz.

Tegel satt och studerade Nyman medan Kranz skötte utfrågningen. Det var ett knappt år sedan deras senaste möte och Tegel såg att Nyman hade förändrats till det sämre under den perioden. Han var i 45-årsåldern, slapp i hullet och med början till kalaskula. Det cendréfärgade håret var glest och otvättat. Hela karlen var ovårdad och osnygg. Det var egentligen bara sprit som kunde åstadkomma så stora och snara förändringar, narkotika också kanske. Spriten är alltid med i alla sammanhang, den förklarar en hel del.

”Hör du Nyman,” sa Tegel, ”hur kommer det sig att Lundstedt lånar ut sin bil till dig, du har ju en egen?”

”Min startar inte.”

”Vad tänker du göra åt det, då?”

”Vet inte, den måste väl in på verkstad.”

”Hur länge har Toyotan stått här?”

”Vet inte.

Tegel var nu tydligt irriterad på Nyman.

”Nyman, nu svarar du ordentligt, inte några fler *vet inte*, för då åker vi in till station om det är så du vill ha det, är det uppfattat?”

”Ja.”

Tegel fortsatte.

”I december förra året blev du av med körkortet för en fortkörning med Saaben, stämmer det?”

”Ja.”

”Har du fått tillbaka körkortet?”

Nyman var blek och tydligt nervös.

Tegel lutade sig fram emot honom.

”Vad är det som är så svårt, att erkänna att du inte har fått tillbaka körkortet, eller är det något annat som trycker dig? Berätta du, vi lyssnar.”

”Jag får tillbaka det om två månader.”

Tegel nickade belåtet åt Nyman och tittade ner i sitt anteckningsblock.

Kranz nickade också åt Nyman till och sa: ”Det är ju jobbigt när man inte har bil i synnerhet om man till exempel vill åka på travet eller sånt.”

Nyman sken upp en smula och sa: ”Så du spelar också?”

Kranz förvandlade sig nu till en riktig hästkarl och började prata så initierat om stall, kuskar och hästar att Tegel hade svårt att hålla sig för skratt. Nyman hängde med i svängarna och blev synbart glad när Kranz frågade om han hade sett isgaloppen i vintras.

”Jaa, det var ju den där hästen som hette Pinocchio som de sen döpte om till Sonia Henje eller nåt, det såg ut som om han hade skridskor på sig, sa Nyman.

”Så du var där,” undrade Kranz, ”det var tyvärr inte jag.”

”Visst var jag där, det var en fin dag på travet men vem var den där Sonia?”

”En riktig isprinsessa, ska du veta,” undervisade Kranz.

”Att spela på hästar har aldrig lockat mig,” sa Tegel, ”Jag tycker att det är roligare med bilar och motortävlingar. Apropå den där lilla Toyotan, den ägs bestämt av din styvfar men det är mest din mamma som kör den, har jag förstått.”

”Ja,” sa Nyman.

”Så det är hon som lånar ut den till dig?”

”Ja.”

"Vet Lundstedt om det?" Tegel spände ögonen i Nyman.

"Kanske."

"Hur länge har Toyotan stått här den här gången? Svara ordentligt." Tegel hade höjt rösten.

"Ett par veckor."

Nu syntes det att Tegel blev förbannad och han röt åt Nyman.

"Under ett par veckor har Gudrun Lundstedt fått gå till torget för att handla på Ica och Willys och uträtta sina och sin mans övriga ärenden och därefter har hon fått gå tillbaka bärande på tunga kassar, medan du, din syltrygg inte rört ett finger för att underlätta hennes liv.

Det ska vi ändra på, förstår du, det ska du bli varse. Nu kan du till en början sanningsenligt svara på följande fråga:

Har du kört bil sedan du blev av med körkortet?"

"Nej," sa Nyman med svag röst.

Tegel och Kranz tittade på varandra och skrattade lite.

"Det var ett bra svar," sa Tegel. "Du har just berättat att din mamma brukar låna ut bilen till dig. Du har kört din styvfars bil under ca nio månader men det vet han sannolikt inte om. Hade du kört din egen bil, skulle vi säkert ha upptäckt dig men ingen förväntade sig att du skulle dyka upp i en Aygo.

Vi kommer att köra tillbaka Toyotan till hans husse och vi antecknar att du har kört bil med indraget körkort under ca nio månader. Du ska inte räkna med att få tillbaka lappen."

Tegel reste sig från köksbordet och gick till diskbänken och fyllde en kastrull med vatten.

"Ja, vi behöver mer kaffe, Nyman, för vi är inte alls klara här ännu. Vi tar med oss en burk pulverkaffe till dig nästa gång vi ses. Nu kan du fortsätta, Kranz."

"Jag måste pinka," sa Nyman.

"Var gör du det, då?" undrade Kranz.

"Det finns ett utedass men pinka kan man ju göra i en buske."

"Om det inte är vinbär eller krusbär förstås," sa Kranz och flinade.

"Jag har en påse skorpor också," sa Nyman, "jag tar fram den, om det går bra."

"Ta skorporna först och gå och pinka sen, det blir bra," log Tegel.

"Skorpor var precis vad vi behövde," inledde Kranz nästa del av förhöret, "man ska inte sitta och vara hungrig och törstig eller pinknödig heller, vad det anbelangar, när man ska använda sin hjärna och sitt minne.

Jag tyckte att det var festligt att höra att du var på travet den där dagen när Pinocchio åkte skridskor, jag hade gärna varit där själv. Efter vad du har berättat för oss så antar jag att du vid ett sådant tillfälle lånade Toyotan men jag är också nyfiken på om du vinner någon gång på travet," undrade Kranz?

"Ibland men sällan stora pengar."

"Du som tydligen har varit på travet rätt ofta, minns du vilken dag det var som Pinocchio gjorde sin berömda isdans?" undrade Kranz.

"Nej."

"Minns du vilken månad det var?"

"Det var ju vinter så det måste ha varit februari eller mars." sa Nyman ganska tystlåtet.

"Bra," sa Kranz, "det var februari, minns du om det var i början eller slutet på februari?"

"Nästan hela februari var ju väldigt kall och då var det mest små broddade hästar som sprang, de ser rätt roliga ut de där hästarna med fladdrande manar, men Pinocchio det var en dag i slutet på månaden.

"Det hörs på dig att du gillar hästar, det gör jag också, men det är ju inte ofta man hör om någon häst som åker skridskor."

Kranz tittade på Nyman och skrattade en smula åt den bisarra tanken och Nyman föll in i skrattet.

Tegel bröt in och frågade var Nyman förvarade bilnycklarna och Nyman svarade att de låg i hans jackficka.

"Hämta jackan," sa Tegel.

Nyman gick och rotade fram en grå yllejacka som låg underst i en hög med kläder på en stol bredvid sängen. Tegel tömde fickorna, fick fram tre bilnycklar, två gick till Saaben enligt nyckelbrickorna, Toyotans nyckel satt på en ring. Tegel räckte över en Saabnyckel till Kranz som stack raka vägen ut genom ytterdörren.

Nyman var förskräckt, han förstod egentligen inte vad som pågick, han var rädd för vad som skulle hända, han var inte riktigt säker på vad de ville honom.

Tegel lyssnade till ljudet av Saabens motor, den startade lugnt och fint och Kranz stängde av motorn och låste bildörren. När han kom in igen gav han nyckeln till Tegel och de möttes i ett gemensamt flin.

”Nyman, det får räcka för idag, Vi tar med oss Toyotan hem till dina föräldrar och ger dem bilnycklarna. Vi kommer också att underrätta dem om att ditt körkort är indraget och att du alltså inte får köra deras bil. Saabens nycklar tar vi hand om tills vidare. Du måste begripa att du under inga omständigheter får köra bil, om du ändå gör det, kommer gärningen att betraktas som grov olovlig körning och straffet mätas därefter. Du betalar nu för tidigare dumheter och fattar du inte det blir det värst för dig själv. Det är inte långt att gå härifrån in till byn, ska du längre går det bussar.

Vi kommer att kontakta dig för fler samtal, vi har mer att prata om och vi vill se hur du sköter dig.”

*

23 sept

Tegel satt ensam i sitt rum och funderade. Han hade vetat ända sedan förra året att Bengt Nyman var flitig besökare på den närbelägna travbanan och då hade Tegel tänkt att i fortsättningen fick han väl lifta dit med någon kompis. Nyman var i hans ögon en vanlig trafikligist som blivit av med körkortet.

Igår ändrades historien, Saabägaren Bengt Lundstedt bytte identitet till trafikmarodören Bengt Nyman som förvandlades till en efterspanad Toyotaförare som polisen länge letat efter. Det handlade inte längre om en upprepning av olovlig körning, nu handlade det om värre misstankar, grov vårdslöshet i trafik och grovt vållande till annans död.

Tegel bultade i väggen och efter en kort stund stod Kranz i dörröppningen.

"Ja?"

"Kom in."

"Du har väl också ägnat Nyman några tankar, kan jag tro," sa Tegel.

"Det går inte att tänka på annat," höll Kranz med," det är tur att det inte finns annat att tänka på. Jag har tagit reda på att Pinocchio åkte skridskor tisdagen den 27 februari, den kvällen var Nyman där, det vet vi. Dagen därpå som alltså var onsdagen den 28 februari inträffade den svåra kraschen. Hur kommer det sig att Nyman onsdagen den 28 ca kl. 17.00 kör söderut mot Brobacken? Var har han varit? Varför har han bråttom?"

Tegel suckade.

"Vet du vad Kranz, vi har en synnerligen trolig historia som varken åklagare eller tingsrätt skulle svälja. Vi kan fortsätta att stapla omständigheter på varandra, till exempel att vi trots noggranna undersökningar inte funnit någon annan Toyotaförare som kunde vara gärningsman – det räcker inte. Det går inte att få Nyman fälld utan hans eget erkännande. Det räcker inte att både du och jag vet att det är han.

Tegel slog näven i bordet.

Kranz hoppade högt av spelad förskräckelse.

"Det är synd att redan ge sig, lite mer jobb bör vi lägga ner innan vi ger upp," sa Kranz.

"Vad skulle det vara, tortyr?"

"Precis vad jag tänkte på," sa Kranz, "fast Genèvekonventionen ska väl ha sitt."

"Vi gör så här," sa Tegel, "vi tar in honom i morgon bitti."

10

24 sept

Kranz anlände till polishuset med Bengt Nyman i baksätet strax efter kl. 09.00. Nyman var bakfull och rädd, det kändes på lukten och syntes lång väg. Kranz parkerade Nyman i ett förhörsrum tillsammans med en ung polis, sa åt dem att vänta där. Själv gick han för att hämta Tegel, fann honom i telefon. Kranz satte sig ner, lyssnade på samtalet och förstod.

"Som du hörde, " sa Tegel, "så talade jag med vår egen åklagare Gertrud, "och hon har gett noggranna instruktioner som vi båda väl känner till sedan gammalt."

"Om vi ska förhöra Nyman som vi tänkt oss måste han ha ett ombud närvarande från början," summerade Tegel.

"Jo jag tänkte just att det vore kul om Gertrud kom med nyheter någon gång, hon verkar behöva en ny lagbok," suckade Kranz igen.

"Dämpa dig, Kranz, jag har även talat med advokat Nordin på Ahlgrens Advokatbyrå och han trodde sig kunna lova att de kan skicka hit ett ombud med en timmes varsel. För att underlätta för dem föreslog jag en notarie, gärna en färsk och sedan skrattade Nordin ända tills han la på luren. Bra då var det ordnat. Låt oss skrida till verket."

Nyman var fortfarande lika bakfull och rädd och åsynen av den kraftige och bredaxlade Tegel minskade varken fyllan eller rädslan. Den unge polisen var glad att få gå och Tegel hälsade vänligt på Nyman.

"Hade du fest igår, Nyman, "det ser ut som om du fick dig en blecka?"

Nyman såg ingen anledning att svara, så Tegel pysslade lite med apparaten för inspelning och tittade på klockan och sedan frågade han plötsligt Nyman om han ville ha en advokat närvarande idag.

"Nej varför det, vad tänker ni göra," spottade Nyman ur sig. Ordet advokat hade tydligen halvt skrämt livet ur honom.

Tegel rynkade pannan och såg frågande på Nyman.

"Du minns väl att vi kom överens om att tala vidare om hur du har kört din Saab och din styvfars Toyota under den tid du inte har, hade eller har haft körkort, eller hur? Du har rätt att ha ett ombud närvarande när vi talar med dig om dina bilaffärer, ombudet ska ta vara på dina rättigheter, jag ringer nu om du vill, säg ja eller nej!"

Nyman förstod ingenting, skrämd av de två stadiga polisernas närvaro och rätt illamående av gårdagens rus av billig vodka. Han tittade från den ene till den andre och plötsligt sa han:

"Ja."

Tegel reste sig gjorde tecken åt Kranz att stanna kvar.

"Det blir bara ett kort telefonsamtal, sedan kan vi fortsätta att prata."

När Tegel återvände förstod han att Kranz använt tiden till att spela rollen som good cop för Nyman var betydligt mer avslappnad än tidigare.

"Inom en timme, Nyman, kommer någon från Ahlgrens Advokatbyrå hit och ser till att dina rättigheter tillvaratas, det känns väl tryggt. Under tiden dricker vi kaffe, jag tror att du behöver det, kanske du vill ha en smörgås också, säg till bara, Nyman, här kan man få nästan vad man vill."

Tegel skrattade åt sig själv och Kranz skrattade åt situationen, Nyman skrattade inte men han sa:

"Ja tack."

Kranz hade rest sig och gått mot dörren, där han stod och gjorde deras beställningar till samme polis som tidigare suttit därinne.

Tegel lät tystnaden lägga sig över rummet medan de väntade på sitt kaffe med tillbehör; Kranz var införstådd med metoden, den hade under gångna år gett många oväntade resultat. Tystnad uppfattas inte som skön om man inte själv har önskat och uppsökt den, den saken var klar. Allt är bättre än tystnad, det hade rentav hänt att någon ställt sig upp och skrikit.

Nyman satt och tittade i bordet, Tegels närvaro gjorde honom osäker och han drog en fullt hörbar lättnadens suck när polisen kom in med kaffebrickan och ställde den mitt på bordet.

Nyman fick en ostsmörgås och den tryckte han in i ansiktet så fort han kunde. På brickan fanns även två wienerbröd som Nyman hungrigt betraktade tills Kranz delade ett av dem i två delar och föste den ena halvan mot Nyman och sa:

"Varsågod."

I nästa ögonblick öppnades dörren och den unge polisen släppte in en annan ung man, notarien från Ahlgrens advokatbyrå. Tegel och Kranz reste sig och hälsade vänligt på byråns andraårsnotarie.

"Välkommen, du heter visst Bäck, trevligt att få träffa nya människor, detta är min närmaste man Sune Kranz och detta är din huvudman Bengt Nyman. Vill du ha kaffe så finns det här, vi ber bara om en kopp till."

Kranz hade redan hämtat en kopp till och alla slog sig ner för att delta i Tegels iscensatta frågestund.

Bäck upphävde sin röst och delgav sällskapet att han inte fått veta vad den här frågestunden skulle gå ut på och Tegel tog genast ordet och upplyste om att det huvudsakligen handlade om Nymans bristfälliga förmåga att avhålla sig från bilkörning, sedan han blivit av med sitt körkort i december förra året.

Tegel upplyste Bäck om att de nyligen talat med Nyman om dessa frågor och att de idag vill avsluta det samtalet. Bäck nickade på Tegels frågande blick.

"Ok, Nyman, du hade varit på travet och sett hästen Pinnochio uppträda som en isprinsessa och det bör ju ha varit en speciell upplevelse, det har du redan berättat och jag vill minnas att detta gick av stapeln den 27 februari. Var det så?"

Nyman nickade.

"Då fortsätter vi, åkte du hem när det var slut på travet?"

"Vi åkte till en polare och festade, några hade vunnit en del."

"Blev ni kvar länge hos polarna?" undrade Tegel.

"Vi var kvar där nästa dag också, vi hade ju druckit en del, borde inte köra alltså."

"Hur dags tror du att du åkte hem?"

"Säkert vet jag inte men kanske vid fyra."

"Då var du hemma ca halv fem, säger du?"

"Du körde alltså hemåt vid fyratiden, säger du, hur var vädret och väglaget?" undrade Kranz.

"Vad jag minns var det småkallt och snöade lite, det var halt förstås."

"Berätta mer, vad du minns," uppmanade Kranz

"Jag minns just inget, jag bara körde."

"Inga problem alltså, allt fungerade, värme och lyktor och vindrutetorkare till exempel?"

"Ja."

"Var trafiken tät?"

"Kommer inte ihåg så värst."

Kranz hade tagit fram sin anteckningsbok och det föreföll vara tecknet för Tegel att fortsätta förhöret.

"Jag försöker förstå varför du ändrar dina uppgifter om hur dags du kom till Brobacken, Nyman. Jag har noterat att du sagt att du kom kl. 5 eller kanske senare. Nu säger du halv fem, kan du förklara det?"

"Nej, det går inte att komma ihåg allt och exakt tid, sånt brukar jag aldrig bry mig om."

"Lyssna nu, Nyman," sa Tegel uppfordrande. "Vi vet att du körde fort den här dagen, kanske för att du alltid kör fort och ofta *för* fort och vi tror oss veta varför du hade extra bråttom just den 28 februari. Kan du vara vänlig och berätta det?"

"Det är möjligt att jag fattar vad du menar, morsan ringde mig för att hon ville ha bilen."

"Bravo Nyman," sa Tegel, "din mamma ringde dig för att hon ville ha bilen och därför körde du som en raket ut från Q8 macken, där du hade gjort ett kort stopp. Min nästa fråga är: "Hörde du inte kraschen när du körde ut, en smäll som ekade flera kvarter bort, satt du alldeles döv i bilen och gasade på för att hinna hem till mamma?"

"Jag har ingen aning om vad du menar, jag körde ju bara iväg."

Kranz såg att Tegel var färdig att bryta ihop så han övertog rodret och lät Tegel tänka på annat. När Kranz betraktade figurerna runt bordet såg han en sprickfärdig kommissarie, en ganska förvånad andrenotarie och till sin häpnad en småflinande, försupen och listig person vars flin bredde ut sig alltmer över det fula ansiktet.

Innan Kranz hann ställa någon fråga repade Nyman mod.

"Ni kan tjata om den där kraschen bäst ni vill, jag var aldrig på nån mack för jag körde inte den vägen."

*

Bäck promenerade till sin arbetsplats något konfunderad av upplevelsen hos polisen, Tegel gick upp till sitt rum och Kranz sa åt Nyman att ta bussen hem.

Kranz gick in till Tegel som satt vid sitt skrivbord med ansiktet mot bordsskivan och båda armarna pressade mot bakhuvudet.

"Jag tror jag smäller av, det jävla svinet ska lura oss att han körde en annan väg och flinade gjorde han. Varför saknas det alltid bevis för oss?"

"Nåja," sa Kranz, nog förekommer det emellanåt bevis även i våra ärenden. Emellertid tror jag att eftersom Nyman har lyckats väcka en hittills slumrande rest av sparsam intelligens i sitt obehagliga bakhuvud, kommer han att förvåna oss med ytterligare ett obestridligt påstående."

Tegel hade lyft huvudet från skrivbordet.

"Vad har du hittat på, Kranz?"

Kranz drog sig nästan för att uttala sin misstanke.

"Nyman kommer att förklara att han körde sin egen Saab den 27 och den 28 februari, låt oss vänja oss vid att situationen är vidrig."

Sent på eftermiddagen beslöt de båda herrarna att göra någonting visserligen ovanligt men synnerligen klokt tyckte de båda, när de framför varsin spegel gjorde sitt bästa för att fiffa upp sig för en kväll på lokal. De hade bestämt att det fick bli dyrt och det blev det, men de sjöng på vägen hem, lurviga och roliga och ganska så glada i varandras sällskap.

11

25 sept

Anna rullade in Mausergeväret i en filt och la det i bakluckan, därefter öppnade hon dörren till baksätet för Kaiser som otåligt väntade på att få hoppa in.

Mottagandet på Tyreholm var det vanliga, två bröders häftiga omfamningar som fick gårdsplanens kisel och grus att sprätta mot bilens däck, Fröydis glada välkomnande och Annas småleende.

Anna tog ut geväret ur bilen och följde med Fröydis in i huset.

"Har du ammunition," frågade Fröydis, "och förresten vill du skjuta först och prata sedan eller tvärtom?"

"Jag skjuter helst först," sa Anna, "ja, jag har ammunition."

Hon hade dåligt förtroende för sina krafter men det fanns en pall vid skjutbanan som gjorde att hon kunde skjuta både stående och sittande; hon satte sig på pallen och laddade vapnet. Det var tyngre än hon mindes, älgjakt är en farlig sysselsättning både för djur och jägare, hon måste göra allt rätt. Anna hade varit med på flera älgjakter och hon kom ihåg hur oerhört rädd hon blev första gången en älg kom springande ut ur skogen i riktning mot henne. Hon sköt den men den sprang en bit till innan den stöp.

"De gör så där ibland," sa en av de andra jägarna, "han ville bara jävlas, älgen, det var inget dåligt skott, det där."

Fröydis hade berättat om avstånden till tavlorna och Anna hade bestämt sig för att bara skjuta på korta avstånd, hon ville inte se en skadskjuten älg springa bort.

Anna ställde sig bredbent och stadigt, siktade och sköt, lugna dig, människa, skjut igen! Efter tio skott hämtade hon tavlan, de fem första hade visserligen träffat tavlan men inte mer, de fem sista var centralt placerade. Bravo.

Anna tog med sig tavlorna in i huset och slog sig ner vid köksbordet och Fröydis släppte ut hundarna. Tyreholm var en bra rastplats.

"Låt mig se resultaten," sa Fröydis, "inte så illa pinkat av en ettermyra, särskilt inte en som legat i stacken nästan ett år."

Hon kastade huvudet bakåt och skrattade.

"Ja, du får förlåta men jag hade knappast väntat mig ett så pass hyggligt resultat av dig med tanke på vad du varit med om, egentligen är jag ju bara glad för din skull, förstår du det Anna."

"Jag förstår," sa Anna, "men jag skulle gärna vilja skjuta en eller ett par gånger till, om jag får."

"Visst, när du vill.

Förresten, Arvid Tegel var förbi här en stund på förmiddagen, han hade jagat en bilbrännare på morgonen – de är inte kloka de där ungarna – men han hade annat intressant att komma med nämligen att de har hittat en skitstövel i Brobacken som de misstänker är den som orsakade kraschen. De är inte säkra men de arbetar på det."

Anna reagerade inte på nyheten och Fröydis tänkte att den här människan blir man aldrig klok på.

"Skulle du tycka att det var bra om de tog honom," prövade hon igen?

"Jag har faktiskt inte tänkt på det," svarade Anna entonigt, "det förändrar ju ingenting."

"Det vore väl ändå ett slags avslut, tror du inte det?" försökte Fröydis.

"Tankarna kommer att finnas kvar vad som än händer," avslutade Anna och reste sig upp.

Fröydis flög upp från sin stol och ropade:

"Kära söta Anna, förlåt om jag pratar och lägger mig i, jag vill ingenting annat än ditt väl, att du ska kunna bli glad igen som du var förr, glöm allt jag sagt, är du snäll så att vi kan gå vidare på vårt gamla sätt!"

Anna försökte sig på ett litet leende och försäkrade att allt var som vanligt men att hon tänkte åka hem nu, tackade för träningen och tog sitt gevär och gick med Kaiser vid sidan.

*

26 sept

Anna satt i glasrummet och funderade. Hon mådde bättre nu, det var bara ena foten som inte fungerade riktigt som den borde, och rösten hade kommit tillbaka även om den var hesare än förut men glädje kunde hon inte känna, det fanns ingenting att skratta åt som förr.

Niels hade varit henne till stor hjälp nästan varje dag, och dessutom såg han glad ut ibland, hur han nu lyckades med det. Anna var medveten om att Niels hade en stor del i hennes *tillfrisknande* och att hans lugna och naturliga sätt att hantera sin egen sorg hjälpte henne att inte sjunka ner i den depression som hon kände fanns nära. Hon tyckte helt enkelt mer om Niels än tidigare, hon kände att han var värdefull för henne på ett sätt som hon kände var annorlunda. Hon log lite åt sina tankar, de verkade nästan tonårsmässiga – att hon var på väg att bli kär på nytt i sin egen man!

Lisas existens hade väckt djupa känslor i Anna. Hon och Niels hade även två fina söner som hon älskade innerligt. De var pojkar och de liknade Niels mer för varje år som gick men Lisa var en flicka, en barn-Anna, en liten kopia av sin mamma, som fascinerades mer och mer av tanken att det var sådan hon själv hade varit en gång.

Lisa och hennes liv var oförfalskad lycka för Anna; att få se henne växa upp, leka, cykla, rida, ta studenten, bli arkitekt, träffa Jens och...

Anna hade förändrats, det kunde hon inte göra någonting åt. Hon kom inte ihåg hur hon hade varit medan Lisa levde.

12

1 okt

Tegel och Kranz hade haft en ansträngande förmiddag. En knivbeväpnad, antagligen även narkotikapåverkad man hade försökt att råna en kvinna på hennes bil vid Torbrunns Hage strax väster om Brobacken men blivit skrämd dels av att kvinnan skrek och dels av att en traktor närmade sig. Mannen flydde in i skogen och kvinnan ringde polisen; Tegel och Kranz ryckte ut i sällskap med hundföraren Andersson med sin arbetssugne schäfer Putte. Putte hette egentligen Putin men polisledningen hade förbjudit Andersson att kalla honom för något så fult. Man hade rentav antytt att det namnet på en sannolikt mordisk schäfer skulle kunna tänkas innebära skadlig eller i vart fall olämplig inverkan på rikets yttre säkerhet.

Putte var en rackare på att spåra och sedan kvinnan i Torbrunns Hage hade pekat ut i vilken riktning knivmannen hade flytt och Andersson visat Putte var han alltså borde söka efter ett spår, stack Putte iväg med sådan fart att Andersson till Tegels och Kranz förtjusning nära nog stod på öronen i buskagen. Det blev en lång språngmarsch men som Kranz sa, Andersson är ju van och när de hörde den stridslystne Putin skälla, förstod de att jakten var över.

”Vi går och möter dem,” sa Tegel, ”det kan vara trevligt med en skogspromenad som omväxling.”

”Jag skulle kunna tänka mig att dela livet med en schäfer,” sa Kranz, ”jag tror att jag skulle slippa en hel del tankearbete då.”

Tegel skrattade riktigt uppsluppet.

Emot dem på stigen kom nu en välkänd inbrottstjuv med händerna i vädret och bakom honom gick Putin i kort koppel på Anderssons vänstra sida.

”Var hittade Putte den här gamla boven?” undrade Tegel.

”Han satt under bordet på en stugveranda och lekte osynlig, men sånt struntar Putte i, han kände ju bara att det luktade jävligt illa där. Va fan heter han, vet ni det?”

Kranz rådfrågade sin hjärna. ”Johansson, tror jag, jo, Sven-Erik Johansson.”

”Varje dag har jag skäl att tacka för att Kranz kommit i min väg,” suckade Tegel och himlade med ögonen till Anderssons förtjusning.

Johansson var trött i armarna och lät dem falla ner till sidorna.

”Passa dig, annars släpper jag Putin på dig.”

”Putin!” hojtade Johansson förskräckt, ”vad menar du?”

”Han blir rent rysk när han är förbannad, passa dig!” väste Andersson och Johanssons armar for direkt upp i vädret igen.

De hade kommit i Anderssons bil och därför fick Kranz under hemfärden vara fångvaktare åt rånaren Johansson i baksätet medan Tegel som kommissarie satt som passagerare i framsätet. De fyra poliserna var nöjda med morgonens jakt och en av dem sov skönt i sitt eget utrymme längst bak i bilen.

Både Tegel och Kranz som hade en viss benägenhet att ta efter varandras vanor, brukade göra lunchpaket med resterna av gårdagens middag som pålägg på sina smörgåsar. Kranz brukade även ha skivor av tomat och gurka ovanpå middagsresterna och denna dag såg Tegel att han hade två skivor ost överst.

"Har du gjort en riktig smörgåstårta, Kranz," frågade han avundsjukt, när han fick syn på kollegans frestande lunch.

"Ja, en sådan innovation hade väl du aldrig kunnat komma på," hånade Kranz

"Nu är det nog, glöm inte att du talar till en överordnad," fräste Tegel.

"Lätt gjort i ditt fall."

"Det är tacken för att man fraterniserar med de lägre stånden."

"Stånden!" sa Kranz " det var väl ändå droppen, har du blivit markis på gamla dar?"

"Ser smaskigt ut," sa Tegel och längre kunde varken han eller Kranz behärska sig. Så skönt att få skratta ut riktigt ordentligt.

"Det är lugnt idag," sa Tegel.

"Typisk tisdag," sa Kranz.

"Jag föreslår att vi sitter kvar här på mitt rum och går igenom Nyman en sista gång och därefter slänger honom på den sophög där han hör hemma, vad säger du?" sa Tegel.

"Vore skönt, men Nyman ger mig obehagliga krypningar i huden, jag misstänker att det krävs mer än *en* genomgång för att vi ska bli av med honom."

"Vi gör ett försök, Kranz, vi har inspelningar när han inte säger emot när jag påstår att han kör ut från Q8 i hög fart, han säger heller inte emot när du påstår att han kör Toyotan den dagen och vi ska gå igenom inspelningen en gång till, för jag är säker på att det finns mer av liknande motsägelser. Det betyder inte att vackra Gertrud skulle acceptera sådana avvikelser som bevis men vi måste göra helt klart vad han har sagt och vad han bara har tigit sig igenom.

Kan han ha kört en annan väg, som han påstår och vilken väg i så fall?

Han kan ha kört över Ekgärdet, vilket är en betydligt längre och sämre väg och kommit fram söder om Brobacken men den resan skulle ha tagit minst 30 – 40 minuter längre tid och då faller alla hans angivna tidpunkter för hemresan – kl. 16.30 eller 17.00 – då måste han snarare ha lämnat stan en bra stund före kl. 16.00.

Kan han ha kört sin Saab? Då måste man fråga sig varför mamma ringer och vill ha tillbaka Toyotan. Mamma vet inte att han har kört till travet och lämnat Toyotan bakom sitt hus. Därför ringer hon. Varför svarar Nyman inte då att hon kan gå och hämta bilen som står bakom hans hus? Enligt mina erfarenheter i detta otacksamma yrke, är sannolikheten låg att han körde sin Saab.

Slutligen, vem var mannen som körde in en blå Toyota Aygo på Q8 macken ca kl. 17.00 den 28 februari, hoppar ur och med en morakniv skrapar vindrutetorkarna rena från is, slänger sig i bilen efter ett par minuter och kör ut som den värsta jävla – ja du vet vad jag menar.”

Kranz satt tyst en bra stund.

”Jag ser ingen annan utväg än en husrannsakan i Nymans trevna torp.”

”Vad hoppas du hitta där?”

”En morakniv.”

”Är det med den du ska utföra tortyren?”

”Ja,” sa Kranz, ”den psykiska. Han blir nog rädd när vi talar om för honom att alla som såg honom på Q8 macken kommer in hit för att identifiera honom.”

”Inget fel på den idén förutom att ingen kommer att känna igen honom efter 7 månader,” suckade Tegel.

”Det begriper inte Nyman och du ska lova honom att han får tillbaka körkortet och ett lågt straff om han erkänner att han körde Aygon och var inne på macken och skrapade torkarna.”

”Åh, om ändå livet var så enkelt som vi önskar,” suckade Tegel igen.

”Håller med.”

13

2 okt måndag

Tio dagar kvar till älgjakten, Fröydis hade massor att göra, allt måste gå i lås och resultatet måste bli lyckat. Ibland skrattade hon lite åt sig själv, hon hade planerat och genomfört älgjakten på Tyreholm i många år och aldrig hade det blivit misslyckat. Jo, en gång då ingen såg skymten av älg, varken kalv eller vuxen men den erfarenheten väckte framåt kvällen så stor munterhet att jaktlaget enades om att det blev en roligare middag än någonsin tidigare

De som ville kunde få övernatta i nya huset, snickarna har varit snabba och vad som återstod var rörmokeri och målning. Hon hade bestämt att målningen kunde vänta till senare men rörmokaren Janne hade flera dagar på sig att göra klart sitt jobb.

I morgon kommer Geir, hon saknade honom när han for tillbaka till Norge och Arvid Tegel hade ringt och frågat om han fick komma ut en stund eftersom det verkade som om alla bovar hade emigrerat. Ju fler desto trevligare, myste Fröydis och slog direkt numret till Anna och bad henne komma och diskutera middagen efter jakten.

Anna ville gärna komma, sa hon, i synnerhet som hon kände att hon behövde skjuta en kartong till.

Nu börjar det bli riktigt bra, kände Fröydis, det här kan bli den bästa jakten på flera år. Nu är det bara att leta fram eldstävan ur något förråd, det är fint när det brinner en gnistrande eld när alla samlas innan morgonen ännu ljusnat.

*

Både Gustav och Johan hade ringt och bett att få komma hem över helgen, berättade Niels och det beskedet gjorde dem båda gladare än på länge.

”Nu måste vi laga riktigt god mat som de tycker om, vad sägs om lamm, det är rätt tid nu och wallenbergare med gräddsås och lingon,” sa Niels och Anna visste att de alla fyra skulle tycka om en saftig lammstek med goda grönsaker. Äppelkaka till efterrätt, det var mat som hela familjen alltid hade älskat.

"Lagar du lammsteken och wallenbergarna så gör jag två äppelkakor med vaniljsås en dag och vispgrädde nästa dag.," sa Anna.

"God arbetsfördelning," log Niels

*

Fröydis var nästan lycklig för Geir hade anlänt till Tyreholm redan i går kväll och han hade varit kärvänligare än på länge. Ända sedan Fröydis fyllde sextio år hade hon känt en stark längtan efter att bli förälskad igen och det tillkännagivandet hade Anna funnit så dråpligt att hon knappt kunde sluta skratta. Nu var Fröydis sextiotvå och Geir var femtio, Anna hade fyllt sextio och såg inte någon anledning att skratta vare sig åt deras romans eller åt någonting annat.

"Du får röja i slaktboden, det är du som använt den under de senaste månaderna, där ska skuras och vädras och allt som inte behövs för älg ska flyttas undan. Eldstävan ska borstas snygg och ved ska fram och när du är klar kan du slipa min jaktkniv."

"Tackar, tack, det ska bli roligt, här får man gälda för maten."

"Visst, här är allt som vanligt," smilade Fröydis roat "själv ska jag göra snyggt i matsal och vardagsrum och kök så det är inte synd om dig. Nu äter vi lunch, snart kommer Arvid Tegel och så kommer Anna för att skjuta."

14

Anna parkerade och tog sitt gevär ur bakluckan och gick mot huset. King och Fröydis kom genast springande och bakom dem såg hon Geir och Arvid Tegel. Det blev ett väldigt kramande på förstubron, så Anna backade och Fröydis sa åt Geir att lugna sig.

”Det är inte lätt med en så grann pike,” tyckte Geir men då lyfte Arvid ner honom från förstubron, tog Annas hand, kysste den och bockade djupt.

”Nu tror jag ni har blivit komplett galna båda två,” ropade Fröydis.

Fröydis knuffade undan båda karlarna, la armen om Annas rygg och drog iväg med henne en bit mot skjutbanan.

”Hoppas du inte tar illa upp, de är ju så glada att se dig igen.”
Anna nickade.

”Jag skjuter först, ok.”

Anna stod stadigt med fötterna brett isär och låtsades att hon lutade ryggen mot älgtornets vägg, 2 skott, hon vilade och sköt igen. Det kändes ganska bra, hon flyttade vänsterfoten, vilade och frågade sig vad fan hon höll på med. Hon ville inte skjuta någon älg, hon ville vara hemma tillsammans med Niels och Kaiser, ville inte att någonting skulle hända.

”Jag skjuter inte mer, jag dricker en kopp kaffe, sen åker jag hem.”

När hon gick tillbaka såg hon genom fönstret att Fröydis satt ensam i köket och talade i sin mobil, karlarna såg hon inte. Hon gick in i hallen och medan hon tog av sig jacka och skor hörde hon Arvids och Geirs röster från vardagsrummet. Hon stod alldeles stilla och lyssnade på deras samtal, hon önskade att hon inte hade åkt till Tyreholm utan stannat hemma hos Niels och sluppit låna sitt öra åt de båda männens upprörda röster.

Fröydis kom ut i hallen och drog in henne i vardagsrummet där båda karlarna for upp ur sina fåtöljer som om Anna var någon slags prinsessa som måste visas särskild aktning.

”Nu Anna ska du få kaffe och så tycker jag att de hyperartiga herrarna kan få sätta sig ner, varsågoda.”

Geir och Fröydis drog igång samtalet igen. Anna märkte att Arvid Tegel betraktade henne och hon försökte att inte låtsas om honom.

Tegel kunde inte låta bli att se på Anna, han noterade förändringarna sedan förr. Hennes ansikte var smalare med urholkade kinder och hela hennes kropp var avmagrad och tunn; hennes hår hade fått en ton av silver som det nästan lyste om, där hon satt framåtlutad i solstrimman.

Arvid Tegel blev djupt beklämd av vad han såg, en intagande kvinna som mest liknade ett skadskjutet djur hos vilket ögats glans slocknat och kroppen knappt förmådde lyda. Att tänka sig henne – sannolikt med en vikt på högst 50 kilo - i skogen med den tunga laddade älgstudsaren var i det närmaste anstötligt.

"Hur gick det att skjuta, Anna," frågade Fröydis, "blev du nöjd?"

"Så där, jag kanske inte borde vara med."

"Nej, nu ändrar du dig inte igen, ohanterliga människa," ropade Fröydis med hög och ilsken röst," samtidigt som hon reste sig upp och ställde sig framför Anna.

"Alla är ju särskilt glada för årets jakt för att just du är med, fattar du inte det. Du mår bra nu och vill att allt ska bli som vanligt igen, erkänn det!"

"Lugn," Geir tog tag i Fröydis och tryckte ner henne i soffan, "du skrämmer livet ur oss alla men mest Anna, sitt ner och drick ditt kaffe, Fröydis."

Anna drack ur kaffet, hon tog illa upp när någon bråkade med henne och hon tänkte inte stanna här längre än nödvändigt. Fröydis satt tyst en stund, sedan sträckte hon sig efter Annas hand och sa *förlåt* och Anna drog till sig handen och sa *ok*.

Tegel hade observerat scenen med visst obehag; båda dessa kvinnor var annorlunda, starka, attraktiva och med samma ovanliga och huvudsakligen manliga intresse för jakt. En av dem var högljudd och dominant, den andra var lågmäld men omöjlig att inte ta med i beräkningen. Han visste att de var vänner sedan många år och han var förbannad på sig själv för att han inte kunde skaka av sig det fördjupade intresset och något mer, medkänsla i bästa fall.

Anna reste sig, tackade för kaffet och gick mot hallen, Fröydis följde efter med hängande huvud och medan Anna tog på sig ytterkläderna, föreslog hon att de kunde talas vid nästa dag. Anna ropade hej till Arvid och Geir och de ropade detsamma.

Fröydis gick tillbaka in i vardagsrummet och ställde sig mitt på golvet och körde fingrarna genom sitt röda eldsprutande hår och ropade:

"Vad är det för fel på oss, vi bär oss helt vansinnigt åt i Annas sällskap? Hon har förlorat sin dotter och sorgen har gjort henne sjuk, nu är hon nästan frisk men nu är det vi som har förvandlats. Geir svassar kring som en hormonstinn tonåring och Arvid kysser på hand. Kysser på hand och bockar! Nu får det vara nog, jag vet att jag också larvar mig, jag vill ju absolut inte göra henne ledsen men vi måste leva våra liv som vi brukar och nu får hon klara sig bäst hon kan, vi kan inte sjunka ner i den lervälling som hon står och stampar i. Jag är förbannat trött på det här daltandet, hon får komma tillbaka på våra villkor, föredrar hon att stanna hemma och tjura i stället för att var med på älgjakten, så skiter jag i det, ska jag tala om för er, skiter i det, sa jag."

Därmed stampade Fröydis ut i köket och började slå i skåpdörrar och slamra med köksredskap.

Arvid och Geir satt tysta kvar på sina platser.

"Hon kanske har rätt," mumlade Geir.

"Jag åker till stan, måste jobba," sa Arvid Tegel och gick ut i köket för att tacka Fröydis för kaffet.

Arvid Tegel hade en hel del att fundera på under hemfärden men som den erfarne man han var, stängde han av den del av hjärnan som fastnat i ett riktigt dåligt spår. Han behövde Kranz nu och en vettig diskussion kollegor emellan om tämligen vettiga ting.

15

5 okt

Anna och Niels promenerade i lugn takt på andra sidan sjön, Kaiser sprang lös precis där han själv ville. Han kände väl till den här terrängen, här hade han och matte gått otaliga gånger innan hon började med kryckor och käpp. Vägen runt sjön slingrade sig förbi några mindre gårdar med hagar för kreatur och får och där brukade Anna koppla Kaiser eftersom folket på gårdarna ilsknat till ett par gånger då Kaiser krupit in under stängslet för att leka med får och kalvar. Det dög knappast att ropa till dem att den jättestora schäfern var snällast på jorden om än en smula olydig just vid sådana tillfällen.

Det var länge sedan Anna och Niels tillsammans gått en längre promenad, Anna förstod att Niels var glad att hon äntligen kunde röra sig ute i naturen igen. Hon var själv nöjd med de framsteg hon gjort med hjälp av sjukgymnasten Nicke, det är enklare att leva om man slipper verktyg för att röra sig. Hon hade även låtit honom sätta några nålar här och där – det hade inte gjort ont – och värken i vänster ben var nästan borta. Foten var dock fortfarande ganska trött, hon tyckte att den släpade efter.

"Niels," sa Anna, "det är en sak jag vill tala med dig om."

"Vad kan det vara," log Niels mot henne.

"Polisen tror att Lisas mördare kanske bor i Brobacken."

"Det var en allvarlig nyhet, är det Fröydis som har snappat upp polishemligheter?"

"Nej, det var jag som hörde Arvid Tegel och Geir prata när de trodde att de var ensamma."

Niels såg mycket allvarlig ut och han betraktade Anna en lång stund innan han fortsatte samtalet.

"Anna, du använde orden Lisas mördare, så har du aldrig uttryckt dig tidigare, kan du förklara det?"

"Ja Niels, det kan jag, jag vill hämnas på den som har tagit ifrån mig min älskade Lisa...jag vill döda honom."

Anna brast i gråt och Niels tog henne i sin famn och mumlade mjuka ord i hennes öra tills hon drog sig undan och svagt log mot honom.

"Det kittlade när du blåste i mitt öra."

"Det var det som var meningen."

"Tycker du att jag är hemsk och brottslig som vill hämnas?"

"En helt naturlig reaktion från var och en som drabbas av obotlig skada genom annans vårdslösa beteende. Hur hade du tänkt att ta livet av honom?"

"Skjuta honom så klart, känner inte till något annat sätt."

"Utmärkt, så länge du inte använder ett eget vapen. Passa på och låna något ur Fröydis vapenskåp, nu när det står öppet under älgjakten."

Anna skrattade.

"Du är ju inte riktigt klok, Niels. Du blev så förtjust i min idé om hämnd att du direkt räknade ut hur jag borde göra för att inte åka dit. Ditt yrke har satt märkliga spår i din personlighet. Tänk om det blev du som skulle döma mig för min brottsliga gärning, vad blev din dom?"

"Kortare frivillig vistelse på mentalsjukhus – om det finns dylika – och tyvärr inga fler vapenlicenser men som sagt, ett vapen kan man alltid låna."

"Niels, du är antagligen inte riktigt klok men du är rätt rolig också, jag ska verkligen ägna din lösning av min längtan efter hämnd en stunds eftertanke."

"Gör det, Anna, det tror jag att vi båda kommer att må gott av."

Makarna Vanleeder gick vidare hand i hand på sin oktoberpromenad, på stigar under brinnande lönnar och mörkgröna granar som ingen av dem la märke till. Båda gick i egna tankar.

"Det var en sak till," sa Anna och Niels tittade förvånat på henne.

"Ännu mer, kära nån," sa han.

"Jag skulle vilja byta bil."

"Har du ledsnat på färgen, va? Orange var ju det bästa som fanns för några år sedan."

Anna tyckte att det var svårt att förklara för Niels men den orangefärgade Renaulten påminde henne om Lisa som hade använt den ganska länge i Stockholm. Hon ville ha en neutral bil, svart eller grå, en bil utan minnen och själ.

"Vad vill du ha för bil, Anna, större eller mindre, Prius eller Citroen eller har du tänkt dig en låg och vacker Celica igen kanske?"

"Är du snäll och följer med mig ut och tittar på vad som finns, Niels, den måste vara automatväxlad för min vänsterfot kan numera inte trampa ur snabbt och så måste den ha god plats för Kaiser. Jag har inte tänkt på något särskilt bilmärke."

"Påfallande ovanligt av dig att inte längta efter en speciell bilmodell men visst följer jag med. Det blir en rolig utflykt för oss, vi kan äta lunch i stan om du vill."

Niels såg så glad ut att Anna nästan fick lust att skratta.

"Tack för att du är så rar, Niels, kan vi inte kramas, det är så länge sedan vi kramades utomhus."

Så kramades Anna och Niels en lång stund och avslutade med en kyss.

"Det är rätt, det är utomhus man ska kramas," konstaterade Niels innan de gick hem.

*

7 okt

Anna och Niels hade bestämt att ses i stan till lunch för att därefter gå och titta på bilar, Anna lämnade Kaiser hos Sverker och for i god tid till stan för att uträtta några egna ärenden.

Hon parkerade utanför biblioteket och inne vid disken bad hon att få tillgång till en dator; när hon satt framför skärmen kom hon ihåg allt underbart hon letat fram här, det hade varit en tid när hon studerat alla Europas mest berömda trädgårdar och därefter åkt till den bästa trädgårdshandeln och köpt julrosor, *helleborus.* De vita blommorna med sina mörkgröna blad som blommade under snön i december var de vackraste plantor hon hade i trädgården.

När hon var klar på biblioteket körde hon bilen till ett parkeringshus och promenerade till Alskogs Jakt & Sport. En välkammad medelålders man hjälpte henne att leta bland varma lagom högskaftade stövlar.

"Älgjakten?" frågade han.

"Japp," svarade Anna, "får inte sitta åt för hårt om vaden, då fryser man ihjäl."

"Så sant, så sant, här har vi en tjockfodrad i smidigt kalvskinn, vad tycks?"

"Har du hittat en i storlek 37, det var länge sedan jag gick i den, leta fram en storlek 41 så ryms både strumpor och raggsockor."

"Ursäkta mig, du ser ut att vara så liten och smal, jag borde ha frågat, förlåt."

Anna log vänligt mot honom och bad att få prova båda. Stövlarna var helt underbara, dyra, javisst, det var allt som var avsett för jakt, men man använde ju prylarna år ut och år in och skötte man dem så höll de. Förresten så gick det alldeles utmärkt att använda dem även på promenader utan vapen. Storlek 41 var lagom vida i stövelskaftet.

"Något annat kanske?" undrade den snygge medelålders mannen.

"Jag vill gärna kika på vad ni har för jackor."

"Absolut, dem har vi här borta."

"Tack, jag kollar själv."

Han fattade och gick snällt och ställde sig bakom kassadisken. Anna letade fram en jaktrock i klassisk modell som dessbättre inte var grön utan mörkt grå med tjockt löstagbart foder utan tröttsamma Burberryrutor, vid och rymlig med fickor både på ut- och insidan. Hon tog den på sig trots att hon visste att den var för stor och inom ett ögonblick stod han bredvid henne, den rätt stilige mannen.

"En eller två storlekar mindre skulle jag tro, jag går direkt till lagret."

Den näst minsta var perfekt, Anna stod en lång stund och vred sig framför spegeln, vek upp kragen i nacken, körde ner händerna i fickorna och kände att genom vänster ficka nådde hon insidan av rocken och en annan stor ficka. Hon hade hört att somliga använde fickan på insidan till ammunition, där låg patronerna torra och lätt tillgängliga genom ytterfickan.

Hon log mot den attraktive expediten och höll fram jackan mot honom.

"Det gläder mig," sa han och log tillbaka," den är verkligen klädsam, den här hatten hör till rocken," sa han och höll fram en mjuk hatt.

"Hatten bjuder vi på och hoppas på återseende," sa detaljhandelns snitsigaste flirtsäljare.

Det var roligt att gå därifrån med två stora paket. Det var länge sedan hon köpt någonting. Hon kom bara ihåg ett par sandaler i juni.

*

"Så du tänker verkligen vara med på älgjakten," frågade Niels nästan förvånat när de slagit sig ner vid ett bord på restaurang *Gröna Villan* mitt i stan.?

"Tror det, annars tycker jag att både jackan och stövlarna passar bra när du och jag får lust att promenera tillsammans

"Good thinking, dear Anna," trallade Niels.

"Tror du att en Mini Cooper, en Countryman du vet, är för liten åt Kaiser?"

"Trevlig bil, lagom åt dig men inte åt Kaiser, har du tittat på Audi," frågade Niels?

"Ja, men de flesta går på diesel, jag tycker bättre om Citroen, de har tänkbara modeller för mig och min knähund och det har Toyota också."

"Bra," sa Niels, nu har vi hela eftermiddagen inbokad, det ska bli riktigt roligt. Ger mig katten på att du kör hem i en låg, knallröd Mercedes."

Niels skrattade glatt och Anna hängde med.

"O ja, Niels, det vore verkligen underbart!"

*

9 okt

Anna körde in sin nya bil i garaget och hon kände sig mer än nöjd. Hon hade skiljts från sin Renault utan saknad.

Bilen hon valt var en mörkgrå Toyota Rav4 Suv, automatväxlad och med väl tilltagen plats för Kaiser. Nils som ifrån hallen hört vad som var på gång släppte ut Kaiser och nu kom han rusande mot Anna. Kaiser stannade utanför det öppna garaget och tittade misstänksamt på den okända bilen, sedan la han öronen bakåt och sprang fram till Anna. Hon klappade honom och talade om att det var Kaiser och matte som skulle åka i den här bilen, öppnade bakluckan och visade honom att detta var hans plats. Han tittade på henne och hon sa ja, där får du ligga och då hoppade han upp, satt där och viftade på svansen.

”Suven har fått godkänt,” sa hon till Niels som kommit ut till dem.

”Jag ser det,” sa Niels, ”Kaiser vet redan att den är hans. Är du nöjd, Anna, du fick bra betalt för din Renault och Suven ser fin ut, välskött och proper är den både ut- och invändigt, stor och tung och stark, exakt en sådan bil som du aldrig tidigare velat ha. Hur kommer det sig?”

”Vet inte, kanske en slags trygghet, kanske har jag lämnat tiden med låga, blankröda sportbilar, det är möjligt att jag äntligen har blivit lite vuxen.”

”Kan jag väl ändå inte tro,” sa Niels ömt och strök henne över hjässan, ”trots att jag ser att det har smugit sig in lite silver bland guldet på knoppen.”

”Det var en riktigt förtjusande kommentar eller komplimang snarare, den tackar jag för och skall sent glömma.”

Anna log mot sin man och han log tillbaka.

Pojkarna hemma, goda måltider, långa promenader, alla glada att Anna föreföll ha återhämtat sig ganska väl. Gustav och hans flickvän väntar barn, så roligt, Johan har fått jobb i Zürich. Livet går framåt. Dessa barn hade vuxit ifrån henne, de tillhörde inte henne längre, de levde i sina egna manliga världar så långt från henne och kanske även från Niels.

*

10 okt

Niels var borta hela dagen, Anna gick omkring på tomten och nere vid sjön, grubblade och funderade, undrade vart ett redligt liv tog vägen när det försvann. Hon undrade också var hennes krafter gömt sig, dem hon varit så stolt över hela livet, hon ville inte vara svag och hjälplös, hon ville fortsätta att klara sig själv som hon alltid gjort. Det verkade som om den tiden var över.

Niels var beredd att hjälpa henne, ville ingenting hellre, hade han sagt och påmint om att de snart skulle fira 40 år tillsammans och *vi fortsätter tätt ihop, vi delar allt, du och jag ända tills en av oss faller av den här smala spången, bäst vore om vi föll samtidigt. I nöd och lust, om du minns, nöd och lust.*

Han hade varit övertygande i sin argumentation; när han talade tystnade hon och kände sig ganska oviktig. Det sa hon till honom, han svarade att hon var mer än viktig, för honom var hon ingenting annat än en nyckelperson, utan henne betydde han ingenting. Han sa också att han älskade henne. De satt uppe och pratade till sent på kvällen, hon var lugn när hon kröp i säng och hon sov fridfullt.

16

11 okt

Niels jobbade på tingsrätten även dagen därpå, Anna var ensam och hon kände oron komma krypande igen. Hon slog ifrån sig, det fick inte hända, hon skulle snart träffa jaktlaget och alla kommer att undra hur hon mår. Hon ville vara som förr även om det inte gick helt och hållet.

Hon tog med sig Kaiser ut på vägen mot ekdungen, han blev spralligt glad när han förstod att det var dit de skulle. Han sprang i förväg och när han efter en stund kom tillbaka till henne var han både blöt och lycklig.

"Du duktiga pojke, var det så kul, va, spring dit igen så kommer matte."

Anna satte sig på den stora stenen och lyssnade till de välkända droppande, sprittande, rinnande ljuden och det heltäckande taket av de snart antika ekarnas kronor gömde henne under sitt dunkla valv. De resliga stammarna vaktade henne där hon satt i deras hägn och tänkte att inte en enda människa på hela jorden vet att jag är här, trygg bortom allt vad livet och döden kan ställa till. Hon somnade inte men ett djupt lugn smög sig in i henne och efterlämnade en skön frid; när hon åter såg upp, fick hon se att Kaiser lagt sig ner på vägbanken och vaktade sin matte.

"Kom Kaiser, matte vill kramas," hon skrattade lite när han kom farande mot henne.

För att behålla den sköna känslan hon fått i dungen gnuggade hon Kaiser torr med en handduk när de kom hem och la in en tjock filt i bakluckan på sin nya bil, sa varsågod till Kaiser, nu ska vi åka bil och upp hoppade han och visade med sin stolta hållning att i denna suv är jag oinskränkt kung och kejsare. Rör du min matte, suven eller mig är du död!

Anna skrattade åt Kaisers min, slog sig ner i förarsätet och körde ut i Brobackens glesa trafik. Hon blev förvånad när hon la märke till att folk inte glodde på suven. Alla hennes tidigare bilar hade väckt viss uppmärksamhet, låga blanka och i synnerhet röda sportbilar hade den effekten och detsamma gällde på sätt och vis även hennes förra, den orangevita Renaulten.

Hon log vid minnet av Fröydis kommentarer.

”Du kan inte ha en orange bil, det borde inte ens vara tillåtet att tillverka och sälja orangea bilar, det är den fulaste bil jag nånsin sett, byt den snälla Anna, den är förskräcklig.”

Fröydis bad aldrig om ursäkt för vad hon sagt om Renaulten och Anna hade glömt bort det ända tills idag.

Det var dagen före älgjakten och Anna testade suven på den slingrande vägen mot Tyreholm, den var stark och växlade skönt och automatiskt, den svarade på tilltal som Niels brukade säga och Anna blev glad över att hon äntligen lämnat rallybilarnas tidsålder.

”Herregud, tror du att jag har tid för besök idag?” ropade Fröydis när hon och King kom ut på förstubron.

”Ville bara visa dig min nya bil,” sa Anna och släppte ut Kaiser till hans otåligt väntande broder King.

”Det var inte dåligt, äntligen en rejäl bil, i den sitter du säker i motsats till de tidigare leksakerna, det gläder mig att du har tagit ditt förnuft till fånga. Nu har jag en hel del att göra, Geir skurar slaktboden och jag skurar köket, kommer du hit mellan 6 och halv 7 i morgon?”

”Visst, vi ses då.”

Högst motvilligt kom Kaiser, hoppade upp och intog sin befälsställning. Fröydis skrattade åt hans attityd, vinkade och gick in med King i hasorna.

Anna körde hemåt i lugn takt, tänkte på kvällen hon hade framför sig. Allt var ordnat, det fanns middagsmat till Niels och henne, bara att värma, sen skulle hon lägga fram kläder och ryggsäck, bre smörgåsar, leta efter termosen; vapen och ammunition tänkte hon ta fram i morgon bitti.

Hon visste att hon hade tänkt på allt.

17

12 okt

Strax efter kl. sex svängde Anna in på Tyreholms gårdsplan och ställde Suven på parkeringsplatsen intill garaget. Hon öppnade bakluckan och lyfte ut sin ryggsäck och hängde geväret med pipan nedåt över axeln. Det var tungt, hon hade provat och visste att hon behövde sin käpp.

Det var ännu mörkt men man kunde ana att ljuset var på väg, himlen sänkte sig över skogen och gärdena och gav hopp åt alla ensamma och frusna djur och människor som just överlevt ännu en kulen natt. Dörren till bostadshuset öppnades och Fröydis, Geir och King kom ut och hälsade god morgon.

"Du kan lägga dina prylar i jungfrukammaren, där får du vara i fred," ropade Fröydis på språng ut till annexet där några ur jaktlaget eventuellt skulle övernatta. Allt berodde på om man sköt hela den tilldelade kvoten första dagen eller inte. Hon konstaterade lösa slangar med flera oavslutade rörmokarjobb, svor till, ändrade sig och tänkte må fanden ta Engströms-Janne om han inte kommer hit idag men det gör han nog.

Geir hade burit ut eldstävan och en korg ved och ställt på gårdsplanen, nu flammade de första lågorna upp och lyste vackert i gryningsmörkret. På bordet intill stävan stod kaffemuggar och två stora fat fyllda till brädden med smörgåsar. Anna såg att allt började ta sin gamla vanliga form och det kändes nästan tryggt.

Den första bilen dök upp halv sju med tre drevkarlar, unga pojkar från Tyreholms granngårdar, Fröydis hälsade dem välkomna och bad dem att förse sig med kaffe och smörgåsar.

Snart hade alla bilar kommit, ljudnivån stegrades medan man hälsade glatt. Fröydis drog in Anna i gruppen och hon mottogs med allvar från somliga, omfamningar och vänliga ord och klappar från andra. Hon hade fäst ett rött sidenband runt hattkullen och det fick hon många lovord för.

"Så mycket snyggare än det vanliga orangea som alla vi andra har," smilade Biggles mot henne.

Anna tackade och bet ihop tänderna, det var svårt att vara omtyckt på grund av medlidande.

Detta var en stund som lätt kunde dra ut på tiden, alla var kaffesugna, alla ville prata med gamla vänner, det var helt enkelt en efterlängtad stund som inledde det evenemang som betydde mer än någon annan aktivitet under hösten. Älgjakten var inte helig men nästan.

Fröydis klingade i kaffemuggen och ropade

"Hallå min dam och mina herrar! Välkomna till årets jakt, alla har varit med förr och vet vad som gäller. I år har vi som vanligt fått oss tilldelat en vuxen och en kalv och vad det gäller tjuren får han inte ha fler än sex taggar. Glöm alla artontaggare som ni har drömt om ända sen i somras, de stannar i skogen.

Sen är frågan vem som ska få vilket pass och som jaktledare har jag bestämt att Anna som har problem med en fot får det närmaste passet. Ni andra kan komma fram och dra ett ess eller en kung ur den här kortleken och därmed få veta vilket pass ni får. Passen är märkta med motsvarande symbol och på kartan här på bordet kan ni se var de är belägna. Var så goda och kom fram!"

Karlarna hämtade sina kort och Fröydis gav drevkarlarna ingående instruktioner dels om geografin, dels om vilka regler som gällde samt gjorde en av dem till chef över de övriga.

"Ännu ett par ord, två skott betyder som vanligt att jakten är över. Jag antar att ni har mobiler med er men de ska vara inställda på tyst läge. Den som skjuter en älg, ringer mig."

"Anna, du och jag kan ha sällskap ut så visar jag dig ditt pass, vi hämtar våra vapen och ryggsäckar nu och börjar promenaden."

Anna teg och gjorde som hon blivit tillsagd, morgonen hade kommit, nu skulle två älgar fällas.

Anna och Fröydis gick i lugn takt ut över gärdet som sträckte sig från vägen till annexet och därefter ytterligare någon kilometer innan skogen tog vid. De gick en kort sträcka in mellan glesa tallar innan Fröydis stannade och visade på ett älgtorn som gömde sig intill ett par granar.

”Här du Anna har vi pass nr ett, ditt pass, ett av de allra bästa. Du kommer att se den, älgen alltså, om han kommer över gärdet, eller om han rör sig i kanten av gärdet, du kommer att höra honom om han kommer genom skogen eller samma sak där, rör sig i kanten ute på spaning alltså men hur han än rör sig kommer han inte att se dig. Du har fin sikt från tornet men du har utmärkt sikt från marken också.

Gör som du vill, din ryggsäck har ju en liten pall, gör det en smula bekvämt för dig, ladda bössan och ställ den på max armslängds avstånd, tänk inte på något annat än älg, hur det smakar – du ska få med dig en bit hem en annan dag. Om du ledsnar på älg kan du tänka på din nya bil som väntar på dig bredvid mitt garage. Ring mig om du skjuter någon. Ha det så trevligt, nu går jag, hej.”

Anna klättrade upp i tornet med ryggsäck och gevär, käppen lämnade hon nedanför, hon satte sig på pallen och tog fram den lilla teaterkikaren som hon i all hemlighet stoppat ner i en av jackans fickor. Hon hade ett effektivt kikarsikte på geväret men det var så tungt att lyfta vapnet gång på gång, bättre med den här lilla manicken som var avsedd att visa halsmandlarna på förste tenoren ända från Operans tredje rad.

Anna skrattade för sig själv vid tanken på att någon i jaktlaget skulle komma på henne med mormor Hildurs antika teaterkikare för att spana in skogens okrönte konung.

Hon såg sig omkring och försökte bli vän med Tyreholmsnaturen. Det var inte speciellt vackert just här, tänkte hon, särskilt inte i jämförelse med hennes barndoms skogar på Tyresö. Där växte ekarna tätt och ekar var de träd hon älskade mest, de var kungliga rentav och ekorrarna sprang mellan hassel och ek och samlade ollon och nötter.

Skogen gav inga ljud ifrån sig, det var vindstilla, inte ens lite prassel hördes bland markens löv. Hon hörde heller inte drevkarlarna.

Att sitta stilla i ett torn var varken roligt eller tråkigt. Hon var bara en skyltdocka för nya jaktkläder och en blankputsad och välvårdad älgstudsare. Den var laddad, om det kom en älg skulle hon kunna skjuta den.

”Jag tycker väldigt illa om att sitta här, jag har ingen lust att skjuta någon älg.”
Anna tittade på klockan, hon var halv elva. Hon visste inte när hon kommit till passet. Hon tog fram sin termos och paketet med smörgåsar ur ryggsäcken.

”Tror jag lutar mig mot väggen, äter min frukost, sen sover jag om det går för sig? Skit samma, jag gör som jag vill. Snart ska jag sova, mina stövlar är så mjuka inuti, om Lisa såg dem skulle hon vilja ha likadana. Jag är ensam här, tror inte att jag är särskilt klok, alla andra är annorlunda.”

Anna lutade sig bakåt mot tornets glesa vägg och blundade, egentligen ville hon inte vara där, hon ville ligga hemma i sin egen säng och gråta.

”I skolan hände det ibland att någon påstod att jag var intelligent, jag blev lika förvånad varje gång men nu har jag blivit en helt annan människa, nu liknar jag inte någon annan på hela jorden och min hjärna fungerar inte som den brukade, den tänker på fel saker och det verkar som om den låtsas att Lisa inte är död fast hon är det. Död. Jag kommer inte ihåg det som just hänt men jag kommer ihåg saker som jag vet att jag glömt för länge sedan. Någonting är fel, jag ser och hör saker men det jag minns är sådant som jag glömt, kan inte göra någonting åt det just nu.”

Älgkalven kom ut ur skogen i kort trav och fortsatte rakt mot Annas torn. Hon hade varit vaken en kort stund och det tog henne några sekunder att fatta vad som pågick. Allt hon hann var att resa sig, sträcka sig efter geväret, lyfta det, sikta och skjuta. Kalven tog ett par steg till innan den föll kanske tio meter från tornet.

Anna drog efter andan och satte sig ner på pallen, trevade efter mobilen och tryckte in Fröydis nummer.

”Ja, är det du Anna, var det du som sköt?”

”Ja, en kalv.”

”Klockan är halv två, jag blåser av.”

Anna sjönk tillbaka mot tornets vägg, hon hade skjutit en älgkalv, hon mådde illa och kalven låg där blodig och stendöd. Efter en helvetes lång stund fick hon syn på Biggles som kom stövlande genom terrängen, då tog hon sig ner med ryggsäck och vapen.

”Det var inte dåligt,” sa Biggles, ”du är visst en riktig *sniper* du, ett enda skott och det rakt i lungan eller hjärtat, han stöp direkt. Ibland ska de ju retas och springa iväg en bit, men den här hade ingen chans, grattis Anna!”

Biggles tog fram mobilen och ringde runt och medan Anna satt på sin pall intill tornet började så småningom några av jaktlagets medlemmar infinna sig för att beundra och gratulera. När Fröydis kom sa hon bara:

”Du är likblek, Anna, du ska hem och vila dig nu, snyggt skott, det är inte varje dag man ser en sån fem-etta. Det ger anledning att fira, bravo!”

Geir kom farande med älgdragaren, en 4-hjuling med pulka för att frakta hem det stendöda bytet och när Anna erbjöds plats bredvid föraren, sa hon tacksamt ja. Geir väntade in fler jägare för att få hjälp med att lyfta in kalven i slaktboden och medan många rörde sig över gårdsplanen hängde Anna sitt gevär över axeln och gick till bilen, öppnade bakluckan, rullade in vapnet i en filt, stängde och kollade automatlåsningen. Därefter gick hon till jungfrukammaren och la sig på sängen.

Eftersom hon hade sovit en timme eller mer kanske ute i skogen var hon inte trött. Anna undrade för sig själv hur många älgar som hade gått förbi hennes torn, medan hon sov. Kalvens mamma, till exempel.

Anna ringde till Niels och rapporterade, han lät glad och gratulerade och frågade förstås om hon tänkte delta i morgondagens jakt.

”Nej,” sa Anna, ”jag tänker aldrig jaga mer, det var hemskt att skjuta den där kalven. Nu vill jag vila, äta något och lyssna på eftersnacket, det kan vara roligt på en jakt men sen kör jag hem.”

”Ok,” sa Niels, men glöm inte att låna en bössa ur vapenskåpet, ta gärna några patroner med, Fröjdis brukar gilla skämt i synnerhet om de är av grövre kaliber. Nu var jag visst rolig också. Bössan kommer hon snart att hitta i något grävlinggryt bakom Oscars stuga

Anna skrattade glatt.

”Vi får se.”

”Ok, gör som du vill. Clary ska på dammiddag och Sverker har bett Kåre, Gunnar och mig att äta middag hos honom och spela bridge förstås, det gör jag gärna, om det går bra för dig?”

”Absolut, bara du tar hand om Kaiser.”

”Det gör jag, han följer med mig, vi ses senare i kväll.”

Anna lämnade jungfrukammaren och såg sig om i huset. I hallen var det röda sammetsdraperiet draget åt sidan och vapenskåpet stod olåst med dörren halvöppen. Hon gick vidare ut i köket och där satt rörmokaren Janne Engström, en målare och Calle Söderberg och drack kaffe. Alla for upp för att gratulera till dagens fångst som Engström kallade det. Hon log och gick ut för att se vad alla andra gjorde.

”Sover inte du,” frågade Fröydis, ”det borde du göra fast du ser lite piggare ut nu, vill du ha ett glas vin, vi andra sitter här ute i kylan och skålar?”

”Nej tack, jag kör hem i kväll, jag blev nog rätt tagen av den där kalven, han överraskade mig totalt.”

”De gör det, när de kommer smygande utan att ropa *Hallå, här kommer jag!*” skrattade Biggles och Geir föll in.

Anna såg att bröderna Andersson också satt där och skrattade. Hon visste att de var avundsjuka på henne. Den reaktionen hade hon sett förr vid jakter där en oväntad person nedlagt det efterlängtade bytet.

”Anna, vi äter middag om en kvart, stanna så får du lite i dig, det behöver du.”

”Tack, det gör jag gärna, jag hoppas ni fäller sextaggaren i morgon.”

Middagen blev lyckad, den inleddes med inlagd sill, hembakat bröd, öl och brännvin, man skålade och sjöng och värmen steg i matsalen. Anna satt mellan bröderna Håkan och Göran Andersson vilkas viktigaste intresse i livet, förutom jakt, var stora portioner mat och höga snapsglas fyllda till brädden. Missunnsamheten från jakten försvann likt spritångorna mot taket och i takt med att Fröydis med hjälp av Calle Söderbergs son bar in karotter med rykande lammkött i en riklig fond av vitkål samt berg av potatis, återstod endast välvilja mellan samtliga medlemmar i jaktlaget. Öl och rödvinsflaskor skickades runt.

Efterrätten var Tyreholms uppskattade äppelkaka med vaniljsås och när alla var i full gång att återge sina egna skogliga minnen och Carl Söderberg klingade i glaset för att tacka för maten, lämnade Anna sin plats och viskade till Fröydis att hon tänkte åka hem.

"Sitt kvar, Fröydis, Calle tänker strax hålla tal, jag kommer inte i morgon, jag är för trött, vi hörs när du har tid, tack för idag!

Anna gick ut i hallen där Håkan Anderssons son Egil just tagit på sig ytterkläderna för att sticka iväg till sin flickvän, de viskade hej då till varandra när den unge mannen gick ut och stängde dörren efter sig. Sedan Anna klivit i stövlarna och dragit på sig den nya rocken kom Biggles och Geir förbi henne på väg ut för att röka, hon stod kvar framför spegeln och tog till sist på sig hatten, hängde den lätta ryggsäcken över axeln och gick även hon. Det hade mörknat när hon kom ut och det var skönt att ha käppen som stöd.

Hon såg genom bilfönstret hur man bröt upp från bordet och att elden i stävan ännu brann. Hon körde långsamt och njöt av bilens säkra rörelser på den smala och kurviga vägen.

Hon medgav tyst för sig själv att den nya Suven var tryggare på färden än hennes tidigare slanka och tjusiga reskamrater. Förarplatsen var bekväm med god sikt och allt inom räckhåll. Det luktade nytt i hennes Suv, hon fick njuta av den friska luften ännu en kort tid tills Kaiser hade mutat in sin del av bilen.

Hon tyckte om att köra Suven så innan hon körde hem tog hon en extra tur runt Liljekronas boställe och hästhagar, här var vägen bred och hon ökade hastigheten, passerade bron över Brobacksbäcken, följde golfbanans sträckning och svängde in på den korta och smala väg där

Niels och hennes villa låg. Grindarna stod öppna och hon körde in bilen i garaget.

Anna satt kvar en kort stund och andades djupt, nu ville hon att både Niels och Kaiser skulle komma hem till henne

Hon gick in och ringde Niels och sa att hon var hemma; om han föredrog att stanna hos pojkarna så var det ok, bara han släppte ut Kaiser. Hon öppnade dörren till altanen och strax därpå hörde hon hur grannens altandörr öppnades och då visslade Anna. Kaiser kom som en stormvind, klart medveten om att det var hans matte som visslat. Hon satt på en stol i köket när han dundrade in lycklig över att matte äntligen var hemma.

”Jag är lika glad, som du, min älskade vän,” viskade hon i hans bakåtstrukna öron och strök honom över hela den mjuka pälsen. ”Äntligen är jag hos dig och du vet att det är här jag vill vara jämt. Du ska strax få någonting gott och det ska jag med.”

Hon tog med sig sitt gevär, som hon ställt ifrån sig i hallen, in i sovrummmet, drog undan en skjutdörr med spegelglas och låste upp vapenskåpet, som var fastskruvat i golvet, ställde in geväret, låste och la nyckeln på sitt eget säkra gömställe.

Anna klädde av sig alla jaktkläderna, klev i en varm pyjamas, morgonrock, sockor och tofflor. Hon skulle aldrig mer klä sig för jakt, aldrig mer sitta i ett torn och vänta på ett djur för att få skjuta ihjäl det.

Hon skar upp en bit leverpastej och blandade den med en näve Frolic i Kaisers skål och slog upp ett glas rödvin åt sig själv, kände att detta var en stund för Leonard Cohen. Hon låg ner i soffan med Kaisers huvud i knät och med musiken som smög runt väggarna och vaggade dem båda halvt till sömns.

När Niels kom låg Kaiser kvar helt orörlig för att inte störa sin matte, Niels log mot dem båda och strök Anna lätt över håret.

”Ni har det allt riktigt bra där tillsammans, vilken tur att vi har Kaiser, du behöver inte mig när han är här.”

”Jo, Niels, jag behöver dig i högsta grad och detta var sista gången jag deltar i någon som helst jakt. Det var hemskt idag, jag ville inte skjuta, det var otäckt när kalven sprang rakt mot mig, jag blev rädd och då sköt jag.

”Jag har all förståelse för den inställningen och nu rättar vi oss efter den. I fortsättningen följer du och Kaiser med mig på långa stärkande promenader i stället för att sitta och frysa i ett torn. Fröydis har nog med jaktkamrater utan dig.”

Niels hämtade en öl och satte sig i en fåtölj, först då viftade Kaiser på svansen. Niels skrattade och klappade honom.

”Hade ni trevligt hos Sverker?”

”God mat, som vanligt men bridgen är inte på någon högre nivå, tror faktiskt att det kunde vara en god idé att lära dem spela poker.”

”För att spela av dem deras feta pensioner?”

”Precis, rätt gissat. Kan du sova i natt?”

”Jag kommer att sova som en stock, Niels, det känns så skönt att ha nått den här punkten. Någonting har förändrats inom mig, vet inte vad det är, kanske hänger det ihop med en död kalv att jag helt oförklarligt önskade mig en annan typ av bil än jag haft tidigare. Förresten tycker jag att suven är fin, den är skön och bekväm, känns trygg på något sätt, härlig att köra och jag tog en liten omväg när jag kom till Brobacken för att få njuta av den en stund till.”

”Det var roligt att höra, vilken väg tog du då?”

”Runt Liljekronas och utmed golfbanan, det kändes bra men bäst var att komma hem, tack för att du hade öppnat grindarna och garagedörrarna, det var gulligt. Du är omtänksam, Niels.”

”Min kära Anna, jag är så glad åt att se dig i fin form, att se dig i så väldigt god form borde jag säga. Med några kilo till kring revbenen kan du bli riktigt kramgo igen och det ser jag fram emot både för din och min skull.”

Anna log mot sin man.

Nästa morgon körde Niels ner till byn för att handla småfranska på konditoriet Verandan. Anna tyckte om att få frukost på sängen och när Niels frågade hur hon mådde, svarade hon att hon mådde bra. Niels såg att det gjorde hon. De kysste varandra, så underbart, sa Anna och Niels höll med. Livet hade börjat om.

18

Det var två polare till Nyman som upptäckte honom, de hade diskuterat om de skulle försöka ta sig till travet och Nyman hade ju Saaben alltså, så de gick från centrum, där de träffats på förmiddagen över en fika. Det brukade ta tid att fatta beslut varför klockan hade hunnit bli nästan halv ett innan de kom fram till Nymans bostad.

Både Persson och Cassel hade fått i sig några stärkande så de var vana vid att titta efter två gånger om det var någonting man absolut måste se och när Persson, som gick först, kom fram till torpets ytterdörr, stannade han och såg sig omkring.

"Du Cassel, dörren står på glänt, jag ropar på Nyman."
Cassel hade ingen kommentar till det så Persson ropade men det var ingen som kom fast de väntade en stund.

"Du Cassel, jag puttar på dörren nu, det gör jag," sa Persson och Cassel hade inga invändningar nu heller och därför tog Persson tag i torpets ytterdörr och öppnade den helt och hållet. Persson och Cassel tittade in i stugan och Persson som stod längst fram tänkte ta ett steg in, ändrade sig, ryggade tillbaka och skrek:

"Nej fy fan, vad e det här, han ligger på golvet, aktarej Cassel, nu är det skit, ut merej, de e blod här, ut sa jag," skrek Persson och knuffade ut Cassel genom dörren och sprang själv rakt ut i naturen.

"Det var det värsta jag har sett, men fy fan, då blir det inge trav idag, vi måste härifrån, de får inte hitta oss här, Cassel, kom så sticker vi."

"Var det Nyman som låg på golvet?"

"Vem fan skulle det annars vara, det gick inte att se, nu spyr jag, det var det jävligaste på länge."

"Persson, vi måste ringa polisen," sa Cassel.

"Aldrig, de kommer att tro att det är vi som har släckt honom."

"Kom Persson, vi går till Ekmans fik nu."
Cassel fick med sig sin polare till fiket, hämtade kaffe och bad att få låna Ekmans mobil, slog 112 och sa att det låg en ihjälslagen typ på Utgårdavägen i Brobacken.

En polisbil var på sedvanlig runda i Brobacken när anropet kom och båda de unga kvinnliga poliserna i bilen tyckte att det var spännande, ihjälslagen lät förstås läskigt men det var bäst att vänja sig. De körde in på Utgårdavägen, fick syn på en rödbrun stuga längre fram, körde långsamt, såg Saaben, parkerade och gick försiktigt fram mot huset, båda med handen på hölstret.

Flickorna upprepade nästan ordagrant vad Persson fått ur sig vid första anblicken av Nyman.

"Nej, fy fan, vad är detta, han ligger på golvet, vi går inte in, vi rapporterar in det här direkt."

Så gick informationen från den ena nivån till den andra och slutligen klev Kranz in i Tegels rum utan att knacka.

"Vad nu, brinner det i stadshuset?"

"Nu är det allvar, Tegel, fan vet om du kommer att tro mig men man har hittat Nyman död i stugan. Blod och gräsligheter, mördad alltså. Häng på så åker vi."

Tegel for upp och iväg i ilfart och när de satt i bilen berättade Kranz vad han visste dels om polarna, dels om tjejerna samt att han informerat rättsläkaren och tekniker.

"Men herrejävlar vad är det som händer i Brobacken numera, förr visste vi nästan jämt vad som var på gång men nu..."

"Lugn Tegel, det kanske vi gör om en stund, vi får vara tacksamma för vad detta monotona yrkesliv bjuder på, länge sedan vi hade ett rejält mord."

"Tacksam vete fåglarna."

Tjejerna i polisbilen blev glada och lättade när Tegel och Kranz i sina klädsamma svarta skinnjackor klev ur sin bil och log vackert mot dem.

"Ni kan spärra av 100 meter av vägen och så får ni stanna en stund till och hålla undan nyfikna som brukar känna på lukten att det är något kul på gång. Förlåt, kul och kul, det finns faktiskt de som tycker det."

Han vände sig till den ena av de påtagligt bleka flickorna och frågade hur hon mådde. Hon svalde och svalde och svarade att hon mådde hyfsat.

Bra, tänkte Tegel, det blir nog poliser av dem med.

Kranz stod i stugans dörröppning och tittade in, och när Tegel kom tog han ett steg åt sidan, tillsammans tog de in den svåra bilden av en människa som låg på rygg på golvet med fötterna ca en meter från dörren och med ett sönderskjutet huvud där större delen av ansiktet saknades.

"Har Nyman verkligen gjort sig förtjänt av detta?" undrade Tegel och drog upp en näsduk ur fickan och höll för näsa och mun.

Kranz stod och antecknade, Nymans klädsel, möblernas placering, saker och ting på stolar och bord, tallrikar, glas och kaffemuggar på köksbordet, blodfläckarna eller snarare pölarna, taklampan tänd, gardiner fördragna för fönstret mot vägen. Smutsigt och ostädat som förut.

"Jag tror att det räcker," sa Tegel, "vi går ut till flickorna, de behöver nog sällskap."

"Det gör visst du med," flinade Kranz.

"Passa dig," väste Tegel.

Nu syntes en bil som svängde in på Utgårdavägen och som prydligt parkerade bakom Kranz bil. Ur klev rättsläkaren dr Mellin och han berättade att teknikerna var honom i hälarna.

"Välkommen doktorn," sa Tegel, "ska vi gå och titta, jag skulle gärna vilja höra din spontana reaktion."

"Visst, så gärna, sa dr Mellin.

När de stod i dörröppningen frågade Tegel rättsläkaren hur han trodde att Nyman dödats.

"Normalt sett brukar jag inte besvara några frågor före obduktionen men jag skulle bli förvånad om han inte blivit skjuten, vapnet var sannolikt av grövre kaliber. Detta är inte svar på din fråga, det är bara ett antagande."

"Tack," sa Tegel

"Jag återkommer inom ett par dagar, god fortsättning."

Tegel satt i bilen och talade med stan, rapporterade och beställde ännu en polispatrull samt en bil för att hämta Nyman. Kranz tog hand om teknikerna, gav dem bakgrundsinformation och bad dem särskilt att söka efter kulan – *en kraftfull typ*, vilket teknikerna påstod att de redan förstått. Kranz delade deras uppfattning att det sannolikt varken fanns fotavtryck eller några fingeravtryck, så dem slapp de leta efter.

19

Den som ringt polisen och anmält fyndet av en ihjälslagen person hade inte låtit nykter, varför det fanns skäl att misstänka att det var en av Nymans vänner. Tegel beslöt att Kranz skulle åka in till centrum och höra sig för medan han själv stannade och väntade på poliserna och likbilen.

Kranz parkerade mitt på torget och gick in på den korta gatstumpen på Icas baksida. Där låg Ekmans Café och dit brukade inte barnfamiljerna gå för ett mysigt mellanmål utan de gick vanligen till det trivsamma konditoriet *Verandan* med nymålade möbler och blommande cyklamen i fönstren.

Hos Ekman samlades de halvt utslagna, de tystlåtna, skitiga och fattiga som inte längre hoppades på underverk, men de störde ingen och Ekman tolererade dem – det var han som köpte ut åt dem och det var det ingen som brydde sig om. Ekman var heller inte dålig på att tuta i sig. Ekmans fru serverade ibland och då satt gästerna stilla och väntade för det hände ibland att den ena eller till och med båda hennes lösa ögonfransar lossnade och hamnade på bordet och det gav alltid upphov till dagens kanske enda skratt.

Kranz visste att hans ankomst till Ekmans Café skulle göra gästerna skärrade. Han gick lugnt in och sa att han trodde att här satt några duktiga karlar som han ville tacka för en särskild tjänst.

"En av er ringde polisen idag och berättade att han hade upptäckt en död person här i Brobacken och jag är här för att tacka för det, ingenting annat. Det känns bra när någon hjälper polisen som idag.

Vem var det som ringde, kan jag få veta det, jag vill gärna ta i hand och tacka."

Det satt tre karlar vid bordet, en hette Persson, en hette Cassel och båda hette Kalle i förnamn. Vad den tredje hette var det ingen som visste.

"Det var jag som ringde," sa Cassel och Persson såg ut att vilja rymma direkt.

"Tack ska du ha," sa Kranz och tryckte Cassels hand, "det blir lättare när någon vill berätta. Vad heter du? Kalle Cassel, fint. Var det du och din kompis – Kranz pekade på Persson – som kom till Nyman?"

"Han heter Kalle Persson och vi tänkte fråga Nyman om han hade tänkt sig till travet, han har ju bil men då låg han bara där, det var hemskt att se."

"Ja, det var det," höll Kranz med, jobbar ni på sågen som Nyman eller hur var ni polare?"

"Vi har jobbat på sågen alla tre men inte nu längre."

"Nähä," tyckte Kranz, men då kände ni varandra ganska väl?"

"Ja, vi har känt varann länge."

"Du Persson, håller du med om vad Cassel säger om Nyman och er båda?"

"Jag vet inte, klart jag kände Nyman."

"Visste någon av er, Persson eller Cassel om Nyman hade några ovänner eller fiender?"

Både Persson och Cassel skakade på huvudet och sa nej. Kranz tog upp anteckningsboken, såg allvarligt på dem och bad om deras adresser. Ingen vågade neka.

"Sista frågan, varifrån hade Cassel ringt, för mobiler har ni väl inte."

Cassel pekade mot Ekman som stod bakom disken och sa – "lånade hans."

Kranz tackade dem båda och gav dem ett snällt polisleende när han gick.

Tegel satt i polisflickornas bil och såg ut att trivas. Teknikerna var kvar inne i huset och ännu en polisbil hade anlänt med två konstaplar som stod på tröskeln och tittade in på brottsplatsen. Tegel och Kranz gick dit och hälsade och en av teknikerna sa, att det går bra att hämta kroppen nu.

”Bra,” sa Tegel, ”säg Sven, kan du ge oss din uppfattning hur det har gått till nu när du har kikat på hela stugan?”

”Det är mycket enkelt,” sa tekniker Sven, ”någon har kanske knackat på dörren och Nyman har öppnat den eller någon har öppnat dörren utifrån och skjutit Nyman i huvudet. Det ser ut som om skytten stod ca en till två meter utanför dörren och Nyman stod en meter innanför dörren. Personligen tror jag att skytten har knackat på eller gjort annat ljud ifrån sig, för Nyman hade hällt upp en full mugg kaffe som stod på köksbordet. Där låg också dagens – det vill säga gårdagens Expressen med sportsidorna uppslagna.

Kulan satt i brädväggen norrut i linje från dörren. Inga fingeravtryck, sa du men en hel del blod utan fotspår eller annat kladd. Skytten har inte varit inne i stugan. Om du vet vem som är hans värsta ovän är det här fallet klappat och klart. Vi åker nu och du får en rapport i morgon eftermiddag. Här har du nyckeln till huset, den låg under tidningen.”

Sven och hans kollega samlade ihop sina prylar och gick. Utanför huset stod två personer i skyddskläder och väntade tyst med en bår och Tegel gav dem klartecken att fullgöra sitt uppdrag.

Tegel stängde och låste ytterdörren när Nyman åkt iväg på sin sista resa, Kranz stod och väntade på att få reda på hur Tegel tänkt sig fortsättningen.

”Flickorna kan åka hem nu, pojkarna får stanna kvar tills det mörknar, vi vill inte att några nyfikna kommer hit och lever om. Tack ska ni ha, alla fyra!”

Tegel och Kranz satt i bilen och planerade.

"Vi åker till Nymans mamma och styvfar och underrättar dem om vad som hänt och ber om telefonnummer till hans förra fru. Jag ringer henne och berättar, hon får tala med deras dotter. Sedan åker vi till stan och äter och försöker bena ut den här egendomliga historien, en av de konstigaste jag har upplevt.

Besöket hos Nymans föräldrar blev svårt. Mamman tappade behärskningen och klagade om och om igen över hur hemskt det var att förlora sin son, hon hade ju bara honom. Tegel tröstade tafatt och sa att de snart skulle höra av sig och klappade henne försiktigt på ryggen och Kranz skakade hand med offrets styvfar.

De båda kollegorna satt tysta långa stunder i bilen på väg till stan.

Mordet på Bengt Nyman var svårt att begripa.

20

Älgjaktens andra dag på Tyreholm liknade den första dagen med en väsentlig skillnad, ingen älg fälldes. Jaktlaget visade ganska trumpna miner när de återkom efter oförrättat värv och skämt och skratt förekom sparsamt. Man bar in vapen och packning i bilarna och försökte hålla god min när Fröydis ropade åt dem att när Annas kalv som hängde i slaktboden var flådd och styckad kunde de komma in och få en tallrik goda rester.

Jakten hade gett resultat, det fanns anledning att vara en smula nöjd även om köttet bara skulle hamna i Fröydis rymliga frysbox.

Humöret steg vid åsynen av karotterna med lamm och potatis, öl, bröd och ost. Jo, visst blev det en bra dag idag också och man kunde ju unna Anna att få skjuta en kalv, det måste ha gjort henne glad. Man enades om detta och tömde huset på lammkött och Geir frågade försiktigt om det inte fanns kvar lite av den där äppelkakan också.

"Äppelkakan står på en bänk i köket, du kan hämta den själv och Håkan kan ta assietter och skedar som står på samma ställe. Efter det här ska jag ha semester minst en vecka, det är inte gjort av sig självt att ordna de här älgjakterna, kan jag tala om för er, att skjuta är ju det minsta man får göra."

I grund och botten var Fröydis nöjd, den vuxna älgen fanns kvar i skogen och den planerade hon att bjuda in jaktlaget att nedlägga nästa lördag. Hon var nöjd med att Anna valt att stanna hemma idag, hon kände sig ofta orolig för henne, för numera reagerade hon inte som förr, verkade mest försjunken i sin egen värld. Fröydis ville inte ha ansvar för henne.

"Pojkar, nu klingar jag i mitt ölglas! Nästa lördag kl. 07.00 går jakten på sextaggaren. Anmäl er senast tisdag till mig. Tack för dessa två dagar!"

Uppbrottet blev som vanligt stökigt med spring mellan nattläger och bilar, prat och skratt – allt var trevligt igen ända tills Fröydis höga och ilskna röst skallade genom huset:

"Var är mitt gamla kulgevär, vem i helvete har tagit min 338 Varberg? Kom hit allesammans!" skrek hon.

Fröydis stod i hallen bakom sammetsdraperiet och tittade oförstående in i sitt vapenskåp, medan jägarna kom skyndande.

"Vad är det du säger," undrade Geir och drog undan draperiet som låg som en scharlakansröd mantel över Fröydis rygg. Fröydis stod kvar och skrek en gång till:

"Vem fan har tagit min studsare?"

Nu trängdes alla i hallen och försökte titta in i vapenskåpet och plötsligt sa Geir:

"Fröydis gamla studsare är borta, den brukar stå längst bak i vänstra hörnet, det har den alltid gjort, den är inte där längre."

"Det var en intelligent anmärkning av dig, din smarta norrman, kan du säga vem som har tagit den också?" röt Fröydis.

Detta var oerhört, ett vapen hade försvunnit, alla stod tysta tills Carl Söderberg frågade Fröydis när hon senast använt det och hon svarade att hon skjutit en tjur med det under förra årets älgjakt. Vapnet hon hoppats få använda detta år var helt nytt och stod för närvarande i hennes sovrum. Hon brukade inte ställa in sin bössa förrän alla jägarna tagit sina vapen då hon kunde låsa vapenskåpet.

Carl Söderberg behöll ledarskapet och föreslog att alla återvände till sina platser i matsalen.

Fröydis satt vid ena kortsidan och blickade ut över sina välkända jaktkamrater. Hon såg på dem en efter en, hon kände nästan alla sedan lång tid, hon kände någorlunda deras livssituation, privatliv och ekonomi. Hon kunde inte föreställa sig att någon av dem kunde stjäla ett jaktgevär av en kamrat.

Det var obegripligt att vapnet försvunnit, det måste finnas någon förklaring, har någon tagit hennes vapen och lämnat kvar sitt eget? Hon ställde frågan om var och en som haft sitt gevär i vapenskåpet nu hade hämtat ut det därifrån och lagt det i sin egen bil. Svaret var ett enhälligt ja.

Calle Söderberg som satt mittemot Fröydis på den andra kortsidan bad Geir om papper och penna och han sprang till Fröydis skrivbord och letade upp block och penna.

Calle klingade med skeden i koppen för att fånga kamraternas uppmärksamhet.

"Jag föreslår att vi gör upp en lista på dem som kommit till Tyreholm under dessa två dagar och antecknar när de åkt härifrån. Det är ju inte bara vi i jaktlaget som varit här utan även målare, snickare och en rörmokare. Detta handlar inte om att misstänka någon utan att fria så många som möjligt från misstanke.

Vi vet att de tre hantverkarna gick in och ut i huset under den tid som vapenskåpet stod olåst för att fika i köket. Du Biggles som är polis, tycker du inte att det vore lämpligt att fråga dem lite artigt om de vet någonting om Fröydis försvunna gevär?"

"Det tycker jag absolut men den frågan är polisens sak att ställa. Här finns anledning att misstänka att ett dyrbart vapen som kräver licens har försvunnit och att det kan ha blivit stulet – då är det ingenting för oss som jaktlag att försöka utreda. Jag känner mig i högsta grad inblandad och ingår liksom resten av oss i de misstänktas skara, det gör att jag från och med nu bör sitta tyst.

Till Fröydis vill jag säga att du måste anmäla den här stölden till polisen – om det är en stöld. Just nu kan du gå ut i hallen och kontrollera att det bara är dina vapen som står där och om så är ska du hämta din nya bössa, ställa in den och låsa skåpet.”

Fröydis försvann. När hon kom tillbaka höll hon upp en nyckel framför sig, innan hon stoppade den i fickan.

Calle Söderberg höll upp ett papper i luften.

”Jag har antecknat alla som jag vet har varit här under dessa två dagar och jag tänkte läsa upp vad jag skrivit så får ni lägga till eller ändra bäst ni vill. Jag börjar med jägarna:

Fröydis
Geir
Anna Vanleeder
Calle Söderberg med son Staffan
Håkan Andersson med son Egil
Göran Andersson
Biggles
Tre drevkarlar
Rörmokare Janne Engström, en snickare, en målare”

Ingen hade någonting att tillägga.
Calle Söderberg bröt tystnaden kring bordet.

”Jag har ett par förslag, var och en går ut och kollar att det är det egna vapnet som ligger i vars och ens bil så att inga sammanblandningar kunnat ske, därefter återses vi här. Om du ger mig Annas telefonnummer, Fröydis, så ringer jag henne och frågar om hon fått med sig fel vapen härifrån.”

”Men det har hon inte,” sa Biggles, ”jag och säkert flera andra såg hur hon hoppade av älgdragaren och gick raka spåret till sin bil och la sitt gevär i bakluckan.”

”Det såg jag med,” sa Geir.

”Då behöver jag inte ringa, sa Calle Söderberg. Då återstår att fråga målaren, snickaren och rörmokaren och det är som Biggles säger en uppgift för polisen.”

”Jag skulle vilja säga en sak,” sa Calle Söderbergs son som hette Staffan. ”Jag tycker att det verkar skumt att misstänka att någon av dessa personer som alla är rutinerade jägare och som äger fina och dyrbara vapen som de också har licens för, skulle ha stulit ett vapen av Fröydis. Det är någonting i det resonemanget som inte stämmer. Det betyder inte att jag misstänker någon av de tre hantverkarna, jag tror bara att vi tänker fel därför att vi ännu inte har fått alla komponenter i den här intrigen. Det fattas någonting. Dessutom har vi tre drevkarlar att fråga.”

”Tack Staffan,” sa pappa Calle.

”Det där blev man ju inte klokare av,” sa Göran Andersson, ”vi får hålla oss till det vi vet tills vi vet mer.”

”Fröydis, sa Håkan, nu har du suttit tyst väldigt länge, tänker du eller är du helt lamslagen av den här historien?”

”Jag vet inte vad jag är mer än absolut förvånad. Jag vet inget mer. Jag har suttit och funderat på om jag har lämnat den på reparation eller om jag har gömt den bakom oljetanken eller glömt den på skjutbanan eller om jag har sålt den till Geir eller till någon annan. Geir protesterade högljutt.

Nej, jag orkar inte tänka mer, jag ansluter mig till den – vem det nu var – som sa att det är någonting som inte stämmer här. Biggles, du som är polis, hur resonerar man i sådana här komplexa historier inom din yrkeskår?”

”Säg det,” sa Biggles, ”Jag är nog inte den smartaste problemlösaren i det gänget.”

”Hur gör vi nu då,” frågade Fröydis.

”Vi gör ingenting, du ringer Arvid Tegel i morgon bitti, så tar han hand om hela saken.”

Sällskapet började resa sig från bordet och snart var de flesta ute på gårdsplanen. Alla var illa till mods, konfunderade och förbryllade, ingen

visste med vilka ord man borde avsluta denna ovanliga dag som hade
ställt samtliga inför en obesvarad fråga.

21

14 okt fredag

Klockan halv nio på fredagsmorgonen ringde Fröydis till Arvid Tegel
och berättade historien om sitt försvunna gevär. Tegel satt blickstilla och
lyssnade, hon gav honom alla detaljer hon i ögonblicket kunde erinra sig,
därefter tystnade hon och sa:

"Hjälp mig, snälla Arvid."

"Fröydis, jag ska hjälpa dig, naturligtvis, jag börjar med att ringa på
Biggles och Sune Kranz, jag återkommer till dig så snart jag kan. Som du
förstår måste vi höra alla deltagarna i jaktlaget och övriga som rörde sig i
ditt hus under båda jaktdagarna. Ta det lugnt så länge, jag hör av mig."

Arvid Tegel ringde Biggles och bultade i väggen som gränsade till Kranz
rum. Efter några minuter satt alla tre i Tegels rum.

"Nu pojkar ska ni få varsin nyhet av mig, ingen säger någonting förrän
jag slutat prata. Jag börjar med Kranz.

Fröydis har ringt mig och anmält att ett av hennes gevär, ett 338 Varberg
har försvunnit, sannolikt stulits ur hennes vapenskåp. Anmärkningsvärt
kraftfullt vapen, med det kan man nedlägga en elefant. Upptäckten
gjordes igår torsdag inför hela jaktlaget.

Biggles tur. Onsdag kväll eller natten mot torsdag sköts Bengt Nyman,
Utgårdavägen 3 i Brobacken ihjäl med ett kraftfullt vapen. Han var en
arbetslös, ganska försupen men ostraffad nolla, som stod under
granskning av Kranz och mig för eventuell inblandning i den
Vanleederska kraschen. Varsågoda, ordet är fritt."

"Mama mia!" sa Biggles.

"För helvete pojkar, nu är det allvar, Biggles börjar, berätta detaljerat
hur det gick till när Fröydis upptäckte stölden och du Kranz lägger
varenda detalj på minnet."

Biggles berättade och Kranz antecknade, när Biggles tystnat ställde Tegel och Kranz frågor. Till slut sammanfattade Tegel:

"En lista på samtliga inblandade, jaktlaget, familj, polare, hantverkare ska ligga till grund för fortsatta förhör.

Vilka hade möjlighet att stjäla geväret? Vilka hade motiv att stjäla geväret?

Vi ska arbeta med tre brott, en stöld, ett mord och ett grovt vållande till annans död och vi vet inte om de hör ihop.

Vem av dessa personer hade *möjlighet* att skjuta Nyman och vem hade *motiv* att skjuta honom.

Fröydis får maila mig en lista på vilka som åkte hem på onsdagskvällen, de som övernattade hade ju inte möjlighet att skjuta Nyman och jag betvivlar att de hade möjlighet att stjäla vapnet, gömma det och stanna kvar på gården.

Biggles, du känner alla i jaktlaget, du gör den listan med adresser och telefonnummer. Du skaffar också fram namn på de tre drevkarlarna. Vad gäller familj, alltså frånskild fru och dotter, mamma och styvfar så har de inte stulit vapnet och inte skjutit Nyman, det är självklart.

Själv behöver jag tänka. Vi ses här kl. 13.00 eller tidigare om det behövs.

Biggles lämnade Tegels rum, Kranz satt tyst och läste i sin anteckningsbok, Tegel skrev en lista på dem *som lämnat Tyreholm onsdag kväll:*

Anna Vanleeder,
Biggles, polis, osannolik
Göran Andersson
Egil Andersson = Håkans son, ostraffad, knappt sannolik. Egil lånade vapen av Håkan, vilket Håkan borde ha anmält.
(Janne Engström) rörmokare, ostraffad, osannolik
(snickare) osannolik
(målare) osannolik
Kvar på listan:

Anna Vanleeder
Göran Andersson
Egil Andersson

”Kranz, vill du vara vänlig att läsa och kommentera min lista.”
Tegel sköt över sina anteckningar till Kranz som tyst tog emot och läste.
”Vi måste ha kaffe,” sa Tegel, ”jag hämtar medan du läser.”
”Jag har läst färdigt, jag kan gå.”
”Sitt kvar, jag behöver röra på mig,” sa Tegel och skyndade ut genom dörren.
Kranz satt kvar och begrundade det faktum att hans vän och chef, kommissarien Arvid Tegel aldrig tidigare under deras fleråriga samarbete hade hämtat kaffe åt dem. Kranz kände sig orolig, rentav illa till mods, det brukade han göra när människor uppträdde oväntat eller märkligt.
Med kaffe på bordet mådde både Tegel och Kranz bättre men Kranz teg tills chefen ännu en gång uppmanade honom att ge sin reaktion på listan.
”Egil Andersson är också osannolik.”
”Är det allt du har att säga?”
”Ja,” sa Kranz.
”Vad säger du om Göran Andersson, då?”
”Har levt ett, såvitt vi vet, relativt oklanderligt liv med fru, barn, och långhornad boskap. Min bedömning är *ganska osannolik*.”
Tegel satt tyst och granskade intensivt sin kollega.
”Anna Vanleeder är ensam kvar på listan, då har jag tänkt fel.”
Kranz hade ingen kommentar

*

Biggles ringde och rapporterade att han stött på Janne Engström som för bara en stund sedan fått veta att Nyman lämnat in, hur visste han tydligen inte ännu.

"Nyman var en skit, spelade och söp sönder sitt äktenskap, var ingen bra farsa heller, klarade inte av att behålla jobbet och flera polare ansåg att han stal både från dem och från andra."

Biggles avslutade med att säga att det inte fanns anledning att tro att Engström och Nyman hade haft några närmare kontakter med varandra.

Tegel funderade en stund innan han ringde upp Fröydis för att få veta om snickaren och målaren enligt hennes uppfattning kunde misstänkas för vapenstölden.

"Jag misstänker dem inte," sa Fröydis, "Jag talade med målaren idag, minns bara att han heter Verner, och han sa att Engström, han själv och snickaren fikade tillsammans med Söderberg i köket och att de tre gick därifrån samtidigt. Alltså, Calle Söderberg stannade kvar när de gick."

"Bra Fröydis, en fråga till bara, när försvann vapnet?"

"Ja du Arvid, den som det visste, jag har rannsakat mitt minne utan att ens komma på när jag tittat in i vapenskåpet, jag öppnade det på onsdag morgon när Geir och jag tog ut våra vapen, på eftermiddagen ställde de jägare som skulle övernatta på Tyreholm in sina vapen och på torsdag kväll upptäckte vi att mitt gevär saknades. Jag kan inte tänka klart längre kring den här historien."

"En fråga till, när åker Geir tillbaka till Norge, han får inte åka förrän vi har talat med honom."

"Han har planerat att åka på söndag, vill du att han ska komma in i eftermiddag?"

"Det vore perfekt. Vi säger så."

Tegel vände sig till sin andreman

"Nu har du inte talat på en lång stund, Kranz, har du inget intressant att tillägga?

"Jo, vi måste detaljerat gå igenom hur vapenskåpet har öppnats och eventuellt även stängts, från onsdag morgon till torsdag kväll, vilka som under dessa två dygn de facto har haft tillgång till skåpet och dess innehåll och dessutom har haft tillfälle att flytta ett vapen från skåpet till annan plats utan att bli upptäckt."

"Du har rätt, Kranz, vi lägger undan den stora brottsutredningen och koncentrerar oss på skåpet. Fröydis har tidigare haft åtta vapen, före stölden hade hon sex, alltså har jaktlaget haft utrymme för fyra, fem vapen, Geir har alltid första tjing."

Kranz hostade till och begärde ordet.

"När vapnet försvann är en obesvarad fråga huvudsakligen på grund av att Fröydis inte har observerat vilka vapen som stod i skåpet. Jag har fått veta att hon hade ett nytt vapen i år. Hon kanske inte har intresserat sig för sitt 338 Varberg sedan det stiliga Zako 6,5 tog plats i vapenskåpet. Fröydis har själv sagt att hon inte skjutit med det äldre vapnet sedan förra årets älgjakt, möjligheten finns då att hon inte ens har lagt märke till om just det vapnet stod bland de övriga gevären i skåpet. Om så är, skulle stölden ha kunnat ske långt före onsdag eller torsdag i denna vecka. Jag anser att tidpunkten för vapenstölden bör utredas så långt det bara går."

"Tack Kranz, det var viktiga synpunkter, vi ska gå vidare med dem. Nu måste vi äta lunch, har du med dig ett paket eller ska vi gå ner på Åhlénsbaren, tycker du?"

"Vi kör baren idag."

"Idag är allt annorlunda, jag ringer på Biggles, han får följa med."

Tre stadiga svenska poliser gick den centrala gågatan fram i regionens största stad varifrån det endast var ungefär två och en halv mil till Brobacken. Inte mycket undgick deras erfarna blickar och alla tre upptäckte Dick Eppsten som försökte göra sig osynlig genom att glo intresserat i Hennes & Mauritz skyltfönster.

"Funderar du på en ny överrock, Dick?" frågade Tegel.

"Nej men se kommissarien," smilade Eppsten, "har det begåtts mord även i denna stolta stad, som kräver kommissariens och beväringarnas närvaro?"

"Dämpa dig, Dick," fräste Tegel, "vad vet du om mord?"

"Det alla vet, om Nyman alltså."

"Berätta här och nu, annars tar vi in dig, det kanske vi gör i alla fall, vad har du hört?"

"Att travpolare sköt honom för han snodde stålar."

”Var bor du för närvarande?”

”Hos morsan på Bergsgatan 8.”

”Knark säljer du väl inte längre?”

”Det har jag aldrig gjort, kommissarien, det är olagligt.”

”Det är bra, Dick, fortsätt och sköt dig.”

De tre poliserna gick vidare till Åhléns bar, där de beställde pyttipanna och hängde av sig skinnjackorna på sina stolsryggar. Inom ett par minuter kom en välkänd figur klädd i trasiga jeans och fransig jacka och med gitarren hängande över axeln och ställde sig invid deras bord.

”Herregud,” sa Tegel, ”är Brobackens egen trubadur i stan!”

”Jo det vill jag lova,” sa Jonny Smash, ”har ni fått löneförhöjning,” fortsatte han och skrattade högt.

”Snuten på krogen mitt på dan, mitt i stan, det var som fan – det rimmar, jävlar va cool.”

Biggles reste sig upp och tog Jonny Smash i armen.

”Störande av befintlig ordning,” röt han, ”det kan kosta det.”

Tegel stönade och Kranz flinade.

”Störande av *offentlig* ordning heter det, släpp honom,” sa Tegel med trött röst och fortsatte

”Smash, försvinn innan jag drar blankt.”

Eftersom Jonny Smash varit med länge försvann han kvickt nerför trappan.

”Men pyttipannan var god,” sa Kranz, ”med vändstekta ägg och skivade rödbetor.”

22

Anna och Niels Vanleeder åt frukost tillsammans i sitt inglasade rum. Anna hade lyckats locka Niels att äta lite mer än skorpor till frukost, kanske genom att duka vackert eller genom att le mot honom, hon visste inte vilket som övertalat honom.

Kanske hade Niels låtit sig lockas av ett aptitretande frukostbord, men Annas glada uppsyn och mjuka leende gjorde honom lycklig.

Tiden efter Lisas död hade varit svår, Annas sjukdom hade skrämt honom mer än någonting han kunde minnas men den sista tiden hade hon äntligen visat livsglädje, hon hade skrattat och föreslagit att de skulle göra utflykter.

Dagen innan hade Niels för första gången denna höst fyllt den stora fågelmataren utanför glasrummet med solrosfrö och idag hade nyheten spritt sig, de enda som ännu saknades var domherrarna. De kom alltid sist, de ville helst äta från marken, alltså väntade de tills talgoxarna, blåmesarna och resten av kusinerna hade spillt tillräckligt med frön för att det skulle löna sig att flyga dit.

Anna glömde nästan att läsa, hon tröttnade aldrig på att studera småfåglarna, den halvt sönderlästa fågelboken fylld med gem och minneslappar låg för jämnan på frukostbordet.

De hade just avslutat sin frukost när Fröydis ringde, Anna satt kvar i glasrummet och lyssnade på vad Fröydis hade att berätta och det var ju inte småsaker direkt. Niels som gått in i vardagsrummet lyssnade på Annas kommentarer och förstod att Fröydis fått information från bästa källan.

”Fröydis är mest upprörd över att hennes gevär är försvunnet och med hennes fantasi så tror hon att den här personen är skjuten med just hennes gevär.”

”Vi får väl reda på detaljerna så småningom, de har allt möjligt att göra nu, poliserna, de öppnar säkert Brobackens polisstation för att slippa åka fram och tillbaka till stan varje dag.

Idag måste jag åka till tingsrätten men imorgon kan vi göra en utflykt med Suven om det passar dig.”

”Det gör vi, Kaiser och jag tar långa promenaden runt sjön idag, då blir jag trött och kan sova i natt.”

”Jag åker nu, je t´aime, om du minns vad det betyder.”

”Misstänker att du älskar mig.”

”Bra gissat, detsamma eller moi aussi, je t´embrasse. Jag är bättre på franska än du.”
Niels och Anna skrattade åt varandra.

*

Anna och Kaiser tog vägen mot ekdungen, båda var glada.
”Spring iväg Kaiser, du får bada om du vill, spring bara.” Kaiser sprang och kom tillbaka efter en kort stund och ruskade på sig så det stänkte på Annas nya jaktrock. Hon skrattade åt hans glädje och följde honom när han återvände till ekdungen. Lugnet och tystnaden så när som ljudet av droppande och porlande och strilande hade samma bedövande effekt som vanligt på henne och hon gick mot den stora stenen och satte sig på den. Ekarna växte i en sluttning och vattnet rann i ett svagt, smalt flöde, ett eget litet vattendrag, som bildade Kaisers badkar och sedan tunnades ut och försvann som en tystlåten och fridfull å.

Anna somnade inte fast hon hade god lust. Hon hade aldrig talat med någon om ekdungen och hur den förvandlade henne varje gång hon satte sig på stenen, hon ville inte att någon skulle veta vad en särskild plats i naturen gjorde med henne, hur hon gick ur sin egen skepnad och in i en annan som kanske inte ens var en riktig människa. Hon hade god lust att någon gång - inte idag – stanna där riktigt länge bara för att få reda på om hon skulle förvandlas på riktigt.

”Ok, Kaiser, vi fortsätter, vi har långt att gå om vi ska komma runt sjön.”
Kaiser sprang tacksam i förväg och Anna tog in det välkända landskapet med bäcken som blev en flod, gärdena och betesmarkerna, får och grisar men inga kreatur och ingen smal bro över floden med människor som talade med varandra. Det fanns helt enkelt ingen bro.

De har rivit bron, tänkte hon, lika bra det, den behövs inte.

Anna njöt av promenaden, av den friska höstluften som var så skön att andas in djupt ner i lungorna. Det var härligt att se Kaiser frisk och stark och glad, det var skönt att hon själv var frisk och glad. Den hemska, sjuka

tiden kanske var över, de kanske var på väg att bli vanliga människor igen
som de var innan deras älskade Lisa dog ifrån dem.

"Niels är förändrad," tänkte Anna, "hans sorg har lättat liksom min
men försvinner gör den visst aldrig, vi är andra människor nu utan vårt
tredje barn."

Anna fortsatte att reflektera över sitt och Niels gemensamma liv, de
hade varit gifta länge och deras äktenskap måste beskrivas som mer än
hyggligt även om hon funderat på skilsmässa under en period, då Niels
umgicks mer med sina vänner än med familjen och drack och festade
som en tonåring. Så småningom förstod hon att det var en kvinna
inblandad, för övrigt en av deras gemensamma bekanta och det gjorde
henne både ledsen och förbannad.

Utan att behöva fundera ut hur problemet borde tacklas, löste det sig
självt, när hon på en resa i jobbet träffade en man, Simon som gärna ville
trösta henne. Hon började förstå att denna otrohetssituation var mer än
vanlig, Simon berättade om sina vänner och kollegor och Anna visste ju
åtskilligt om sina egna vänner. Varken Simon, hon själv eller Niels, det
var hon helt säker på, ville bryta upp från sina äktenskap med risk för alla
tråkigheter det kunde föra med sig och kanske ovänskap med barnen.

Hon beslöt att inte anklaga honom men att inte heller ge förklaringar
till sina egna resor i jobbet. Hon gick till frissan, klädde sig elegant och
försökte avnjuta hela situationen.

Det tog tid men när Niels slutade med sina påhittade bridgekvällar och
stannade hemma och umgicks med hustru och barn, tyckte Anna att
resorna i jobbet tappade sin lockelse. En enda konsekvens följde av
denna otillåtna frihetstid, Anna vägrade att i fortsättningen umgås med
paret Palm. Fru Palm var för alltid persona non grata och det accepterade
Niels i tysthet.

Anna gillade att ibland tänka på fru Palm. Hon tyckte att kvinnan var
motbjudande med sitt mörkrött färgade hår och sina hårdnoppade
ögonbryn. Hon hade stora bröst som hon gärna lät hänga lite väl långt ut
och hon drack sig ofta slampigt halvfull eller motbjudande högljutt mosig.
Dessutom var hon påfallande ointelligent, utan humor och bildning. Hur

kunde Niels gå på den niten? Anna gissade att det var brösten. Själv hade hon ganska små bröst och sedan hon opererats för bröstcancer hade hon bara ett.

Anna tyckte mycket om sin man, de hade träffats i Upsala, de hade bott i samma studenthus och de förberedde sig båda för ett yrkesliv med juridik. Niels hade varit i Upsala två, tre år innan Anna kom dit men efter en och en halv termin med flirt och dans och gräl och tjafs var kärleken ett obestridligt faktum. Båda visste att detta var det enda rätta.

Anna småskrattade åt dessa goda minnen, så unga de hade varit men så säkra på varandra och att de ville leva hela livet tillsammans. Under sin period av sjukdom efter Lisas död, då hon legat i sängen många timmar varje dag, hade hon tänkt på deras äktenskap och att det hållit för tillvarons påfrestningar. Men under våren och även stundtals under sommaren hade hon varit säker på att hon själv snart skulle dö eftersom hon inte hade någonting att leva för.

Hon skämdes när hon tänkte tillbaka och mindes. Hon erkände att hon bara haft kraft att tänka på sig själv och det var svagt. Hon hade förutom sin djupt förtvivlade man även två minst lika söndergråtna söner och hon hade inte lyft ett finger för att lätta deras sorg, medan de alla tre hade gjort allt de kunde för henne.

”Jag ska berätta allt detta för Niels och be honom förlåta mig och när Gustav och Johan kommer hem nästa gång ska jag be om deras förlåtelse.”

De närmade sig broarna över floden och Anna kopplade Kaiser. Den stora bron var en del av länsvägen med trafik mellan sydväst och nordost, den lilla bron var bara en smal spång som var avsedd för gående personer som Anna och hennes schäfer.

Anna tyckte att den lilla bron var ganska skrämmande, den var smal och om det blåste kunde den gunga en aning. Det var långt ner till vattnet. Man hade fäst ett tjockt nät innanför broräcket och nitat fast det i golvplankorna. Det gjorde att bron föreföll ännu farligare, eftersom det antydde att någon nästan ramlat ner under räcket.

Hon hade gått över lilla bron många gånger och hon tänkte göra det även idag.

De startade övergången och promenaden ackompanjerades av ljudet från det strömmande vattnet under dem, Anna tyckte att det lät ovanligt livligt för att vara i oktober, nästan som på våren under islossningen. Denna flod var resultatet av att två smala bäckar från Himmelstaberget hade slagit följe någon gång vid slutet av den senaste istiden och tillsammans grävt sin väg till en låg åder som sakta sluttade västerut. Alla bäckar vet var havet är.

Anna lossade Kaisers koppel men han stannade kvar intill henne, han tolkade som vanligt alla hennes rörelser och ännu hade hon inte visat sig klar att gå vidare. Han betraktade sin matte där hon stod och tittade ner i det brusande vattnet och han väntade på tecken att hon behövde hans hjälp eller om de skulle fortsätta sin vandring. Han var en vältränad seismografisk tankeläsare.

"Kom Kaiser, nu börjar vi gå vägen mot vår egen sjö!"

Söder om Brobacken fanns stora skogar, åkrar och betesmark, det var lätt att gå, här fanns stigar, traktorspår och smala grusvägar. Från gårdar hördes skällande väktare, och Anna såg kreatur som borde släppas in i ladugårdens värme. Människan bor sällan ensam.

I skogarna var det gott om vilt, hela det mellansvenska djurlivet fanns mellan tall och gran, björkar och enar. Förra året hade två norska vargar trampat ner från Värmland och upprört fårbönderna med sin aptit. Innan tillstånd att försvara sin egendom inkommit från vederbörlig myndighet hade vargarna fortsatt till Skåne. Där var de lättare att upptäcka och där nedmejades de efter varsitt skrovmål i Eslövstrakten.

Anna tyckte om vargen, den var Kaiser sådan han varit i forntiden. Hon skulle inte bli rädd om hon mötte en varg, förutsatt att Kaiser var inlåst i trygghet. Hon visste att vargen och människan hade en gemensam bakgrund, människan hade tagit hand om vargungar och knutit dem till sig med foder och värme. Det var länge sedan människan svek och övergav vargen och dödade landets sista exemplar av inget annat skäl än vidskeplig skräck. Nu har de vandrat in igen. Bravo vargen.

Björn emellertid var Anna skräckslagen att möta, tur att ingen av det släktet synts i trakten på många år.

Under vandringen fortsatte Anna att fundera över sitt och Niels liv; det hade på många sätt varit som en lång fest och hon kom ihåg många av dem som delat festen med dem och som medverkat till att göra deras fest minnesvärd. Hon mindes gemenskapen, samtalen, danserna. Somliga gick hem tidigt, andra ville inte gå hem alls.

Så småningom övergick festen i nachspiel, gästerna drog iväg åt olika håll i större och mindre grupper och på avstånd hördes oavbrutet ljuden från den stora festen, den som alltid pågår och som oberört fortsätter med nya gäster, yngre och annorlunda än dem som tidigare fyllt festlokalerna.

Minnet svajade, Anna stannade och lutade sig mot ett träd för att vila, hon simmade under vattnet vid en strand på Lagnö den sommaren hon fyllde fyra år, ingen mer än hon visste hur det kändes att flyta i vattnet utan kontakt med den sandiga botten eller mammas oroliga hand.

Festen fortsatte, den pågick på avstånd en smula svårtillgänglig men just deras fest var i full gång, inga stora arrangemang, det lilla var oftast det bästa för festen har trots allt varit tröttsam, ibland slitsam och obeskrivligt sorglig och emellanåt med stunder av besvikelse, irritation och lycka. Sorgerna har ristat spår i kroppens tunna skinn men allra mest i själen som har den olyckliga förmågan att spara det man helst vill glömma.

De gamla minnena släppte sitt grepp när hon fick syn på en stubbe och ett fällt träd, hon beslöt sig för att vila en stund

Anna slog sig ner på stubben, tog fram smörgåspaket, termos, Frolic och vatten och dukade på trädstammen. Kaiser la sig bredvid henne och lät sig matas med godis.

Så annorlunda den här vandringspausen kändes jämförd med fikastunden i älgtornet. Den senare var ingen snäll stund, den liknade på inget sätt denna kärvänliga rast, då en människa och hennes hund delade några ögonblick av vila. I älgtornet satt Anna i väntan på ett byte som hon skulle döda.

Hon ångrade tidigt att hon låtit sig övertalas att delta i jakten, hon ville inte vara med men hon ville träffa de gamla vännerna, visa att hon var frisk. Hon hoppades att allt skulle vara som förut, hon visste att hon hade förändrats men hon hade bestämt sig för att låtsas som ingenting.

Nu visste hon att hon hade låtit sig förledas av ren enfald, att hon hade tillgodogjort sig Fröydis tillkämpade välvilja och Arvid Tegels djupt granskande blickar.

”Aldrig mer jakt för mig, aldrig, hör du det Kaiser, aldrig mer.” Kaiser såg henne djupt i ögonen och slog ett par slag med svansen, matte lät glad.

”Vi har det så bra, du och jag och husse och vår suv och snart kommer dina småhussar hem igen. Då kan vi försöka vara lyckliga trots att vi har förlorat vår Lisa.

Vi går hem nu, Kaiser, det får vara nog för idag, vi har långt kvar, det är bäst att vi springer.”

När de äntligen kom hem, upptäckte Anna att hon inte hade käppen med sig.

23

Geir kom in till Brobacken och slog sig ner i Tegels och Kranz tillfälliga rum i den övergivna polisstationen och Kranz satte genast igång diktafonen.

”Jaha, ni ville tala med mig,” sa Geir nervöst.

”Jag heter Kranz, är det du som har stulit Fröydis gevär?” Kranz tog direkt ledningen.

”Va, jag,” stammade Geir.

”Ja, du har haft fler och bättre möjligheter än någon annan. Svara gärna.”

”Skulle jag stjäla från Fröydis, det vore otänkbart, det fattar du väl. Tegel du kan väl säga åt honom att det är som jag säger, jag har aldrig stulit någonting i hela mitt liv.”

”Aldrig, sa du, det är särdeles ovanligt.” Kranz log syrligt mot denne norrman som han aldrig träffat förr.

”Varför pratar inte du, Tegel, vi känner ju varandra, den här Kranz vet jag inte vem det är.”

”Han är polis precis som jag och ibland pratar han och ibland pratar jag. Vi vill veta om du har stulit Fröydis vapen men det har du redan förnekat, så då går vi vidare. Du känner numera till att en man har blivit skjuten i Brobacken och nu kan du berätta om hur du fick veta hans namn och adress. Det vill Kranz och jag höra nu.”

”Va,” sa Geir igen. Vad då namn och adress, det vet väl inte jag.”

”Skärpning,” sa Kranz. ”Du och Tegel satt i vardagsrummet på Tyreholm och talade om den person som vi misstänker var ansvarig för kraschen med Vanleeders dotter och samtidigt var Anna Vanleeder där för att träna på skjutbanan. Hon kom in i hallen mitt under ert samtal och Tegel försökte få tyst på dig men du bara fortsatte. Vad minns du av detta?”

”Inte ett skit,” sa Geir med emfas. ”Jag tror att Tegel förväxlar mig med någon annan.”

”Jaså, det tror du. Fröydis kom från köket i nästa ögonblick och hon fick med sig Anna in från hallen. Det fanns bara ni fyra i huset denna eftermiddag. Berätta nu vad du minns av ert samtal, du tyckte väl att det var intressant att få veta att vi hade nosat upp en högst trolig gärningsman.”

”Ja, det var skönt att höra och att han bodde mitt i Brobacken.”

”Då var det klart, kommer du ihåg hans namn?”

”Nyman tror jag, det är väl ett rätt vanligt namn i Sverige, har jag hört.”

Tegel och Kranz såg på varandra och suckade, de var både nöjda och oroade.

”Vi har spelat in det här så du kan åka hem till Norge nu, men det är möjligt att vi vill tala med dig igen och då är det bara du kommer.”

”Tack för mig,” sa Geir och slank kvickt ut genom dörren.

"Så sparkar man ner en korkad lögnare i en grop, hur kan den här omtalat häftiga kvinnan Fröydis nöja sig med honom?" undrade Kranz och log spefullt mot Tegel.

"Det tänker jag inte spilla tid med att diskutera," småfräste Tegel. Förresten får du tillfälle att bedöma henne i morgon bitti. Du tar Biggles med dig och börjar på Tyreholm och tar reda på allt som vi ännu inte vet och sen fortsätter ni till bröderna Andersson och Calle Söderberg.

Själv har jag fullt upp med rättsläkaren och åklagaren och hur i helskotta vi ska hitta ut ur denna härva av tung brottslighet. Vi har varit förskonade för länge, Kranz, vi borde få en studieresa till FBI, jag ska föreslå det när jag träffar TD nästa gång."

"Bra förslag, Tegel, vem är TD?"

"Top Dog."

*

Arvid Tegel avslutade samtalet med rättsläkaren, dr Mellin. Han hade fått bekräftat vad han redan visste, Nyman sköts med ett skott i huvudet, inga andra skador. Tidpunkten för dödens inträde var svår att fastställa eftersom ytterdörren hade stått halvöppen antagligen från det klockslag då skottet avlossades och temperaturen hade legat strax under nollan hela natten. Ett litet elektriskt element var påslaget men stugan var i det närmaste utkyld. Skottet har enligt rättsläkaren sannolikt avlossats mellan kl. 20.00 den 12 oktober och kl. 01.00 den 13 oktober.

Den tekniska undersökningen av stugan hade gett en patron av kaliber 338 som hittats i stugväggen ca 2,5 meter bakom Bengt Nymans huvud. Skytten har stått en eller ett par meter utanför ytterdörren när han avlossade skottet. Blod på golvet men inga spår av någon person utöver offret. Torsdagens nr av Expressen på köksbordet, husnycklar och kaffe, ostädat och smutsigt.

Det var ju gamla nyheter, tänkte Tegel, vad gör man med ett fall som detta. Han var helt säker på att Kranz och Biggles inte skulle komma in med några större överraskningar heller. Det är egendomligt att vi har vetat nästan allt från början och ändå ser vi ingen lösning.

Tegel gjorde följande noteringar i sin anteckningsbok:

Vi utgår ifrån att Nyman var den som orsakade kraschen.

I det fallet kan motivet att döda Nyman vara hämnd.

Tänkbara gärningsmän är då i första hand föräldrarna Vanleeder och föräldrarna Clason.

Antagligen går det att utesluta föräldrarna Clason och NielsVanleeder.

Återstår Anna Vanleeder.

Tegel skakade på huvudet.

Om Nyman inte orsakade kraschen: I det fallet har vi inget känt motiv.

Inte heller någon tänkbar gärningsman.

Återstår problemet med Fröydis försvunna gevär.

Kranz och Biggles kommer med eventuella nyheter om vilka som haft tillfälle att lägga beslag på det samt att transportera det från Tyreholm.

/Ibland drömmer jag att jag är sjöman och att mitt skepp Saligheten just avseglat till Tongaöarna/

Arvid Tegel gav upp och ringde Gertrud, föreslog middag och en djupt allvarlig juridisk diskussion. Gertrud gjorde som hon oftast brukade, hälsade honom välkommen hem till henne. Arvid ägnade en god stund i badrummet, tvättade, plaskade och rakade sig och slutligen drog han kammen genom sina fuktigt ostyriga grånande lockar. Därefter hastade han över torget till systembolaget och köpte två röda och två vita viner.

Gertrud var en briljant kock, man visste aldrig om hon skulle servera kött eller fisk.

24

Kranz och Biggles hade som Tegel förutsett inga anmärkningsvärda nyheter att förmedla. Tegel sa åt Biggles att fortsätta till andra uppgifter, Kranz kunde säkert redogöra för deras gemensamma utflykt.

Kranz tog sats då Biggles avlägsnat sig.

"Fröydis är i det närmaste hysterisk, skriker och ryter, svarar knappt på tilltal, verkar inte riktigt medveten vare sig om allvaret eller omfattningen av den här historien, som faktiskt gäller mord. Allt handlar om henne, hennes gevär, hennes svåra situation. Hur ska hon till exempel kunna ordna jakt på en vuxen älg till på lördag, svara på det!

Jag fick höja rösten ordentligt - Biggles blev avgjort förskräckt - för att få henne att svara på mina frågor. Kan inte påstå att jag fick några svar värda att anteckna. Hon öser galla över allt och alla och till slut skrek hon åt mig att hon absolut inte hade minsta aning om när vapnet försvann och att hon inte tänkte svara på fler idiotiska frågor.

Totalt kaos alltså.

Biggles och jag fortsatte till bröderna Andersson som naturligtvis inte hade någonting att tillägga. Inom parentes vill jag gärna säga att båda bröderna, i synnerhet Håkan är sympatiska och att de synbarligen njuter av inte vara allvarligt misstänkta i en brottsutredning. Jag tror att båda två är rätt förtjusta i idén att någon annan i jaktlaget är mer misstänkt än någon av dem. Min bestämda uppfattning är att ingen av dem förtjänar fortsatta förhör. Detsamma gäller Håkans son Egil.

Tror inte jag behöver lägga ut texten om vårt möte med Calle Söderberg, det var lika händelsefattigt som vad jag nyss beskrivit. Detsamma gäller sonen.

Per telefon har jag förhört de tre drevkarlarna, låt mig slippa redogöra för ingenting. Sammanfattningsvis: Ingen i jaktlaget kände till Nyman, flera har haft tillfälle att skjuta honom men ingen tycks ha haft motiv."

Därmed slog Kranz ihop sin anteckningsbok som han hade haft liggande i knät, men som han inte ens kastat ett öga i under sin redovisning för kommissarien.

"Tack så mycket," sa Arvid Tegel, "hur långt tycker du att vi har lyckats framskrida i vår jakt på sanningen genom Biggles och din polisiära resa ut på bonnlandet?"

Kranz drog på munnen.

”Sammantaget med dina juridiska resonemang med åklagaren är jag säker på att vi inom kort fångar två flugor i en smäll.”

Tegel suckade uppgivet.

”Jag har inget att tillägga, Kranz.”

”Någonting hade väl vackra Gertrud att föreslå dig?”

”Ingenting som angår dig.”

”Jag är säker på att hon föreslog dig att omedelbart höra Anna Vanleeder och att se dig om efter Fröydis gevär i familjen Vanleeders bostad.”

”Hon antydde att det vore lämpligt, ja,” medgav Arvid något besvärad.

”Arvid, det är en ny faktor som kompletterar ditt resonemang i denna utredning och det är ett personligt engagemang, som gör att du inte accepterar *wie es eigentlich ist,* som tysken säger. Till och med hästar vet att det understundom är nödvändigt med skygglappar för att man ska kunna göra sitt allra bästa.”

Tystnaden lägrade sig i kommissarie Tegels rum, båda poliskollegorna begrundade hur den fortsatta utredningen måste genomföras.

Arvid Tegel satt lätt hopsjunken i sin stol och med rynkad panna försökte han återfinna sin vanliga person. Han tänkte på vad Gertrud hade sagt kvällen innan – är *du förälskad, Arvid!* – och hur han svarat: Ja i dig, Gertrud och hon fortsatte – *ta in henne på polisstationen så får du antagligen se henne som hon i själva verket är.*

”Kranz, vad säger du om jag ringer till Vanleeders och frågar om vi får komma dit i morgon och prata om allt som rör jakten, bössan och mordet, inte förhöra utan be henne berätta och se oss omkring, låna med oss hennes bössa osv. Kan det bli bra?”

”Absolut chefen, det är en början, reaktionerna ska bli intressanta.”

Arvid Tegel ringde genast till Vanleeders och den pensionerade lagmannen svarade och nappade vänligt på Tegels förfrågan och bad dem komma runt kl. 13.00

”Kranz,” sa Tegel, ”jag har skrivit flera punkter om stölden och mordet och när jag läser igenom vad jag skrivit ser jag att det endast är en punkt som vi inte har analyserat. Det handlar om Anna. Så här låter den:

Motiv och möjlighet: Ja
Intelligens: Ja,
Muskelkraft: Tillräcklig
Orädd: Ja
Organiserad: Ja

"Vill du vara snäll och kommentera," bad Tegel.

"Om det är Anna vi talar om, kan vi tillskriva henne dels en iskall, dels en väl genomtänkt planering. Hon har haft kort tid på sig för att formulera somliga detaljer som vi i bästa fall kommer underfund med så småningom. Allt som förefaller som normala vardagliga detaljer bör granskas, allt som förefaller det allra minsta udda, kan vi räkna med inte bara är udda.

Även om vi fick möjlighet till långa, gammaldags, stenhårda förhör i ett trångt, rökigt och fönsterlöst förhörsrum i polishusets källare och med endast en avdankad, alkoholiserad advokat som bisittare, känner jag att vi, du och jag, har utomordentligt små möjligheter att rå på Anna utan vittnesmål, teknisk bevisning eller ett erkännande.

Om vi föreställer oss ett normalt förhörsrum i polishuset där förutom Anna, hennes man, Niels Vanleeder, en i vida kretsar respekterad lagman, inte minst för sin juridiska lärdom, naturligtvis kommer att stå vid sin makas sida och om det inte skulle vara nog, kommer han att förse henne med någon av landets bästa försvarare, som antagligen har varit notarie vid hans tingsrätt.

Föreställ dig, bäste Arvid Tegel, journalisternas lyckliga frossbrytningar, med bilder på Anna som konfirmand och som småfull recentior på någon gasque i Upsala.

Föreställ dig Länspolismästaren om Anna inte döms och det gör hon inte. Går du i din gamla trånga uniform? Det blir att patrullera fram till pensionen."

"Tack Sune, du har inte funderat på att skriva en polisroman med alla klatschiga detaljer som endast en som sett allt från insidan känner till?"

Tegel skrattade ganska högljutt, vilket var ovanligt.

"Du är riktigt äkta rolig, när du vill, du får gärna fortsätta den här berättelsen."

25

Kaiser hade fått sin mat för kvällen, varit ute på sin egen runda och kontrollerat att inga obehöriga vågat sig innanför häckar eller staket. Det var den självklara uppgift som endast han kunde utföra och därför gjorde han denna viktiga tur varje dag. Därefter gick han in och klev upp i soffan där matte bäddat med ett tjockt badlakan åt honom. Han såg att de satt till bords och åt sin middag, han hade utsikt över såväl ytterdörren som dörren till altanen, han vilade och vaktade, han älskade sin matte och husse, han var en mätt och lycklig schäfer.

"Gud så härligt det är med god mat," log Anna då hon svalt sista tuggan."

"Det är roligt att se dig äta med sådan aptit, Anna, det gläder mig," sa Niels och sträckte sig över bordet och klappade Anna på kinden.

Hon skrattade, "så gulligt!"

"Niels förresten, jag har ett förslag, vill du höra?"

"Gärna."

"Skulle det inte vara fint om vi reste bort i jul hela familjen, Gustavs fästmö får så klart följa med, hon ska ha barn först i maj. Då blir vi fem personer som vi brukar vara, visst vore det härligt, Niels?"

"Vart hade du tänkt dig?"

"Kanarieöarna är det enklaste och där är det garanterat sol, men om du vill kan jag fundera på fler alternativ."

"Kanarieöarna är ett bra förslag, så roligt att du kan tänka dig det. Kaiser då?"

"Sverker tycker bättre om Kaiser än Clarys minihundar, han tar säkert gärna hand om honom."

"Har du tänkt på att du ska bli farmor, lilla Anna, hur tror du att det kommer att kännas?"

Niels drog upp henne från stolen och omfamnade henne. De dröjde länge i en kyss full av saknad och sorg. Anna såg att Niels ögon var blanka av tårar när han till slut släppte taget om henne.

"Farfar Niels, det blir du det, gud så rart!" skrattade Anna när hon dukade av bordet och när Kaiser hörde Anna skratta kom han springande för att vara med.

"Jag tänder en brasa om det passar madame."

"Det passar med ett glas rödvin i kväll och vi kommer att bli många och vi är glada och idag kom en vacker hackspett till fågelbordet, ska jag tala om. Han försökte först hacka sig in från baksidan men upptäckte att det var fel och bytte sida. Talgoxarna brydde sig inte ett dugg om honom, det är rätt lustigt, tycker jag."

Det knastrade och sprakade om den torra björkveden och de skålade med varandra, den för inte så länge sedan pensionerade lagmannen och hans några år yngre juridiskt skolade hustru, som ägnat en del av sitt yrkesliv åt att stötta och hjälpa rörelsedrivande kvinnor i deras kamp med finansiering och hyresavtal med bankdirektörer och fastighetsägare, vilka för 25 år sedan ännu inte var helt bekväma i situationer med kvinnor på andra sidan förhandlingsbordet.

Anna var förtjust i sitt arbete och det hon älskade mest var att se sina klienter växa från minsta egenföretagare med kontor i en källarskrubb till säkra kvinnor som förstod vikten av en trivsam arbetsmiljö där de kunde ta emot sina kunder och där de just genom miljön och människorna de mötte och som gav dem respekt, växte och blev föregångare i aktion i näringslivet.

När de hade möten inom sin organisation brukade Anna för att peppa nykomlingarna säga:

"Ladies, ladies, släpp aldrig taget, det är våra liv, det är vi som fattar besluten, det är bara vi som vet vad vi vill och kan." De orden spred glädje, det hade hon sett.

En enda gång hade Niels lagt sig i hennes val i yrkeslivet, det var när hon tidigt i deras bekantskap anförtrodde honom att hon ville bli polis. Av någon anledning väckte det hans mest ostoppbara skrattlust, han skrattade så länge att hon lämnade honom vid matbordet och gick därifrån och höll sig undan i två dagar.

Ingen av dem berörde någonsin den incidenten. Hans reaktion gjorde henne oerhört ledsen, det var som om han hade talat om för henne att hon saknade nödvändiga egenskaper för att hantera rättvisa. Niels blev domare och hon funderade på att bli åklagare men det skulle han kanske också skratta åt. Hon visste innerst inne att polisyrket hade varit det bästa för henne; hennes framtida arbete blev en blandning av socialt och polisiärt, att lyfta alla dessa hjälpsökande kvinnor som inget hellre ville än att klara sig själva.

Hon smålog lite åt sina minnen, mycket hade förändrats sedan förr och hon gladdes åt att kvinnor och män numera hade nått en hög grad av jämställdhet.

"Anna, innan du somnar på allvar vill jag berätta för dig att vi får besök av polisen i morgon. Arvid Tegel ringde och frågade om det passade, jag föreslog kl. 13.00 så nu vet du det."

"Varför ska de komma?"

"De har varit hos Fröydis och hos resten av jaktlaget, så nu var det väl dags att komma hit. Det är naturligtvis rutin att kolla alla, vill du att jag ska åka till stan eller föredrar du att jag är hemma."

"Snälla Niels, det är klart att jag vill att du är här."

"Bra, då gör vi så."

"Förresten Niels, jag glömde att berätta för dig att jag ringde till Fröydis sent i eftermiddags och hon verkade fullständigt galen. Hon är så förbannad på alla poliser som bara hindrar henne och ställer frågor och som inte gör någonting för att hitta hennes gevär. Hon tror inte att de bryr sig om det ett dugg, de tänker bara på det där mordet och det är väl illa nog men så länge mördaren har hennes gevär kan han ju skjuta fler, sa Fröydis.

Och så är hon sur för att Geir ska åka hem och för att ingen i jaktlaget har ringt och sagt att de kan ställa upp och hjälpa till att fixa jakten på lördag, det verkar inte ens som om de vill vara med.

Det är synd om Fröydis, älgjakten är ju det bästa hon vet, det roligaste på hela året och så spricker det med bara en kalv i frysen.

Vet du Niels, jag har börjat ana att själva kärnan i Fröydis förtjusning i älgjakten är att hon under de dagarna är den okrönta drottningen af Tyreholm vars makt ingen kan bestrida.

Jag förstår henne och jag unnar henne den glädjen och det gör uppenbarligen resten av jaktlaget också, annars skulle de inte ställa upp. Vad konstiga vi är, somliga av oss människor."

Niels skrattade lätt och la armen om Annas axlar.

"Tack för ditt förslag om att resa till Kanarieöarna, jag har länge känt att det inte vore bra att försöka fira jul här hemma utan Lisa, nu bryter vi de gamla traditionerna och börjar på ny kula och nästa år är vi kanske sex i familjen. Vi har anledning att vara glada, eller hur Anna?"

"Det har vi Niels, nu går vi och lägger oss."

Anna släppte ut Kaiser och väntade på honom i månskenet som målade Brobackasjön i guld, så ljust och vackert att Anna kunnat stanna där hela natten.

"Kom Kaiser kom så går vi in! I morgon ska jag plantera påskliljor och narcisser utanför altanen, jag ska gräva så att alla får plats, jag har köpt minst 200 lökar. Det ska bli roligt.

26

Tegel och Kranz satt med förmiddagens kaffe framför sig på Tegels skrivbord.

"Vanleeders är betydligt mer svårtillgängliga än de förhörspersoner vi vanligtvis konfronterar. Två intelligenta personer, båda juridiskt skolade – hjälp – skulle en gammal polis vilja säga redan här, men det gör inte vi, du och jag, Kranz, vi benar upp problemet och lägger fast en plan här och nu."

"Är det inte så vi alltid gör, trodde jag i alla fall," undrade Kranz.

"Idag går vi dit som trevliga vänner och bekanta, jag håller låda och ber Anna berätta om allt hon vet och kan. Dessutom ska hon i min närvaro hämta sin älgstudsare som vi ska ta med oss för provskjutning. Det är rutin.

Du vet vad det handlar om, Sune. Efter ett rart och ofarligt förhör som varken har förminskat eller förstärkt tidigare misstankar, är det normalt med en husundersökning. Sven Peterson och hans kollega, våra trogna tekniker, ska finnas i närheten och komma bums när vi kallar.

Därefter, i morgon bitti ska Sven och hans kollega undersöka Tyreholm och jag kan föreställa mig att Fröydis reaktion och kärnfulla kommentarer kommer att ge våra yrkesstolta tekniker tårar i ögonen."

"Bäste Arvid, räknar du med att Sven ska hitta Fröydis bössa?"

"O nej, jag bara hoppas att husundersökningen ska väcka nervositet, rädsla och vrede som den brukar göra. Bössan tror jag är förlorad för evigt. För oss alltså.

Beträffande bössan så vet Fröydis inte när den försvann, säger hon. Det är i sig ganska oerhört, att en person som äger 6 – 8 gevär av ansenlig kaliber, inte har bättre ordning på sin arsenal än att ett gevär som duger till att avliva flera elefanter, lyckas försvinna och förbli försvunnet under kanske rent av ett antal månader.

Jag tror inte på ett ord av den berättelsen. Fröydis vet nog exakt när bössan försvann men hon törs inte uttala sina misstankar, eftersom hon är rädd att fel person ska råka illa ut. Sen är det så, att Fröydis precis som vi, inte har en aning om hur det har gått till eller varför.

Slutligen finns den möjligheten, att när Geir och jag satt i vardagsrummet och pratade och jag försökte stoppa hans högljudda munflöde om Nyman, så kan Fröydis ha uppsnappat några viktiga vändningar och förstått att detta borde Anna inte få höra."

"Jaha, Tegel, du funderar en hel del på fritiden, dagen tycks vara iordningsställd enligt dina önskemål. Vad tror du om resultatet? Fängelse? Eller ska vi be om ursäkt?"

"Man ska aldrig sia om framtiden, Kranz."

Anna låg på knä på en gammal säck på altanen och sorterade påskliljor och narcisser, lökar alltså. Hon hade redan planterat ca 150 st och under arbetet föreställde hon sig det färdiga resultatet, när blommorna slog ut, hur helt fantastiskt vackert det skulle bli. Tulpaner hade hon planterat många under årens lopp i de flesta färger men påskliljor hade inte blivit av. Nu blev det av, det hon ville var att hennes och Niels trädgård skulle vara den mest rikblommande utmed hela deras lilla gata. Narcisser var också underbara, vita, giftiga och sköna. Anna skrattade åt sina funderingar.

Niels kom ut på altanen och talade om att de bara hade en knapp timme på sig innan snuten skulle komma. Han sa faktiskt snuten, Niels kunde förvåna vem som helst utom Anna med sitt ordval. Hon hade vant sig men hon tyckte fortfarande att det lät komiskt när han talade typ åttiotals tonårsspråk.

Ok, de sista 50 lökarna får vänta tills i eftermiddag.

"Vad ska vi äta, Niels?"

"Du går in och tvättar dig och klär om dig, så gör jag en omelett med champinjoner, blir det bra?"

"Visst, jag ska skynda mig."

27

När Arvid Tegel och Sune Kranz ringde på dörren hos Vanleeders slogs Tegel av minnet från förra gången han stod där och Anna öppnade och förvånat sa: "Kommer polisen?" och skrattade lite. När Arvid Tegel artigt och allvarligt frågade om de fick komma in, förstod hon genast, slängde upp dörren för deras schäfer som halvt skrämde ihjäl både prästen och konstapeln som var med och när Tegel hade kommit in i hallen, grep Anna häftigt tag i slagen på hans skinnjacka och viskade: *Vem är det, svara mig, vem är det?*

Då svarade han, att det var Elisabeth och aldrig hade Tegel kunnat glömma det ögonblicket, den fasa som speglades i hennes ansikte. Niels Vanleeder satt i telefon när de kom och han förstod ingenting förrän Anna skrek: Kom hit!

Stackars man, han kom ut i hallen och där fick han veta vad som hänt.

Deras enda dotter, de sa ingenting, deras outsägliga sorg stannade inom dem, Tegel såg att de inte längre hörde vad någon sa, Annas ögon såg varken dem eller prästen och någon – fan vet vem – måste ha kallat dit Sverker och Clary och ännu ett par grannar. Ingenting spelade längre någon roll, ingen kunde hjälpa Anna och Niels, de hade mött alla föräldrars fasa. Dessa ögonblick hade aldrig lämnat Arvid Tegel.

Liksom förra gången öppnades dörren av Anna men den här gången höll hon Kaiser i halsbandet.

"Hej och välkomna," log hon, "det här är min bästa vän Kaiser, nu släpper jag honom och just nu är han ofarlig," log hon igen.

Kaiser nosade på dem, viftade lätt på svansen, ställde sig bredvid sin matte för att markera att in kommer ni inte förrän hon har sagt till.

"Det är bra, Kaiser, nu får herrarna komma in."

För att visa hur sårad han var stack Kaiser direkt ner i trädgården och låtsades inte om dem mer.

Anna skrattade.

"Nu har ni träffat Kaiser, somliga vill aldrig träffa honom igen." Tegel och Kranz skrattade också, när de steg in i hallen.

"Det måste kännas tryggt att ha en sådan vän," sa Tegel.

"Jag skulle aldrig kunna leva utan en egen schäfer," sa Anna.

Niels Vanleeder närmade sig dem från köket. Han var en lång man, säkert minst 190 cm och därtill axelbred, vilket gav honom ett respektingivande yttre. Hans hår var snaggat och det gjorde hans utseende ungdomligt, han såg vänlig ut.

"Välkomna," sa han och tog dem båda i hand. "Jag heter Niels och min hustru heter Anna men det visste ni förstås, och ni är Arvid Tegel och Sune Kranz men här använder vi förnamn."

Niels Vanleeder drog undan en skjutdörr som visade sig leda till ett orangeri som låg mellan vardagsrummet och altanen.

Både Tegel och Kranz blev överraskade av det inglasade rummet. Ca 20 m2 med klinkergolv och skjutbara glasdörrar mot altanen. Rummet var möblerat med ett gråmålat gammaldags matbord och lika gammaldags stolar. I övrigt bestod inredningen av växter, höga, låga och blommande och Tegel förstod att det var blommor och plantor som under sommarhalvåret bodde utomhus och prydde trädgården och altanen.

Både Tegel och Kranz tyckte att glasrummet var ovanligt vackert och Tegel visste instinktivt att det var Anna som skapat denna skönhet.

"Jag tänkte att vi skulle sitta här," sa Niels Vanleeder.

"Absolut," sa Tegel, "vackrare kan man väl aldrig få det," och den kommentaren framkallade ett mjukt leende på Annas ansikte, vilket Kranz la på minnet.

På det grå sannolikt antika matbordet stod en bricka med glas och några Ramlösa. Niels Vanleeder gjorde en gest som visade gästerna att de kunde sätta sig.

"Kaffet står klart i köket och det tar vi in så snart det önskas.

Makarna Vanleeder satte sig bredvid varandra mitt emot Arvid Tegel och Sune Kranz.

"Innan vi sätter oss och framför allt innan jag glömmer bort det," sa Arvid, "skulle jag kunna få låna ditt kulgevär, Anna. Vi samlar in alla jaktlagets kulvapen för provskjutning. Går det bra?"

"Självklart," sa Anna, "Följ med mig in till mitt vapenskåp, så får du det."

Anna gick före in genom vardagsrummet och genom en korridor, där låg Annas sovrum med mörkblå gardiner och ett tjockt vitt överkast på den breda sängen. Anna fick fram en nyckel någonstans ifrån, hon drog undan en dörr med spegel och där innanför stod hennes vapenskåp. Hon böjde sig framåt för att låsa upp och Arvid märkte att hon tyckte att det var trögt att få upp, han hejdade sig och lät henne fullfölja trots att det tydligen var svårt. Dörren öppnades och där stod tre gevär, en hagelbössa, ett kulgevär och ett gammalt pumpgevär.

Anna tog ut kulgeväret och drog ut slutstycket för att visa att det var oladdat, sen gav hon det till Arvid. Hon tog fram en ask ammunition ur skåpdörren och lät honom ta några patroner.

”Du ser att jag har en hagelbössa, som jag använt på rådjursjakt, så står här också ett gammalt pumpgevär, trasigt tror jag, kan inte minnas att jag nånsin använt det. Det var min pappas för länge sedan. Kan jag låsa skåpet nu?”

”Javisst, får jag hjälpa dig, det verkade ganska tungt.”

”Tack, gärna, det är trögt för mig.”

Det var inte tungt för Arvid, han vred om ratten och tog ur nyckeln och gav den till henne. Hon log mjukt mot honom och tackade igen.

Arvid stoppade ammunitionen i jackfickan och ställde geväret i hallen innanför sin rock innan han gick ut i glasrummet och bad om ursäkt för avbrottet

”Varsågod Arvid,” sa Niels och Arvid startade den inledning han redan tidigare planerat.

”Vi utför en undersökning som eventuellt omfattar tre olika brott, *grovt vållande till annans död, stöld och mord.* Ingen av oss vet om dessa brott hör ihop på ett eller annat vis men någonstans måste vi börja. Vi börjar med att fråga hur var och en ur jaktlaget upplevde den 12 oktober och nu frågar vi dig, Anna hur den dagen utspelades för dig.”

Anna beskrev i korta meningar sin situation, inom kort hade samtliga närvarande fått klart för sig att hon satt i ett älgtorn och avskydde sin belägenhet, hon åt sina smörgåsar, somnade och vaknade, kanske av ljudet, såg kalven komma travande rakt mot henne och hon sköt och kalven stöp nästan direkt och själv ringde hon till Fröydis som sa att klockan var halv två och då blåste hon av jakten.

Först kom Biggles, sen kom Fröydis och Geir och Anna kom inte ihåg mer än att hon åkte hem med Geir och kalven som låg på nån trailer. Sen satt Geir och hon kvar och väntade på fler jägare som kunde hjälpa till med att lyfta in kalven i slaktboden och när de kom tog Anna sitt gevär och gick och låste in det i sin bil.

Anna gick in och la sig i jungfrukammaren som Fröydis sagt åt henne, kom inte ihåg mer, gick upp efter nån timme kanske, såg att rörmokaren, snickaren och målaren satt i köket och drack kaffe tillsammans med Carl Söderberg och hans son. Anna gick ut igen och såg att vapenskåpet var öppet och att det röda draperiet inte var fördraget. Hon ägnade inte detta en enda tanke, eftersom hon varit med under så lång tid då det ofta brukade vara på det viset.

Vad hände sedan? Fröydis och några till satt ute och skålade – vad de drack hade hon ingen aning om. Skymningen hade börjat falla, hon ville åka hem, men Fröydis sa bara, att nu stannar du över middagen. *Det är ju du som har skjutit det enda villebrådet.*

Fröydis hade förberett middagen, det var både dukat och lagat och alla satte sig till bords, Fröydis hade både Geir och Calle Söderberg till hjälp, själv var Anna för trött för att ens tänka.

115Det enda viktiga för henne var att få åka hem så snart som möjligt. Hon sa till Fröydis när hon tänkte åka och lämnade matsalen samtidigt som någon höll tacktal och när hon stod och tog på sig ytterkläderna kom hon ihåg att Geir och någon mer kom ut i hallen och sen såg hon att de stod utanför ytterdörren och rökte.

Det kändes bra att få åka därifrån. Aldrig mer en älgjakt!

Så for Anna hemåt och hon tyckte det var så härligt att köra sin nya bil att när hon kom till Brobacken körde hon inte raka vägen hem utan tog den korta omvägen över Liljekronas och sen utmed golfbanan och hem. Niels hade lämnat garaget öppet och hon körde in, sen ringde hon till Niels som var hos vår granne Sverker och då släppte Niels ut Kaiser som kom till henne som en oljad blixt och mer visste hon inte om hon mindes av den kvällen.

"Den kvällen avslutades med att du och Kaiser somnade i soffan med hjälp av Leonard Cohen och väcktes med hjälp av mig. Det minns du säkert."

”Ja, Niels, det gör jag, vi pratade en del också och jag lovade dig att jakt var över för min del.”

”Det minns jag mycket väl, Anna.”

Kaiser skällde utanför glasväggen och innan Anna hunnit reagera reste sig Kranz och frågade om han fick släppa in hunden.

”Men så gärna, om du vill, då förstår han att du är en vän.”

Kaiser blev förvånad, låtsades inte om Kranz utan gick direkt till Anna för att försäkra sig om att hon var ok. Både Niels och Arvid Tegel skrattade när Kaiser la huvudet i knät på Anna.

”En typisk enmanshund liksom jättehunden Buck i Skriet från vildmarken, ni kanske har läst boken eller sett den på TV. Den hunden gick i döden för sin husse och jag tror att Kaiser skulle göra detsamma för sin matte.”

”Det ser inte bättre ut,” sa Kranz, ”får man fråga hur du har burit dig åt för att få honom så till den grad fäst vid dig?”

”Ända sedan han kom till oss som valp har han stått mig nära men när Elisabeth dog förstod han tydligen att jag var ganska ledsen och då blev han det också och när jag var sjuk, verkade det som om han ville ta hand om mig, eller hur Niels?”

”Absolut, det hände faktiskt att han morrade åt mig ett par gånger, då jag tydligen klev in i vad han betraktade som sin zon.”

Både Tegel och Kranz smålog åt den beskrivningen medan Anna klappade Kaiser och sa åt honom att gå och lägga sig, vilket han naturligtvis gjorde.

Arvid Tegel tog upp tråden från Annas redogörelse.

”Du såg att draperiet var fråndraget och att vapenskåpets dörr inte var stängd; såg du några enskilda vapen?”

”Nej, i ärlighetens namn vet jag inte om jag skulle våga svära på att skåpdörren var olåst, däremot vet jag att draperiet inte var fördraget.”

”Är det något annat du inte skulle vilja svära på?”

Anna såg förvånad ut.

”Vad skulle det vara?”

"Ja, det vet bara du," sa Arvid Tegel, "någonting du har glömt eller utlämnat eller beskrivit så som det brukar vara men kanske inte var just den här dagen. Minnet kan spela spratt och ibland vill man inte minnas därför att det kan vara obehagligt för en själv eller någon annan."

Anna tittade helt oförstående rakt på Arvid Tegel och skakade lätt på huvudet.

"Om minnet har spelat mig spratt så antar jag att det krävs speciell kompetens för att reda ut det."

"Den kompetensen finns inom polisen men inte hos Sune och mig. Du har lämnat en klar redogörelse för din dag och vi kan återkomma om det behövs men nu går vi vidare. Sune, du kan fortsätta."

Nu avbröt Niels och frågade om det inte skulle vara lagom med en kaffepaus och han besvarade själv frågan genom att resa sig upp och ge Anna en uppfordrande blick. Hon gick direkt ut i köket medan Niels flyttade bort vattenflaskorna och glasen till ett litet bord och småpratade med sina gäster om småfåglarna, som oberörda av människornas bekymmersfyllda leverne, klängde på talgbollarna, kvittrade och åt av de hälsosamma solrosfröna.

De tre männen roades av att betrakta de bevingade varelsernas livliga flykt mellan det närmaste äppelträdets grenar och det dekorativa fågelhuset med påmålade fönster och dörrar och med en veranda på framsidan där fröna rann ut.

"Anna kan de flesta arter och hon antecknar alla nya arter och datum när de kommer hit, det är roligt att jämföra från år till år. Jag har faktiskt blivit lite intresserad själv."

Tegel och Kranz hade just ingenting att tillägga men deltog godmodigt i Niels smått meningslösa prat, de var båda försjunkna i egna tankar.

Anna kom ut med en kaffebricka och avbröt deras fågelskådande, hon ställde brickan på bordet, fyllde kopparna och bad alla att servera sig själva. Mitt på bordet ställde hon ett stort fat med småkakor av alla de slag.

Makarna Vanleeder gjorde sitt bästa för att hålla en god stämning, något gästerna inte var beredda på eller betjänta av men det hade Anna och

Niels ingen aning om. Tegel tänkte att det här är svårare än jag trodde och då har vi ändå inte börjat än. Kranz tänkte ungefär likadant.

Tegel nickade åt Kranz att sätta igång, när det verkade som om alla ätit några kakor var.

"Ja, började Kranz," kommissarien har redan redogjort för vilka brott vi har att utreda. Vi beslöt på ett tidigt stadium att börja med att så långt det går ta reda på vad som hänt Fröydis älgstudsare, och vi har hittills förhört hela jaktlaget utom Anna om vars och ens möjligheter att stjäla bössan i fråga och att därefter frakta den från Tyreholm i något syfte. Våra undersökningar har inte gett särskilt goda resultat, men vi fortsätter.

Vi vet inte om det var Fröydis bössa som användes för att döda Nyman, vi vet inte heller om det var någon i jaktlaget som sköt Nyman men vi vet vilka i jaktlaget som haft möjlighet att skjuta honom.

Nästa fråga är, finns det någon i jaktlaget som hade orsak att skjuta Nyman. Svaret på den frågan är att, för det fall att de tre brott som kommissarien redogjort för, hänger ihop med varandra, så finns det, såvitt vi begriper endast en person som eventuellt haft motiv att skjuta Nyman."

Där tystnade Kranz.

Niels Vanleeder vände sig mot Kranz och såg honom skarpt i ögonen.

"Sune, tänker du fullfölja ditt resonemang eller vill du att jag ska göra det åt dig?"

Anna ropade till.

"Vad menar ni, vad håller ni på med

Kranz var beredd att fortsätta.

"Låt oss utgå från kommissariens redogörelse för de tre brotten, det första *grovt vållande till annans död.* Med ganska stor säkerhet har Arvid Tegel och jag kommit fram till att Bengt Nyman var den person som genom sitt trafikvidriga sätt att köra ut från macken orsakade att VW-bussen tvingades ut i mötande körfält och krockade med en lastbil, vilket krävde tre unga människors liv.

Det finns alltså utrymme för ett motiv, att hämnas sitt barns liv och i den grupp personer som vi haft anledning att granska och förhöra är det bara Anna som haft såväl motiv som möjlighet.”

”Niels, vad är det han säger?” viskade Anna och grep tag i sin mans arm.

Arvid Tegel och Sune Kranz satt tysta och betraktade makarna Vanleeder.

Niels böjde sig ner mot sin maka som sjunkit ihop på sin stol och plötsligt föreföll mindre än för en stund sedan.

”Lugn Anna, vi ska se till att få ett slut på det här nu, om du är snäll och lyssnar, ska jag be Arvid och Sune om några nödvändiga förklaringar.

Jag förstår att ni arbetar tätt tillsammans men jag vill be Sune att redogöra för den bevisning du har för att Anna skulle ha känt till vem ni misstänkte för det grova vållandet till vår dotters död. Jag uppfattar det som en avgörande fråga. Varsågod Sune – nej förresten – Kranz.”

”Anna kom att uppsnappa ett samtal mellan Arvid och Fröydis vän Geir, där Geir trots att Arvid försökte få tyst på honom, nämnde Nymans namn och att han bodde i Brobacken, vilket Geir fått höra från annat håll.”

”Jaha Kranz, jag förmodar att Anna bejakar ditt påstående?” Niels hade höjt rösten.

”Jag har inte frågat henne ännu,” sa Kranz

”Då gör vi det nu, vad säger du Anna?”

”Jag har aldrig hört talas om någon Nyman och jag har inte lyssnat på några andras samtal!”

”Nej, naturligtvis inte, Anna, det trodde jag inte heller.”

Arvid Tegel såg att Niels Vanleeder var mer arg än upprörd och han såg även att Anna såg helt oförstående ut. Det verkade faktiskt som om hon inte riktigt hade förstått vad Kranz så klart hade redogjort för. Gud bevare för att vara polis.

”Ska vi gå vidare, tycker ni det, Tegel och Kranz? Det här var väl bara början på en lång historia, där stöld av ett gevär ska bevisas och där gärningsmannen ska göras mer än trolig. Ska jag fortsätta? Ni tror att mordet på Nyman begås med ett vapen som inte hittats och som polisen inte kan bevisa vem som stulit. Jag fortsätter gärna, om ni alltså vill. Ingen vet med vilket vapen Nyman sköts. Nej. Ingen vet heller vem som sköt Nyman.

Medan jag talar föreställer jag mig min rättssal, jag ser åklagaren på sin plats, jag ser den tilltalade med försvararen, som är en gammal god vän till mig, vid sin sida, jag ser nämndemännen och jag ser journalisterna och tingsrättens vaktmästare som är upprörda. Ja, jag ser vad ni uppenbarligen inte ser, nämligen en helt hopplös skröna som icke under några omständigheter kan nå fram till en domstol och bli föremål för dess behandling.

Vill du säga någonting, Anna, det här handlar ju om dig?

”Niels, jag vet inte vad jag ska säga, det här är obegripligt för mig. Kan vi inte sluta nu?”

Niels följde Tegel och Kranz till dörren och där vände sig Tegel till Niels Vanleeder och sa att det fanns beslut om husundersökning och att två tekniker var på väg. Därefter tog han Annas gevär, nickade och lämnade huset tätt följd av Sune Kranz.

Lagmannen stängde dörren utan att säga adjö, gick tillbaka till Anna och kysste henne på kinden.

”Jag föreslår att du tar ut Kaiser på en promenad och låter frisk luft blåsa genom lungorna, själv stannar jag här och tar emot ett par personer som fått i uppdrag att söka efter Fröydis gevär i vår källare och på vår vind. Under tiden tänker jag fundera igenom den här makalösa historien.”

28

”Det blir nog inte fängelse,” sa Kranz på vägen hem till stan.

Tegel suckade, ”han såg rakt igenom hela historien, alla tre brotten, han liksom skalade av allt onödigt och visste innan du uttalat det att vi misstänkte Anna. Om det mot alla odds skulle bli en rättegång, så behöver Anna ingen rikskänd brottmålsadvokat, hon har sin egen ursmarta lagman med röntgenblick och förmåga att sortera in påståenden och svar under rätt paragrafer i den brottsbalk han sannolikt kan utantill.

Tyvärr finns det ingenting vi kan göra åt det faktum att vi inte är smartare än han. Vi kanske inte är dummare heller, men vad hjälper det, då bevisen vägrar att komma upp till ytan och då inte ett enda litet indicium går att trolla fram.”

”Ja, va fan hjälper det,” sa Kranz, ”men du, vad tog det åt Anna, tappade hon fattningen eller är hon galen eller är hon lite skådis, vad tror du?”

”Vet inte, jag lutar åt skådis men det stämmer nog inte för den uppvisningen tyder på att hon borde ha fast engagemang på Dramaten och om hon sköt ihjäl Nyman får vi räkna med att hon är lite galen, antar jag.”

”Tegel, ska du gråta ut hos Gertrud ikväll eller hänger du med mig ut och äter och småsuper?”

”Hänger med dig, vi behöver det.”

”Det är för tidigt för middag,” sa Tegel, ”vi ska gå igenom varenda person som är inblandad i dessa tre historier.”

”Absolut Arvid, det hade varit lättare att acceptera om det hade varit en ensam person, du till exempel, som jobbat med den här triangeln, men nu har vi varit två och då är det svårt att tänka sig att även jag skulle fastna i samma lergrop.”

”Hör du Sune, du är lite dum idag, va, det är ju precis det du har gjort, fastnat i samma grop, alltså. Det finns en enkel förklaring till detta, vi fick varsin rejäl snyting av lagmannen idag, det är jag den förste att erkänna. Vi måste ändra vår strategi, vi måste gå från polistaktik till juristtaktik. Förstår du vad jag menar?”

”Nej, det tror jag inte,” suckade Kranz.

”Vi behöver en sakkunnig, en expert, jag har fått lära mig att det är en sån som skiter blankt i människorna och bara bryr sig om hur hans eller för all del hennes långvariga universitetsstudier lärt honom att tolka människors beteenden och därmed komma fram till den enda sanningen. Alltså, hittar du en yllemössa på brottsplatsen, då vet varenda polis att den tillhör gärningsmannen, men hittar du en yllemössa på gatan intill, då kan experten bevisa att den tillhör gärningsmannen.”

”Jag tycker att det låter egendomligt att gärningsmannen har två mössor,” sa Kranz lite undrande, ”ok om det är en kall vinter.”

”Lägg av, Kranz, det var ett exempel. Lustigt nog kom jag just på att jag har en flaska whisky i mitt skåp.”

”Jag har ett par flaskor rödvin hemma,” sa Kranz, ”vi kan köpa några biffar och laga middag hos mig, vad säger du om det, Tegel?”

”Nog med förslag!”

En timme senare satt herrarna med varsitt glas whisky i Sunes prydliga vardagsrum och Arvid såg sig belåtet omkring. I köket stod en kastrull potatis på kokning och lökringar och två stora entrecoter låg på en skärbräda intill spisen. På det runda, blankpolerade matbordet hade Sune dukat till sin gäst och sig själv och där stod förutom tallrikar och glas en flaska vin.

”Du är allt en riktigt prudentlig ungkarl, Sune, du har det väldigt fint i ditt hem. Har du städhjälp?”

”Nej, jag städar själv.”

”Och maten lagar du själv, har jag förstått.”

”Ja, jag är intresserad av matlagning.”

”Ursäkta att jag frågar, men varför har du inte gift dig?”

”Tyckte att det verkade onödigt.”

Arvid skrattade hjärtligt.

”Men Sune, jag tror att du gillar kvinnor, visst är det så?”

”Visst är det så, du behöver inte oroa dig, jag träffar min egen Gertrud när det passar henne och mig.”

När Sune stekte biffarna och löken stod Arvid bredvid och tittade på. Arvid lagade själv sin egen mat men han var måttligt intresserad av hushållsgöromål. I detta kök såg han att en äkta *chef* huserade.

”Varsågod och sitt, kommissarien, det är mig en sann glädje att få se er som min gäst!”

Arvid satte sig och skrattade uppskattande åt Sune som tydligt njöt av denna nya situation. Han såg till sin glädje att Sune också gjort vitlökssmör, de behövde en riktigt god middag efter dagens prövningar.

De lyckades hålla familjen Vanleeder utanför samtalet under hela middagen men till kaffet kunde de inte längre blunda för dagens misslyckande. Tegel satt och funderade på vad de egentligen hade väntat sig. Att Anna skulle bekänna en stöld och ett mord? Att lagmannen skulle hjälpa dem och försöka få Anna att samarbeta med polisen.

"Sune, vi jobbade dåligt idag, Anna och hennes Niels har inte minsta likhet med våra vanliga kunder och det var ett gigantiskt misstag att köra samma enkla metoder med dem. Det krävs betydligt mer av oss i detta ärende. Alltså, enda möjligheten att gå vidare med övertygelsen att Anna är gärningsman, är att hitta svaret på hur hon fick ut geväret ur huset. Vi utgår från att hon stal det på älgjaktens första dag.

"Ja, kommissarien och då kan vi till en början enas om att ett gevär på grund av sin längd och tyngd inte låter sig gömmas särskilt lätt. Det syns helt enkelt om man bär ett gevär. Alltså, antingen har Anna lyckats hitta ett tillfälle när ingen kikade ut över gårdsplanen och stuckit iväg till sin bil, eller också har hon lyckats gömma det, fast vi säger att det inte går. Vilket alternativ tror du mest på?"

"Båda alternativen är dåliga men det första är sämst eftersom det vore riskfyllt och Anna tar inte några risker."

"Det betyder, att hon gömde geväret. Hur?"

"Det tål att tänka på."

"Ja, det gör det, vi utgår från att hon gömde det, hur hon gömde det, funderar vi på tills vidare. Ok, Sune, vi övergår till hur Anna fick veta namn och eventuellt adress till den stackars Nyman. Jag vet att Geir i normal samtalston nämnde honom vid namn när vi satt och pratade i vardagsrummet på Tyreholm, men jag är ganska säker på att ingen adress nämndes. Anna kan ha hört hans namn."

"Tegel, låt oss minnas att ytterligare två lösmynta personer har rört sig i flera konstellationer i den här historien, nämligen Fröydis och Biggles.

Fröydis vore olämplig som polis och Biggles är inte pålitlig som jägare, han skulle lätt kunna missta en kanin för en hare."

Båda poliserna skrattade, de behövde mjuka upp allvaret kring en obegriplig stöld och en bestialisk avrättning. Bakom båda dessa brott – förutsatt att de hängde ihop – fanns en skoningslös mänsklig hjärna. Kranz hade inga svårigheter att föreställa sig Anna Vanleeder som människan bakom dessa brott medan Tegel stördes av hennes milda framtoning. Han insåg att hon behövde Niels och Kaiser till hjälp för att klara sig i livet och det överensstämde inte med en identitet som kallhamrad mördare.

"Vad säger du, Arvid, ska vi dricka mer rödvin så hämtar jag en flaska?"

"Har du vinkällare, Sune? Jag dricker gärna mer av ditt goda vin."

"Källare har jag inte, men jag tycker om att hamstra, ett ögonblick så hämtar jag."

De satt med nyfyllda glas och försökte tänka. Tegel tänkte: vi kommer ingen vart och Kranz tänkte: vi borde leta efter en ny vinkel.

"Du Arvid, vet du varför hon bytte bil?"

"Är inte säker men hon behövde visst en automatväxlad eftersom hon har problem med vänsterfoten."

"Hon sa visst det, ja."

"Vad menar du med det," Tegel såg undrande ut.

"Den nya bilen är en mörkgrå Toyota ...., den gamla bilen var orange med vitt tak."

"Ja, och..." sa Tegel.

"Och," sa Kranz, "om dagen smälter en mörkgrå bil in i Brobackens asfalt och i skymning, om kvällen och om natten syns den knappt eller inte alls. Ska jag säga några ord om en orange-vit bil så sticker den ut hela dygnet."

"Fortsätt," sa Tegel

"Föreställ dig en orange-vit bil parkerad på Utgårdavägen 3 ca kl. 21.00 den 12 oktober. Det finns två gatlyktor, en i början och en i slutet av vägen. Nymans torp är beläget ungefär vid vägens mitt. Belysningen når knappt dit men en orange-vit bil skulle synas, dess vita tak skulle lysa upp vägen. Föreställ dig en mörkgrå bil på samma plats och vid samma tidpunkt, den skulle möjligen synas som en skugga.

Inga vittnen har anmält att de har sett eller hört någonting vid den tidpunkt vi talar om, men om det hade varit en orange-vit bil kanske någon hade sett någonting.

Inga vittnen har anmält att de har sett en grå bil vid 21.00 tiden den 12 oktober på Liljekronas väg, ingen har heller sett någon grå bil på länsvägen eller på bron eller på vägen utmed golfbanan. Om någon hade tittat ut genom ett fönster utmed dessa trafikleder, kunde vittnet möjligen ha observerat en orange-vit bil men en grå bil skulle ha varit osynlig.”

Tegel betraktade intresserat Kranz en lång stund.

”Det där med bilarnas färger var fängslande, har du tänkt på det tidigare?”

”Du menar i andra ärenden så har jag det.”

”Om vi då går tillbaka till Geirs och mitt samtal, då Anna sannolikt fick veta vad han hette, kan du då berätta hur hon fick tag på hans adress?”

”Arvid, du har du inte ägnat tillräckligt med tid åt datorn på ditt skrivbord. I den finns svar på alla frågor. Anna skriver in Nyman och Brobacken i Eniro och ut på skärmen kommer Utgårdavägen. Jag har tänkt på detta tidigare men efter vad vi redan sagt om denna intelligenta kvinna så har hon naturligtvis inte använt sin egen dator för att få den upplysningen.”

”Det var tur att du sa, Sune, jag satt just och blev förbannad för att jag inte sa åt killarna som letar i huset att ta hennes dator. Har du reflekterat över fler varianter i detta ärende?”

”Ja, det har jag men jag har ännu inte gått i mål. Det handlar också om att det kan röra sig om en annan gärningsman men det tror jag knappast och det gör väl inte du heller även om du skulle ha lust till det.”

”Det blev en spännande avslutning på denna dag, natten är nära och jag tror vi ger oss nu. Du ska ha hjärtligt tack, Sune för en utsökt kväll, hela programmet är värt att göra om och då ska jag stå för kalaset. Tack ska du ha!”

Träden var kala, den som inte visste bättre kunde tro att de var döda. Det var fult, hösten hade kommit och Anna undrade om den absolut måste komma så här års.

Hösten var skön så länge de röda och gula löven hängde kvar i trädkronorna. Anna hade märkt att hon var mer frusen i år än tidigare och hon antog att det berodde på att hon hade minskat i vikt.

Kaiser sprang i förväg, men hon tänkte inte slå sig ner på stenen i ekdungen, hon ville inte tänka och i ekarnas skugga blev hon alltid tankfull. Hon såg och hörde Kaiser plaska i sitt badkar men hon gick vidare.

Hon tänkte på den lilla bron där en kvinna och två män stått och hur hon vinkat till dem och att de vinkat tillbaka. Efter en kort stund var de borta, de var som skuggor som försvann men hon såg inte vart. Kaiser hade lagt sig framför hennes fötter som för att hindra henne från att gå över bron.

Hon tyckte inte om det minnet och hon tyckte heller inte om att bron var borta.

Det kändes i luften att det var sen eftermiddag, hon borde gå hemåt och hon såg sig om efter Kaiser men han var långt framför henne, hon stannade och visslade på honom vilket han ovanligt nog struntade i. Han tycktes ha ett eget ärende så Anna beslöt sig för att vänta på honom, han skulle komma tillbaka.

Hon gick sakta framåt och hon visslade och ropade på honom. När han inte kom vände hon och gick hemåt, Kaiser hittade hem. Hon var nästan framme vid deras grind när han kom travande efter henne och la ner någonting vid hennes fötter.

"Vad har du hittat, Kaiserpojke, vad är det där?"

Hon böjde sig ner för att se vad han burit i munnen. Det var hennes käpp, som hon förlorat under promenaden för några dagar sedan, den var lerig och i två delar. Kaiser stod stilla och inväntade hennes reaktion, då såg hon att även han var våt, lerig och smutsig.

”Men Kaiser, klättrade du nerför den branta sluttningen borta vid ån,
där hade du kunnat både drunkna och slå ihjäl dig och det gjorde du för
att hämta min gamla käpp! Hur visste du att den ramlat ner där? Såg du
när jag tappade den? Nu ska du få gå in i mattes dusch och bli riktigt ren
igen, kom Kaiser och tack så väldigt mycket för min trasiga käpp!”

Niels stod i ytterdörren, han hade tydligen hört dem komma.
”Har Kaiser badat i en gyttjepöl, Anna lilla vad har han gjort?”
”Han har hittat och räddat min käpp som jag förlorade häromdagen,
den är i två delar och han bar hem båda.”
Niels skrattade.
”Han är sannerligen en ovanlig och lustig typ, hur ska du hantera all
smuts?”
”Tar in honom i min dusch.”
”Kom ut när ni är rena och väldoftande.”
Niels hade hällt upp ett glas vitt vin åt Anna och ställt det på bordet
framför soffan.
”Kom och sätt dig, vi ska prata lite nu, fick ni en bra promenad?”
Anna la ut ett stort badlakan på golvet och visade Kaiser att där skulle
han ligga tills han hade torkat.

”Det var skönt att andas ute men det är inte vackert längre. Jag ser
verkligen fram emot att vi får resa bort. Hur hade du det med killarna
som letade bössor hos oss?”
”Jag börjar med det viktigaste, de hittade inga bössor varken i källaren
eller på vinden.”
”Gjorde de något annat?”
”Ja tyvärr?”
”Vad då, vad har de gjort?”
”De såg att det var nygrävt utanför altanen så de grävde upp
alltsammans, lökarna alltså.”
Anna reste sig upp och skrek, sprang fram till glasrummet och tittade
ut, såg jordhögarna och de kluvna och söndertrasade lökarna. Hon

öppnade dörren för att komma ut, skrek *nej, nej, nej* och grep en halv lök och slungade iväg den så hårt och långt hon kunde.

”Vilka jävla svin, det här ska de få betalt för, det ska de, hur kunde de göra så med mina påskliljor, gud vad jag hatar dem! Niels, sa du åt dem att dra åt helvete, det gjorde du väl?”

Niels hade kommit ut på altanen för att lugna Anna och ta in henne i värmen igen. Hon grät nu och Niels höll henne stilla i sin famn.

”Jag förstår att du är ledsen, det är jag med och det kommer Tegel att få veta. Vi köper nya lökar och jag ska hjälpa dig att plantera och snygga upp. Nu sätter vi oss en stund. Anna, de kan inte göra oss någonting, hur de än försöker. När jag såg vad de hade gjort bad jag om följande hälsning till Tegel och det lovade de att framföra.

En i sin helhet undermålig polisutredning av familjen Vanleeder och deras bostad har slutat lika jämmerligt som den börjat. En nygrävd rabatt för vårens flera hundra påskliljor har skövlats, lökarna grävts upp och i stort antal krossats. Inget gevär hittades i jorden.

”Det var en passande hälsning, Niels.”

”Det finns god mat i kylen och vi har det bra här, tycker du inte det, Anna?”

”Visst, jag vill vara här men jag vill veta vad Arvid och Sune menar, har du begripit det helt och hållet?”

”Anna lilla, de har dragit så märkliga slutsatser av sina utredningar att jag häpnar. Mitt i en grupp älgjägare finns du med och allas vapen granskas därför att offret sannolikt sköts ihjäl med ett kulgevär. Det är lätt att förstå.

För åtta månader sedan ägde ditt och mitt livs största olycka rum, när Lisa förolyckades. En oaktsam bilist orsakade sannolikt den händelsen. Polisen tror att det kan ha varit offret ifråga, den omtalade Bengt Nyman som var den oaktsamma bilisten i deras teori, de saknar såväl bevis som vittnen och indicier.

För att ytterligare komplicera utredningen blandar polisen in stölden av Fröydis gevär som man inte ens vet om det är stulet och som inte återfunnits men som *förmodas* vara mordvapnet. Så länge det vapnet inte återfunnits och provskjutits med positivt resultat är den teorin bara bullshit. Sluta tänk på det här, Anna, lita på mig i stället, detta är rena rama vansinnet. Om jag ska vara bussig mot Tegel och hans hejduk, kan jag tänka mig att beklaga dem att behöva hantera så många trådar som sannolikt har tillkommit av ren tillfällighet. Jag vet att poliser inte tror på tillfälligheter men i det här fallet är det mest synd om dem. Ska vi äta nu, Anna, jag tycker att det är dags för det."

30

Fröydis ringde morgonen därpå och bad Anna att ta med sig Kaiser och komma ut till Tyreholm därför att hon höll på att bli galen.

Niels kom ut för att vinka av Anna.

"Anna, du ska inte berätta för Fröydis om Tegel och Kranz och deras löjliga prat. Ingen kan som Fröydis föra sanning och lögn vidare. Hon gör det utan att mena illa, men hon gör det. Låt det stanna här."

När Anna hade satt sig i bilen såg hon att det var en sådan där ful dag igen. Dagar som denna ville Anna sitta orörlig i glasrummet och se de bekymmerslösa småfåglarna, inte vara tvungen att leva på det vanliga sättet. Inte städa och baka som Fröydis gör, när hon inte tvättar bilen eller dödar skogens invånare eller flirtar med Geir och Biggles eller rörmokare eller en gång till och med en helikopterpilot som kom förbi.

Tyreholm var lika fult som Brobacken idag, inte en rörelse mellan himmel och jord, väntade bara på att någonting okänt skulle hända.

Det tog en stund innan Fröydis kom ut på förstubron och öppnade dörren för att låta King möta sin bror som gläfste av iver. När Fröydis närmade sig, såg Anna att hon inte var sitt vanliga jag, hon var okammad och kläderna hörde inte riktigt ihop, det föreföll som om hon tagit vad som låg överst.

"Hur mår du," ropade Anna glatt? "Är du glad att se mig?"

"Ja hej, jag är inte särskilt glad för nånting, jag vet inte vad som händer för närvarande. Det verkar som om alla har drabbats av någon konstig bacill. Kom, vi går ner till sjön, jag vill se någonting annat än grus, våra schäfrar är redan där, måtte de inte hoppa i."

Anna log, Fröydis lät gladare när hon talade om deras hundar. Det är den effekten dessa livsfarliga pälspoliser har på människor som haft turen att få lära känna någon av dem. Fröydis hade lärt King att dra upp överläppen och visa huggtänderna på kommandot: *kan du skratta*! och det hade fått mer än en 90-kilos tuffing att stelna mitt i steget. Anna och Fröydis skrattade lika hjärtligt när någon gick på det. Hundarna lekte i strandkanten med drivved som legat och skvalpat och de såg glada ut.

"De får hållas, vi kan gå en sväng utmed sjön."
Anna försökte få Fröydis att berätta om den konstiga bacillen hon nämnt.

"Först och främst så är det något som de kallar för husundersökning. Två karlar som Biggles påstår är tekniker har varit här i flera dagar och letat i varenda hundraårig vrå, ovanpå, inuti och under allt som jag känner till på denna gård och vad tror du att de har hittat, då? Lite spindelväv, sa de och när jag frågade vad straffet var för det, sa de att i bästa fall skulle det stanna med dagsböter.

Du får ursäkta men jag kan inte skratta åt sådana så kallade lustigheter. Dessa tekniker har även varit runt hos deltagarna i jaktlaget och gjort sig impopulära, rivit runt i deras förråd och ostädade källare, i stall och loge och magasin. Ingenting har man hittat, vad fan man egentligen har letat efter, jag kan bara gissa att det rör sig om min kostbara 3.38 Varberg, som jag fick i present av min bror, när du och jag planerade att resa till Kanada för att jaga björn.

Gud i himlens namn, vilken tur att vi aldrig kom iväg på den turen. De äter till och med människor de där ociviliserade djuren."

Anna skrattade försiktigt åt Fröydis ord, hon förstod precis hur arg hon hade blivit åt att någon hade gett två främmande karlar tillstånd att söka igenom hennes hus och hem. Det hördes på Fröydis röst att hon fortfarande var ganska arg.

"Orkar du gå, förresten, jag hade nästan glömt att du är handikappad."

"Jag är absolut inte handikappad, jag går rätt bra, som du själv kan se."

"Ok, då fortsätter vi den här promenaden en bit till, runt farbror Oskars stuga och sedan hem. Det är tomt här på gården, inga människor kommer hit längre, King och jag är helt ensamma, jag begriper inte det här. Det har gått från folkvandring till istid – så är det, visst fan är jag förbannad. Vi tar resten när vi kommer in."

Fröydis slängde fram ett par gamla handdukar och de torkade sina vovvar så gott det gick.

"Berätta Fröydis, om allt elände förutom husundersökningen, jag vill gärna veta."

"Det är inte lätt att veta var jag ska börja men för att göra det extra svårt kan jag börja mitt i.

Allting körde i gång när jag upptäckte att mitt gevär saknades. Värre saker har hänt än att gevär förkommer, men dagen därpå när den där Nyman hittades skjuten, då blev min gamla 338 Varberg lika efterlängtad som Brigitte Bardot hade blivit om hon stigit av tåget i Brobacken.

Om man tänker tanken att jag själv skulle ha haft anledning att gömma bössan, hade jag knappast lagt den på skullen, nej jag hade gått ut i min egen skog och gömt den under en rotvälta. Där hade den kunnat ligga ostörd i hundra år.

I alla fall, ett förkommet gevär och mordet på en för jaktlaget okänd figur kopplas ihop på ett sätt som ingen utom polisen begriper. Att denne anonyme Nyman blev skjuten med ett kulgevär behöver sannerligen inte ha någon anknytning till vårt jaktlag, här på landet finns skjutvapen i mer än vartannat hus. Att jag på jaktens andra dag upptäckte att ett av mina vapen var borta, säger ingenting om när det faktiskt försvann, det kan ha skett långt tidigare.

Såvitt jag förstår finns det ingenting som knyter min bössa till mordet på Nyman, och det kan det heller inte göra förrän man fått tillfälle att provskjuta den, men polisen tycker att det är så skojigt med båda dessa händelser så nära varandra i tid att de fortsätter sin undersökning efter den idén."

"Förresten," sa hon, "har inte polis och tekniker varit hemma hos er också?"

"Jovisst," sa Anna, "de har varit i källaren och de har klättrat upp på vinden och sen åkte de hem."

"Det var ju skönt för er att det blev ett kort besök. Men jag har mer att klaga på och det är egentligen det värsta. Ingen vill delta i ännu en dags älgjakt på Tyreholm. Det går omkring en alldeles lagom fet sextaggare i min skog och utan assistans av några jaktkamrater får han fortsätta sin trivsamma tillvaro under tallarna. Mina vänner vill inte komma hit, jag har bjudit in dem, min inbjudan omfattar jakt och middag, men ingen kan, vill eller har tid.

Jag är för dum för att förstå vad jag har gjort för fel, du skulle inte möjligen vilja hjälpa mig att nysta upp den här härvan?"

"Jag skulle väldigt gärna vilja hjälpa dig men jag förstår heller ingenting. Kanske måste det få gå en viss tid så att alltsammans lugnar ner sig och polisen rentav hittar lösningen på mordet. Kanske får de tag på din bössa, om nu det skulle spela någon roll. Det märkliga med hela den här historien är ju att den är obegriplig. Det har vi sagt flera gånger bara idag."

"Men Anna, vad säger Niels, han är ju van vid brott och utredningar och sådant?"

"Just nu kommer jag bara ihåg ett särskilt ord Niels använt för att beskriva denna historia och det är ordet *makalös*. Det är på pricken, tycker jag."

"Håller med, jag menar inte att Niels skulle lösa detta virrvarr, det är inte hans jobb men han har erfarenhet av stöld och mord. Han skulle antagligen kunna hjälpa polisen."

"Det vill nog varken han eller polisen."

"Förresten Anna, det är en sak till. Denne Carl Söderberg, som är ny på trakten och som deltog i jakten för första gången, har ringt ett par gånger och även kommit hit på ett spontant besök. Från början tyckte jag att han var sympatisk och han har gjort klart att han har ett slags intresse för mig, ja du får tänka själv, men han ställer ganska konstiga frågor."

"Vad då för frågor?"

"Han ville veta varför du lämnade middagen innan den var slut och varför du inte ställde upp på andra dagens jakt."

”Vad svarade du honom, Fröydis?”

”Att du var trött och ville åka hem och vad beträffar andra dagen, samma svar.”

”Nöjde han sig inte med det?”

”Nej, han undrade om du åkte hem för att du hade något annat att göra.”

”Det låter som en knepig typ, vad har han med det ena eller det andra att göra, han känner inte oss ännu, nyinflyttad, nyfiken.”

”Jag tänkte likadant, Anna så jag sa åt honom att inte lägga sig i våra privatliv och då surnade han till först och sedan ville han tala om mitt förlorade gevär, men då fick jag absolut nog. Men kan du tänka dig att han tog sats igen och frågade rent ut om det var så att jag visste mer om stölden och mordet än jag ville erkänna.”

”Då jävlar skrek jag åt honom att nu det fick räcka och att på Tyreholm sätter han inte sina oborstade skor igen.”

”Herregud Fröydis, vad menade han?”

”Att jag har stulit mitt eget gevär och skjutit en okänd man som en annan sextaggad älg.”

”Fröydis, är allt vansinne?

”Jag börjar misstänka det.”

”Innan du åker skulle jag vilja veta, har de inte förhört dig, de tycker ju att du är intressant i sammanhanget?”

”Jo, de har förhört mig och jag har talat om allt jag vet.”

”Pratade de med dig om motiv?”

”Det gjorde de nog, jag är inte säker på att jag kan återge allt de sa.”

”Någon i Brobacken vet något, själv anar jag att Arvid är orolig att förlora jobbet.”

”Så kan det väl inte bli, alla brott blir inte lösta, det vet även polismästaren. Fröydis, kom hem till oss, när du vill, vi och Kaiser längtar alltid efter dig och King. Lova mig att ni gör det!”

Under hemfärden kände sig Anna illa till mods. Hon hade sett ett undrande uttryck i Fröydis ögon under deras samtal, en svag känsloyttring som inte riktigt hörde samman med ämnet de avhandlade.

Anna visste att hennes vän var en intelligent person och denna dag hade Anna fått en känsla av att Fröydis visste mer än hon gav uttryck för.

31

Arvid Tegel suckade tungt där han satt böjd över en tjock hög med handlingar som omfattade utredningen av fallet Nyman. Den liknade ingenting han tidigare ställts inför och han kände ett starkt obehag vid tanken att dessa tre brott skulle förbli ouppklarade.

Sune Kranz och han hade nått en gemensam lösning men de tvingades fortsätta arbetet av den enkla orsaken att ingenting gav tillräckligt stöd åt deras version av händelseförloppet och som kunde ge en åklagare skälig grund för åtal. Häromkvällen när Gertrud var särskilt kärvänlig och ömhetstörstande hade han svarat med att om hon bara åtalade i mordfallet, var han beredd att gifta sig med henne.

Gertrud blev inte alls road, började tala om yrkesetik och att han gjorde henne besviken och att de minsann kunde gifta sig utan hans försök till utpressning. Slutet på den diskussionen liknade mest ett gräl, så därefter hade han fått nöja sig med tonfisksallad och pizza.

Skit samma, tänkte Arvid, nu knackar jag in Kranz, vi har en hel del att lösa och lista ut.

”Knackade kommissarien?”

Kranz stod i dörren.

”Alldeles rätt, kommissarien knackade.”

”Har det hänt något eller är du dålig, Arvid?” undrade Kranz bekymrad, ”du bär dig inte åt som vanligt.”

”Allt är precis som vanligt, det betyder inte att det är som det ska. Du och jag ska diskutera två nya vinklar. ”

”Kära nån,” sa Kranz, det är nästan så jag blir nervös.”

”Det kan du inte, det har du aldrig blivit sen du kom till den här malliga stan.”

”Kör på Arvid,” dags att sätta segel.”

”Ok, vår chef, den högste Toppdoggen har meddelat att du, jag och Biggles är avpolletterade från Brobackamordet och gevärsstölden. Det har nämligen kommit till doggens kännedom att vi har personliga känningar med flera av de inblandade och eventuellt misstänkta. Du kan få läsa skrivelsen från doggen så lär du dig hur man gör för att trycka ner den hårt arbetande personalen. ”

”Vilka ska ta över efter oss, då?”

”Han har ropat in ett par från grannstan och det enda de kan göra är att leta efter bössan, efter vad jag förstår. Mordet är det bara du och jag som kan hantera men det vet inte doggen och det är lika bra. Detta var första vinkeln.

Nu kommer andra vinkeln. Jag har blivit uppringd av en person i jaktlaget, Carl Söderberg som du säkert minns, han anser att vi inte har satt till alla klutar för att lösa mordet, vi borde granska Fröydis och Anna, för Söderberg är övertygad om att båda damerna, vänner som de är, tillsammans är insyltade i denna brottslighet.”

”Kära nån,” sa Kranz för andra gången. ”Har Söderberg förklarat hur han har tänkt sig själva utförandet?”

När Kranz betraktade Tegel, såg han att denne såg djupt bekymrad ut.

”Carl Söderberg är övertygad om att Anna och Fröydis gemensamt tagit hand om vapnet och överlämnat det till en person som mot ersättning åtagit sig att skjuta Nyman för att hämnas Lisas död.”

”Tegel, Söderberg har gjort allting värre än det var. Har han egna idéer om skyttens identitet?”

”Det har han kanske men han har inte uttalat något namn.”

”Det var som själve fan vad Söderberg, ny på bygden som han är, har lyckats gräva upp.”

”Du Sune, har han grävt upp eller kör han fria fantasier?”

”Jag tycker att Söderberg själv har laddat för att bli utsatt för ett professionellt förhör då han får redogöra för om han sitter på viktig information eller om han är lekmannapolis. Men vi får ju inte ta in honom har TD sagt. Fan.”

”Ett ord till om Söderberg, Fröydis har också ringt mig och klagat på honom, att han lägger sig i och vill veta saker om hennes och Annas privatliv. Hon körde iväg honom.”

”Arvid, jag tycker inte att vi har talat ordentligt om möjligheten att få en misstänkt anhållen och rentav häktad under utredningen.”

”Nej, det har du rätt i, vem hade du tänkt dig?”

”Allvar nu, Arvid, både du och jag misstänker Anna. Skulle det vara helt omöjligt att få dig och Gertrud att fatta varsitt beslut att Anna ska gripas och anhållas för att driva utredningen vidare?”

”Gripas och anhållas kanske men häktad blir man av domstolen och då krävs en misstankegrad på sannolika skäl, som du vet och för övrigt är Gertrud inte så förtjust i mig för närvarande men idén går kanske att testa på TD.”

”Men vad har du gjort, Tegel, ”jag trodde att hon ville gifta sig med dig.”

”Hon har ändrat sig.”

Sune Kranz satt tyst och bläddrade i sin anteckningsbok. När han tittade upp såg han att Tegel verkade ha försjunkit i något slags drömtillstånd, han svarade inte ens, när Kranz tilltalade honom. Först när han reste sig upp och avsiktligt skrapade stolsbenen mot golvet vilket som vanligt gav ett obehagligt skärande ljud, vaknade Tegel till och såg förvånat på sin kollega.

”Ingenting blir bättre om du sitter och sover.”

Kranz satte sig ner igen mittemot Tegel och lutade sig fram och fångade Tegels blick.

”Vi har hamnat i en märklig fälla, vi kan antagligen lösa de här brotten men det får vi inte säger en pedantisk överkucku. Då går vi våra egna vägar, det brukar bli bra förr eller senare. Denne Söderberg kanske sitter på information men den är förbehållen TD-s okunniga mannar så vi går direkt på Brobackens bästa skvallerkälla, som numera anses ingå i din privata vänkrets. Även som poliskommissarie får man telefonera och umgås med sina vänner och bekanta.”

Tegel hade vaknat upp och betraktade intresserat Kranz.

"Du föreslår att jag ska ringa upp Fröydis och dra ur henne allt hon sett och hört om mordet."

"Som gammal vän kan du göra visit på Tyreholm liksom förr. Vad sägs, Arvid?"

"Intressant förslag, Sune, det får sjunka in innan jag fattar beslut och jag måste pricka in datum för visiten när de okunniga mannarna inte är på plats."

"Ring Fröydis direkt, hon behöver all hjälp i den här sitsen som hon *kanske* utan egen förskyllan har hamnat i."

"Innan jag ringer, har du fler förslag?"

"Ja, det har jag visst det. Redan de gamla romarna var väl bevandrade i konsten att infiltrera och vår kollega Biggles är som gjord för att charma okunniga mannar och få dem att prata bredvid mun. Få poliser kan verka så dumma som Biggles. I verkligheten är han rätt listig, det vet både du och jag."

Sune Kranz log mot sin kommissarie när denne tryckte in numret till Fröydis.

Det blev ett långt samtal, Fröydis var upprörd, det hördes ända till Sune som satt på andra sidan bordet.

"Jag förstår fanimej inte vad som pågår, någon har stulit mitt gevär, någon har skjutit en person som ingen känner och både jag och Anna är misstänkta. Den som är upphovet till alla dessa totalknäpperier måste vara en debil och psykopatisk vettvilling. Det finns ju ingenting som stämmer. Ovanpå detta är älgjakten inställd och det är absolut inte riktigt klokt. Jag tror faktiskt att varenda en i jaktlaget har drabbats av skräck för att bli skjuten, avrättad alltså ute i min trivsamma skog."

Tegel förklarade för Fröydis att han inte längre hade ansvaret för utredningen och då blev det extra fart på Fröydis otidigheter.

"Fattades väl bara det, har polismästaren kastat ut dig, den bäste polisen i hela länet, hela landet antagligen, jag går ta mig jävulen ut och skjuter både mig själv och min stiliga schäfer, eller förresten inte King men polischefen – vad är han för ett ärkenöt – han har sannerligen gjort sig förtjänt av en hagelsvärm i sin breda röv."

Tegel höll fram mobilen mot Kranz för att han inte skulle missa något av Fröydis ilska. De log mot varandra, samtalet hade ett visst värde som muntration i en trist stund.

Slutligen fattades beslutet att Tegel skulle hälsa på Fröydis dagen därpå, för ännu hade ingen av de okunniga mannarna hört av sig för att boka en tid för besök, boka var kanske fel uttryck men de skulle nog inte bara komma och riskera att finna ett tomt hus.

"Vad ska du göra då, Sune, ska du kanske träffa din egen Gertrud?"

"Nej, det gjorde jag igår och på lördag ska vi ses igen.

"Gode tid, här har stan fått en egen Casanova, ja du är sannerligen en man med många talanger, Sune. Har du tänkt utföra något polisarbete i morgon eller ska du stanna hemma och tvätta håret, kanske?"

"Kommissarien behöver inte oroa sig, jag fortsätter mitt arbete på verkstadsgolvet. Vi ses i morgon eftermiddag, antar jag."

*

Biggles hade blivit kallad till Arvid Tegels rum och där satt han nu och bredde ut sig. Biggles var en stor man, en halv kavajstorlek större än både Tegel och Kranz och hans blonda hårsvall gjorde honom inte mindre. Han var i början på 40-årsåldern, en junior jämfört med kollegorna och hans gladlynta beteende gjorde att somliga i kåren trodde att han var enfaldig.

Tegel och Kranz hade upptäckt att han ibland gjorde sig dum, vilket fick folk att skratta åt honom, han var nog osäker, trodde Tegel, som gett honom rätt svåra uppdrag och blivit överraskad av det goda resultatet. Att hoppa ut genom ett fönster på övervåningen i en villa var kanske inte smart men det visade på en obändig lust att fullgöra sina polisiära uppgifter.

"Ja du Biggles, du har kanske hört talas om att vi tre är bortplockade från utredningen om krocken, bössan och mordet."

Biggles nickade och såg ledsen ut.

”Jag anade att det kunde bli så fast det är fel, det är ju bara vi som vet något.”

”Du har så rätt,” suckade Tegel, ”men som du vet, mot chefens stängda dörr bultar man knogarna blodiga. Du har väl blivit tilldelad andra uppgifter?”

”Jag ska styra med enklare saker på stationen, hjälpa folk till rätta – det kan ju betyda två saker.”

”Biggles, du ska få en uppgift till och den känner bara du och jag och Kranz till. Du ska bli god vän med killarna från grannstan – Kranz har döpt de till mannarna – de ska avsluta det jobb som vi stängts av från. Du ska mjölka dem på upplysningar. I bästa fall kan det ge den lilla pust på elden som vi tänt. I sämsta fall har de ingenting att bidra med och det ska du inte behöva bli ledsen över. Är du med på min önskan att spela den glade, vetgirige polisen som tycker att det är så kul med nya människor på jobbet?”

Tegel konstaterade att Biggles såg nöjd ut där han satt så han log vänligt mot honom och väntade på en reaktion.

”Kommissarien, det ska verkligen bli kul, när kommer de?”

”Det vet vi inte men det blir endera dagen. Kranz och jag fortsätter i all tysthet att samla information men det ska ingen annan veta. Det är vi tre nu, Biggles och då pratar vi bara med varandra. Om våra ansträngningar inte leder till någonting så har vi i alla händelser gjort vårt bästa.”

Biggles blev uppenbart glad över denna oväntade befordran, han log när han reste sig och grep tag i Tegels utsträckta hand och Tegel smålog tillbaka.

”Tack kommissarien, hur ska jag rapportera?”

”Biggles, du ringer mig eller Kranz när du har något på gång, ok.

”Ok kommissarien, hej då.”

Så flög Biggles ut på nya äventyr.

Niels och Anna Vanleeder var på utflykt i en mörkgrå Suv, längst bak i bilen satt en schäfer. Han var Annas livvakt, ett viktigt uppdrag som pågick dygnet runt. Anna hade skaffat en ny bil och det var han glad för, den förra var en storlek för liten för en hund av hans storlek.

Idag fick Niels köra Suven och det syntes och hördes att han gillade det.

"Fina grejer, Anna," sa han och drog i en ny spak så att motorhuven rörde sig.

"Kör mot havet," sa Anna, "jag är trött på landskap, jag vill se vågor, havet ingår i naturen. Natur är inte bara en upptrampad stig i skogen med lingon och oätliga svampar under varenda tall. Vi borde flytta närmare havet, Niels, tycker du inte det?"

"Nej, det tycker jag inte, då skulle vi vara tvungna att skaffa båt." Niels lät bestämd.

"Så härligt det vore, vi kunde segla hela sommaren och bada varje dag."

"Bada går utmärkt i Brobacken, det räcker för mig."

"Snart vill jag köra, det är tråkigt att sitta bredvid, tycker jag," sa Anna med ett bedjande tonfall.

"När du låter så där är du svår att motstå, visste du det?"

"Hade jag ingen aning om."

"Jag stannar nu så vi får kramas på ett nytt ställe."

"Niels, du förvånar mig, du går mer och mer i ungdom."

Niels körde in bilen på en liten korsväg och stannade.

"Du och jag hör ihop, Anna, det blir tydligare för varje dag, vi delar livet i alla dess aspekter och enskildheter och det finns ingenting jag hellre vill. Jag trodde att jag älskade Lisa mer än dig men det var fel och det fattade jag när du blev så sjuk och jag var rädd att du aldrig skulle komma tillbaka. Vi har två friska söner som redan har lämnat oss och numera lever sina egna vuxenliv, dem kommer vi att fortsätta träffa som våra mest älskade vänner, men det är du och jag som är familj nu, du och jag, Anna.

Förstår du, Anna att utan dig skulle det bli svårt och meningslöst för mig att fortsätta livet. Sorgen efter Lisa kommer att följa oss i evighet men kärleken och tryggheten i tillvaron, den ger du och jag varandra. Jag älskar dig."

Anna satt tätt intill sin man omsluten av hans armar och med hans läppar mot sin panna; hans andedräkt värmde hennes ansikte och hans sinnliga närhet värmde hela hennes varelse. Jag älskar honom, tänkte hon.

"Kan du inte säga det högt," viskade Niels i hennes öra, "det du just sa med hela kroppen."

"Du förstår allt, Niels, jag är väldigt liten utan dig, jag älskar dig."

"Det var underbart att höra, ja, liten är du, Anna, jag har alltid tyckt att det förenklar situationen."

"Åja, du kan inte stoppa mig i fickan, i alla fall."

"Kan hända, men under armen går bra, det har vi redan prövat."

Så njöt makarna Vanleeder åt sin kärleksfulla stund i bilen, kysstes länge och innerligt och lovade varandra att i framtiden göra fler utflykter som denna.

Anna släppte ut Kaiser på den okända korsvägen, pekade ut i skogen och han hoppade över närmaste dike för att undersöka omgivningen. Anna och Niels stod kvar på vägen och lät honom springa av sig. Efter några minuter kom han tillbaka, ställde sig bredvid Anna och tittade upp i hennes ansikte.

"Något annat som önskas?"

Anna skrattade åt Niels försök att spela schäfer.

"Vore kul om du också gjorde så där."

"Tror jag visst det, men nu struntar vi i havet och åker hem i stället, Anna, du får köra."

Arvid Tegels hjärna var fylld av tankar. Klockan var elva på förmiddagen och han hade ägnat flera av morgonens timmar åt att skriva ett schema över bössan och mordet. Egentligen behövde han inte det för han var klar över de stora dragen, men vad hjälpte det när han inte kunde få grepp om böndernas små steg på schackbrädet; de små pjäserna som till en början verkar så obetydliga men som så småningom brukar bli helt avgörande i ett parti.

I sin ensamhet erkände han att han aldrig kunde föreställa sig att Anna utfört denna avrättning. Han skulle acceptera att det var hon om hon dömdes av en domstol därför att han var polis och trodde på rättssamhällets grundläggande funktioner, men det var en lång väg dit.

Han var nyfiken på Carl Söderbergs teorier om Fröydis och Annas samarbete och eventuella engagerande av en tredje man för att avlossa skottet mot Nymans skalle. Vem var denne person och vad för slags ersättning hade de utlovat och gett honom?

Börjar inte detta mest likna en sönderläst Mickey Spillane från år 1950 som lämnats kvar i sommarstugan för att den inte skulle synas i bokhyllan i stan. Omslaget var ofta illustrerat med en bild av en man med en rykande pistol i handen och med en lättklädd kvinna vid sin sida. Tegel hade läst många sådana böcker i sin ungdom och nu, när minnet av dem dök upp, var han orolig att han skulle påverkas av annat än kalla fakta.

Han hade varit gift i sju år med en kvinna som han älskat djupt och hennes död i bröstcancer hade gjort honom helt förkrossad. Hans liv tog en lång paus, han var länge sjukskriven men med hjälp av familj, vänner och kollegor kom han tillbaka. Det var länge sedan nu, han tänkte inte längre så ofta på henne, den ljuva Lena, han hade förstått att hon var i himlen och han hade accepterat det. Det svåraste att acceptera hade varit att hon väntade deras första barn när hon dog.

Självklart hade han haft flera förhållanden med sköna och intressanta kvinnor under åren som gått; somliga hade velat gifta sig med honom men dithän hade han aldrig mer kommit. Lena var hans hustru för tid och evighet, även om han efter denna långa tid var benägen att ge Gertrud en eventuell chans. Arvid visste att han tänkte fel, det handlade inte om att ge Gertrud en chans, det handlade om att ge sig själv möjlighet att ta den chansen.

Anna Vanleeder hade påverkat honom och han hade gått en rejäl match mot sig själv för att befria sig från den inverkan hennes kvinnlighet haft på honom. Bästa sättet var att koncentrera sig på hennes man, den ganska imponerande lagmannen Niels Vanleeder. Lång, kraftig, såg bra ut, helt säkert attraktiv för många kvinnor, omtyckt och beundrad i sitt jobb, firad av stans alla jurister och ett antal poliser, när han gick i pension. En vaktmästare på tingsrätten berättade att det även dök upp ett par före detta bovar som ville tacka lagmannen för hans rättvisa domar.

Arvid tryckte undan tankarna på Anna och försökte koncentrera sig på Fröydis i stället. Det var både lättare och svårare. Dessa kvinnor som var goda vänner sedan många år var olika som natt och dag. Annas akademiska bakgrund märktes kanske inte så ofta men den fanns där och i kontrast mot Fröydis praktiska förhistoria i hotell och restaurangbranschen kunde det förefalla ovanligt att de hade funnit varandra.

Den som frågade hur det kom sig att de blivit goda vänner, fick alltid samma svar: *gemensamma intressen, schäfer, jakt och snygga karlar, allt man behöver,* vilket vanligen åtföljdes av Fröydis högljudda skratt. Om någon munvig person som inte varit med så länge i sällskapet, försökte sig på en halvfräck replik som avsåg att ställa kvinnor i skugga, fick denne oftast en elegant verbal örfil av Anna avsedd att svida i den uppblåsta manligheten.

Arvid hade skrattat flera gånger åt deras lyckade samspel, självklart uppskattade han kvinnor som visade mod och humor.

Som vanligt kom både Fröydis och King ut på förstubron så fort han körde in på grusplanen. Arvid såg att Fröydis var glad åt hans ankomst och King var rent lycklig. Arvid lekte med honom en stund tills Fröydis sa ifrån att nu får det vara nog, nu ska den snälla farbrorn äta lunch med matte.

Fläskpannkaka med lingonsylt, Arvid blev salig vid åsynen, det hade han inte fått på många år. Han beslöt att föreslå Gertrude den söndagslunchen vid tillfälle. Fröydis såg hur glad han blev och då blev hon det också. Detta möte började bra.

När pannkakan var uppäten och kaffet stod på bordet startade Fröydis samtalet med att tala om Carl Söderberg. Arvid förstod att hon hade en svår tid, för hon var dämpad, nästan lågmäld på ett sätt han aldrig sett förut.

"Först blev jag förbannad på honom, tyckte att han dels la sig i saker han inte hade med att göra, dels hade en ovänlig ton. Jag sa ju till dig att jag bad honom att dra till skogs. Han har ändå ringt ett par gånger och det är möjligt att han har försökt att be om ursäkt, jag lyssnade inte så noga."

"Fröydis, försök att berätta för mig lite mer detaljerat hur han misstänkte Anna och dig för samarbete angående geväret och eventuellt mordet."

"Han sa att det var uppenbart att Anna och jag hade smugglat ut geväret, vi var de enda som hade tillfälle och kunskap att göra det, han såg ingen anledning att misstänka någon i jaktlaget för den stölden. Han sa också att han hade förstått att en av oss hade fått tag på någon som var beredd att skjuta Nyman mot ersättning. Han tyckte att det var helt naturligt med tanke på våra förbindelser."

Arvid reagerade kraftigt på Söderbergs förklaring, han rynkade pannan och tänkte efter men han hade svårt att hänga med.

"Bad du honom precisera vad han menade med era förbindelser?"

"Oja, och det var väl egentligen då som jag ilsknade till. Mina förbindelser, sa han, var den minst sagt oseriösa krogvärlden som jag arbetat i större delen av livet. Han visste minsann att där betalade man ingen moms och svarta löner var regel och i de kretsarna rörde sig allsköns sämre folk, straffade och ostraffade och såna som åtog sig riktigt fula jobb. Därmed menade han att jag kunde skaffa fram en mördare ur den kretsen. Han sa så."

Arvid Tegel satt tyst en stund och försökte ta till sig resonemanget, det lät helt absurt och han såg på Fröydis vad hon tyckte om en tills helt nyligen obekant person som degraderade hela hennes yrkesliv till något mer eller mindre olagligt och fullständigt respektlöst. Han hade inga svårigheter att förstå hennes ilska.

"En kopp kaffe till?" undrade hon.

"Tack, det behövs," sa Arvid och höll fram koppen. "Men jag är nyfiken på vilka förbindelser Anna enligt Carl Söderberg har i den undre världen."

"Det var det han först pratade om, han ansåg att det var självklart att hon genom sin man hade nära kännedom om en hel del tung brottslighet och annat löst folk som var beredda att ställa upp för en hacka."

Arvid drack sitt kaffe och för Fröydis skull tvingade han bort det skratt som hotade att välla upp inom honom.

"Du ser glad ut," sa Fröydis, "tyckte du att det var kul?"

"Nej," sa Arvid, "inte kul, snarare världsfrånvänt. Söderberg må vara en intelligent människa men han verkar okunnig om såväl restaurangnäringen som rikets domstolar. Jag blev förvånad och jag vet att jag måste tänka igenom allt det här för att vara säker på att jag inte missat något väsentligt. Har du själv några funderingar som du vill dela med mig så är jag tacksam, jag vet att flera hjärnor jobbar bättre än en."

Fröydis satt ganska länge och tittade ut genom fönstret innan hon vände sig mot honom.

"Jag har bara en sak att säga och det är att jag inte förstår mig på Anna längre. Visserligen har vi känt varandra i många år men jag är ändå inte riktigt säker på vem hon egentligen är. Jag vet, och det gör du med att förlusten av Lisa inte var någonting annat än totalt förödande för henne och Niels, särskilt för henne. Sjuk blev hon, det var hemskt när hon varken kunde tala eller gå, men som väl är har det värsta gått över nu.

Hon är inte samma människa längre, hon har blivit nästan abnormt beroende av Kaiser och Niels, hon vill helst vara med dem jämt och det jag tycker är lite knäppt är att hon uppför sig som om hon har blivit nyförälskad i sin egen man. Det är möjligt att jag som hennes närmaste vän inte borde ha några synpunkter på en sådan sannolikt lycklig utveckling av deras äktenskap men ovanligt är det."

Arvid Tegel blev förvånad över Fröydis redogörelse för Annas förvandling, han tyckte att det lät egendomligt att makarna Vanleeders äktenskap var på väg mot en känslotopp efter snart 40 år, men vad visste väl en gammal änkeman som han?

Det han borde ägna sina tankar åt var den ovanlige mannen Carl Söderberg och hans idéer om hur den Nymanska avrättningen beställts, betalats och verkställts och han såg fram emot att få delge Kranz dagens nyheter. Ingen kunde som Kranz föryngra en gammal utredning med oprövade hypoteser.

Innan han lämnade Tyreholm upplyste han Fröydis om polischefens omorganisation som innebar att hon skulle få besök av några poliser från grannstaden, vars uppgift var att lösa stölden av hennes gevär.

"Chefen vill naturligtvis att de även löser mordet men det behöver du inte bry dig om. Låt dem bara hållas, hoppas att de inte krånglar till livet för dig, det får räcka nu."

Arvid reste sig och tackade för lunchen och den trevliga samvaron. Fröydis stod kvar på sin förstubro och vinkade ända tills han passerade vägens krön.

34

Sune Kranz ägnade dagen åt forskning, det var hans favoritsysselsättning. Starta med ett tomt ark papper, formulera några frågor, därefter söka svaren. Med kommissarien ute på egna äventyr kunde Sune disponera dagen som han ville; han ville veta mer om makarna Vanleeders bakgrund.

Efter ett par timmar var det tomma arket fullt och han fortsatte på ett nytt. Dessa människor tillhörde en grupp som han inte hade haft särskilt stor kontakt med. Niels Vanleeders far var från Nederländerna, flyttade till Danmark, gifte sig med en dansk kvinna, paret flyttade till Stockholm och därefter var smeknamnet *Den flygande holländaren* självklart för både fadern och den ende sonen Niels, som föddes i Sverige och tog studenten i Stockholm. gjorde militärtjänst vid kustartilleriet i Karlskrona, därpå följde utbildning till reservofficer och slutligen studier på Juridiska fakulteten i Upsala.

Fadern ägnade livet åt småskalig teknik som med tiden blev datorer (trodde Kranz), den danska modern nämndes inte, Niels studerade, spelade tennis och golf där han nådde singelhandicap. Långt senare när han nått halvvägs i karriären segrade han i Svenska mästerskapet i bridge tillsammans med sin partner Pelle Fock.

Den yrkesmässiga karriären med tingstjänstgöring och fortsättning i Svea Hovrätt och slutligen rådman och lagman var oklanderlig, det fanns inga fula fläckar någonstans, Sune tyckte nästan att granskningen var trist.

Nytt ark. Anna Vanleeder, född Stäring, Stockholm i en industriell familj med intressen i byggen och fastigheter. Hon lämnade familjen för att studera juridik i Upsala och där mötte hon Niels Vanleeder. De gifte sig, fick tre barn, bodde under många år i en norrländsk residensstad och flyttade så småningom till Sveriges sydligare trakter.

Annas karriär hade gett visst avtryck i några norrländska tidningar och i den veckopress som gjort till sin uppgift att tala väl om kvinnor i mindre feministiska yrkeskategorier. Hon förekom i artiklar om en förening som hette *Orkan, organisationen för rörelsedrivande kvinnor i aktion i näringslivet.* Hennes karriär via advokatbyrå och egen rörelse gav ingenting som förde Sune vidare i hans forskning om händelserna runt Brobacken.

Ibland kunde det bli trist att sitta ensam på jobbet. Han stoppade ner sina fullklottrade ark i en skrivbordslåda.

Något måste han göra eftersom det var en arbetsdag, och därför gjorde han en slagning på Carl Söderberg och där dök det upp en riktig nyhet. Söderberg dömdes för tio år sedan vid en tingsrätt i norra Sverige till åtta månaders fängelse för misshandel av sin fru.

Aj, aj, det var illa men tur för Söderberg att det var den enda noteringen.

"Hur fan har han kunnat få vapenlicens?" frågade Sune rakt ut i sitt arbetsrum, "bästis med polischefen i Boden eller Luleå va? Illusioner ska man inte ha, dem blir man bara av med. Undrar vad Söderbergs fru hette, hon kanske var en riktig megära."

Söderbergs fru hette Brita och hon var straffad vid samma tingsrätt som maken för bedrägeri och mened.

"Jag behöver inte veta mer," sa Sune högt, "den damen hade säkert gjort sig förtjänt av lite smisk."

Sune suckade men var samtidigt nöjd med att ha funnit någonting intressant att visa upp för Arvid.

Han tog fram sin anteckningsbok, han hade gjort några noteringar där om stölden av Fröydis gevär och hur den möjligen gått till.

Han läste vad han skrivit: en riktigt lång person skulle kunna ha geväret innanför sin rock och fastspänt med byxbältet.

"Det skulle inte se klokt ut," tänkte Sune, "dels skulle det sticka ut under rocken, dels måste han hålla fast det, men båda händerna befann sig ju på utsidan av rocken."

Ingen av damerna passade in på beskrivningen *riktigt lång*.

"Om vi fortsätter att utgå ifrån att geväret stals under älgjaktens första dag, kan det inte ha burits ut på det sätt som jag beskrivit. Alltså: det finns en svärdslukare i jaktlaget."

35

Niels var i Stockholm under två dagar och Anna kände sig ensam och onödig. Hon hade ingenting viktigt att göra och hon ångrade att hon hade tackat nej till ett juridiskt uppdrag förra veckan. En skilsmässa där mannen ansåg sig ha rätt till allt lösöre därför att det kom från hans familj.

Anna var trött på kvinnor som sökte hjälp vid minsta problem och som saknade förmåga att klara sig själva. Hon hade ägnat många år åt att hjälpa dem, i början hade det känts härligt att kunna ställa upp, men det var rätt länge sedan det gick över. Hon hade dragit in pengar på deras oförmåga och hon hade fått en viss profil i yrket, blivit en smula känd i vissa kretsar och även det hade hon gillat skarpt men numera saknade det all betydelse för henne.

Hennes eget yrkesliv hade pågått samtidigt med moderskapet och rollen som uppfostrare av tre barn som växte och krävde mer för varje år. Niels hade deltagit huvudsakligen i matlagning och i umgänget med barnen under lördagar och söndagar men han hade aldrig tagit hand om de ideligen återkommande förkylningarna, barnsjukdomarna läkarbesöken och allt annat som ständigt försvårade vardagsrutinerna.

Anna hade skaffat hjälp, hon hade haft tur och lyckats engagera en femtioårig mormor vars barnbarn var bosatta i Luleå, en sympatisk och barnkär kvinna som mer än gärna tog hand om Gustav, Johan och Lisa när situationen kärvade till sig. Det var då det. Hon var död nu, tant Dagny.

Kaiser och glasrummet, småfåglarna utanför som bara åt och åt, det hade redan blivit november och i morse var det vitt på marken. Ingen snö, bara frost, himlen var mörkgrå, det var kallt, ingenting att glädjas åt. Sverige var ett hemskt land, knappt någon sol och värme och det regnade ofta.

"Sluta, Anna, du måste lyfta dig, Niels kommer i morgon, du har Kaiser, ät lite, du kan ringa Fröydis, leta fram någon gammal kärleksroman, lägg dig på soffan, det blir en skön eftermiddag."

"Jag ska lyda mig själv," sa Anna högt.

"Kaiser du får klara dig utan promenad idag, spring ut på tomten en stund så får du några Frolic när du kommer in igen."

Anna åt inte, hon la sig på soffan och snyftade, det blev ingen riktig gråt, det blev det aldrig numera och därför gick sorgen aldrig över. Djupt inom sig där ingen annan hade insyn, anade Anna att hon var på väg att bli galen, eller sinnessjuk heter det visst, en som behöver vård på särskilda sjukhus.

Visst var det något fel på henne, hon glömde så mycket numera, hon ansträngde sig att glömma därför att hon innerst inne var säker på att glömskan gömde allt det hemska som hon inte velat se och förstå.

Fröydis svarade på första signalen.

"Vem e re?" skrek hon i luren.

"Fröydis, det är bara jag," sa Anna tyst, "hur är det med dig?"

"Det är väl inte så kul, kanske, för det har kommit hit nya poliser, det är nog bara fan själv som vet vad som egentligen pågår."

"Vad menar du med nya poliser?"

"De är från norra stan och de är här för polischefen har förbjudit Arvid att jobba med stölden av mitt gevär, eftersom han känner mig och jaktlaget. Kranz och Biggles får inte heller delta."

"De som har kommit i stället, är de trevliga, då?"

"Trevliga! De behandlar mig som en tredje klassens piga, kräver kaffe tre gånger om dagen och det ska serveras i mitt kök men då får jag inte vara där och lyssna på de statshemligheter som de diskuterar. Jag är så slut, Anna att jag inte ens orkar bli förbannad längre."

"Vad gör de, då?"

"Fikar och tar en promenad ner till sjön, sen rotar de runt i slaktboden och mitt välstädade förråd, sen går de till annexet och kollar den heltomma vinden, sen åker de hem."

"Hur länge ska detta pågå?"

"Tills de hittar geväret, antar jag och då ska de väl bli medaljerade."

"Fröydis, har du berättat för Arvid om hur de bär sig åt?"

"Jag har inte sagt ett ord till någon människa därför att jag inte tror att det finns någon som vill tala med mig. Ingen ringer heller till mig, inte ens Geir, du är den första på länge. Det är tur att jag har King men det kan jag tala om för dig, att han är tillräckligt intelligent för att begripa att de nya poliserna inte gillar mig, han morrar åt dem varje dag och då får han en godis av mig. Jag säger BRA till honom och flinar åt snutarna, jag vet att de är lite rädda för King. Anna, gud så hopplöst allt är!"

Anna hade aldrig hört Fröydis så här arg och ledsen på en gång och hon visste absolut inte vad hon kunde göra för att hjälpa henne.

"Fröydis, finns det något jag kan göra för dig?"

"Nej, det tror jag inte, om du inte har lust att skjuta de nya poliserna, det skulle vara en lättnad att slippa dem."

"Niels och jag kanske kan hälsa på dig en dag, vad säger du om det?"

"Skit samma, ni har säkert inte tid med mig, nu måste jag sluta. Hej då."

Anna satt stilla en lång stund och begrundade sin väns attityd, hennes avståndstagande och den omisskännligt elaka tonen i hennes röst. Andra människor hade burit sig illa åt mot henne, i synnerhet i arbetslivet men bland vänner hade hon knappast blivit bemött som idag.

36

Anna låg på soffan tillsammans med Kaiser och försökte minnas dem som plågat henne under livets gång, spydiga klasskamrater och ättiksura lärare. Det värsta som hänt henne tittade ovälkommet fram och hon lät det komma.

Efter studenten flyttade hon till Upsala för att äntligen få en chans att bli självständig. Hennes föräldrar hade inte haft förståelse för hennes längtan efter akademiska studier. Efter två terminer visste hon att hon fattat rätt beslut, hon hade tenterat rättshistoria i juni, nu skulle hon vara ledig och få träffa Fredrik som hade varit i London ett par gånger under våren och tagit hand om pappa Gerhards engelska antikfilial.

Fredrik Book den stilige civilekonomen som flickorna sprang efter medan Anna undvek honom. Han kom när hon tog studenten, han fångade hennes studentmössa när hon kastade upp den i luften och han satte den på statyn Wennerbergs huvud; när han gav henne mössan, kysste han henne lätt och sa *du är en speciell flicka, du vet var jag finns.*

Anna kunde inte ta till sig att han föreslagit henne att ta kontakt med honom. Hon gladde sig åt att ha klarat sin examen, red ut på Djurgården flera gånger i veckan och en dag stod han utanför stallet och väntade på henne.

Så började det och så fortsatte det under ett helt år då deras känslor för varandra fördjupades.

Sista helgen i augusti körde Anna till Stockholm för att äta middag med Fredrik i hans våning på Jungfrugatan. Hon hade köpt en stor bukett med höstastrar i alla de färger och den hade hon planerat att ställa i hans arbetsrum. Hon var glad, undervisningen i avtalsrätt skulle snart börja och det föreställde hon sig var riktig juridik.

Hon låste upp ytterdörren till Fredriks våning, något förvånad över att han inte kom ut i hallen som han brukade. Hon ropade på honom och han svarade, hon hörde att han var i sitt arbetsrum. Anna tog blommorna och gick ut i köket, letade fram en vas som hon fyllde med vatten och arrangerade astrarna.

Anna tog vasen och gick in i arbetsrummet där Fredrik satt orörlig vid sitt skrivbord. Hon ställde blomvasen på bordet och sjönk ner i besöksstolen på andra sidan bordet. Fredrik satt alldeles stilla, han var mycket blek och han såg på henne utan att säga någonting.

När han äntligen började tala förstod hon inte vad han sa, han såg inte på henne, han bara talade. Till slut sa hon att hon inte förstod. Då började han om och det han sa var förvirrande och overkligt; han skulle gifta sig med en kvinna som hette Hether, en engelsk kvinna som väntade hans barn.

Han skulle gifta sig, sa han. Anna granskade Fredrik medan hon lyssnade men Fredriks ögon knappt snuddade vid henne. Hon hörde att han hade legat med en kvinna som hette Hether, vilket löjligt namn, är hon släkt med Hamlet, va? *Hether it´s nobler in the mind to suffer bla, bla, bla*

Hon reste sig upp och kastade blommorna på honom och välte vasen med vatten över pappershögarna på skrivbordet innan hon lämnade rummet. Sin nyckel till Fredriks våning la hon på hallbordet. Hon gick utan ett ord, stängde dörren tyst bakom sig och körde tillbaka till Upsala

Hon åt middag med ett par vänner i deras gemensamma kök i studenthuset. Hon berättade inte vad hon varit med om på Jungfrugatan i Stockholm men när den franske studenten Francois gick ut i korridoren, hörde hon hur han svor häftigt på franska över obegåvade svenska män. När han kom tillbaka hade han en öppnad vinflaska i handen.

Francois uppmanade henne att dricka mer rödvin för att få hjälp att sova.

En ny röst presenterade sig som Niels och hoppades att hon kunde stå ut med hans närvaro. Han hade med sig ännu en flaska rödvin; Anna kom ihåg att han sa att det är tur att det finns vin för vid vissa tillfällen behövs det mer än annars.

Niels slog sig ner bredvid henne vid bordet och han betraktade henne vänligt. Han var en lång, blond snaggad kille, han såg ut som svenska killar ofta gjorde. Han hade inga likheter med Fredrik B. och hans medelhavsfärger. Här gällde klarblå ögon.

Anna kunde inte minnas vad de åt, senare gick hon uppför trappan till sin egen våning, hon förstod att hon var berusad för det snurrade väldigt i huvudet och hon kände att hon måste få lägga sig och då märkte hon att Niels gick bakom henne och bar hennes bag.

Hon kom ihåg att hon snyftade och svor över hur Gud i himlen jävligt det kan bli och började gråta. Niels tog nyckeln ur hennes hand och låste upp dörren till hennes rum, drog in henne, ställde bagen på en stol och föste henne försiktigt mot sängen och sa åt henne att hon behövde sova. Hon la sig ner och han la filten över henne och frågade om hon klarade sig själv nu.

Nej, sa hon och då sa han åt henne att flytta in sig så han fick plats.

Anna och Niels låg under samma filt redan några timmar efter sitt första möte. Anna somnade efter en kort stund mot hans skuldra, hon snusade och sov och senare berättade han att hon snarkat lite smått till hans munterhet. Rödvin botar de flesta av studenternas krämpor, allt från tentamensångest till värsta svettigaste *Ågren* och kanske vanligare ändå alla olyckliga förälskelser. Anna var förstås inte botad men Niels närhet hade hjälpt henne.

När hon vaknade var han borta

Ibland kom Niels in när de satt i köket och åt. Han var nästan alltid klädd i träningsoverall och Anna frågade om han spelat tennis eller handboll.

Niels berättade att han gärna sprang på kvällarna, att det var bästa avslappningen när man suttit stilla hela dagen. Niels föreslog den tio år äldre och ganska kortvuxne Franske Frasse att följa med på en långsammare löptur, när han kände för det. Han lovade att Paula skulle uppskatta den fysiska förbättring som löpning åstadkommer. Francois röt att han verkligen inte behövde förbättra sin fysik och att det var oförskämt av Niels att antyda något dylikt. Paula smålog försiktigt.

Anna satte upp ett maskinskrivet A4 ark i telefonhytten, att samtal från Fredrik Book skulle besvaras på följande sätt:

"Det finns domstolsbeslut på att Fredrik Book vid vite har kontakt- och besöksförbud med Anna Stäring och att polis kommer att underrättas om förbuden överträds." Punkt slut!

Många år hade gått men minnet av svedan fanns kvar. Det minnet betydde ingenting längre, hans svekfulla beteende hade slagit tillbaka mot honom själv. Han tog med sin höggravida brittiska fru till Stockholm och sökte upp sina gamla vänner, men ingen ville ha med honom att göra. När barnet fötts, vägrade den engelska makan att bo någon annanstans än på sina föräldrars lantegendom i Kent. Till Sverige tänkte hon aldrig återvända.

Den engelska antikverksamheten gick på knäna. Fredrik hade förlorat sitt rykte som en av Stockholms mest charmfulla affärssnillen. Den frånskilde Fredrik satt enligt uppgift och söp i sin ensamhet på Jungfrugatan.

37

Niels ringde på kvällen och sa att han skulle återvända vid middagstid dagen därpå.

”Jag köper med något från Östermalms Saluhall, vad säger du om det?”

”Fint, det blir godare än om jag lagar. Det är bra att du kommer hem.”

”Anna, du mår bra, hoppas jag.”

”Jadå, jag har talat med Fröydis och det var inte kul, hon verkar halvtokig men det pratar vi om i morgon. Hej då!”

”Sov sött och hälsa Kaiser!”

Niels röst gjorde henne lugn, så hade det varit från första början och det kändes tryggt. Anna hade sedan länge varit kapabel att ta hand om sig själv och sina barn och allt som rörde familjen men Niels hade funnits i hennes och barnens närhet som en skiltvakt som beskyddade dem mot allt som Anna inte ens kunde föreställa sig men ändå fruktade. Ibland trodde hon att Niels var inne i hennes hjärna, tänkte hennes tankar och utplånade de onda gestalter som smugit sig inpå henne för att skada och skrämma.

Niels var alltid behärskad och stabil, hon hade aldrig sett honom upprörd utom när Lisa dog men även då var han sansad och samlad.

*

Anna och Kaiser gick runt halva sjön på eftermiddagen. Det hade blivit kallt, hösten var på väg in i vintern, det var vindstilla och ganska behagligt väder egentligen, lite lagom frost i luften. Anna och Kaiser gillade den här årstiden, ingenting störde deras promenad, de fick gå ifred som de ville. Grannens tigerrandiga katt följde dem en stund i spåren, antagligen mest för att reta Kaiser. Det hade han lyckats med flera gånger men Kaiser hade insett att enda sättet att besegra en listig katt, är att inte erkänna dess närvaro.

Hågkomsterna från Upsala återkom på kvällen när Anna och Kaiser hade placerat sig i soffan. Niels fanns med i denna doft av svunna dagar eftersom de bodde i samma hus. Liksom många studenter i huset hade Niels skrattat åt Annas anslag i telefonhytten.

Några kvällar var Anna på Stockholms Nation. Även Nationens inspektor var där en kväll och han hade med sig en släkting, den föräldralöse Edvin som bodde hos honom ibland. Det var något fel på pojken, ingen visste vad, 17 – 18 år, högst 150 cm lång, smal, talade med hög och gäll röst, kan inte ha gått så värst länge i skolan. Inspektorn var snäll som tog hand om honom, alla älskade inspektorn, så ingen klagade på Edvin.

Anita hade hört att han besvärade en del flickor men då brukade pojkarna rycka in och flytta på honom.

I slutet på terminen hade Nationen julmiddag som brukade vara en fin och lugn tillställning med god mat, bra tal och trevlig stämning. Niels frågade om Anna ville gå med honom och det ville hon. Niels var en uppmärksam bordskavaljer som inte försökte tvinga henne att dricka brännvin, vilket annars var ett utbrett nöje i mer hårdfestande kretsar.

Inspektor var där och han hade Edvin med sig och när pojken hade ätit färdigt gick han runt i salen och klappade flickor. Nästan alla blev illa berörda, så några pojkar satte Edvin på en stol mellan sig och vaktade honom.

*

En kväll vid vårterminens början knackade det på Annas dörr och hon öppnade. Där stod Edvin och ville komma in, han ville plugga med Anna, ”flickor förstår inte juridik, det säger alla.”

Hon sa åt honom att gå, att han inte fick vara i det här huset, men han bara skrek att det fick han visst det och trängde sig in i Annas rum och försökte trycka upp henne mot väggen. Då ropade Anna högt: ”kan någon komma och hjälpa mig,” hon ropade flera gånger och efter en stund kom Niels och Lena springande och Niels drog ut Edvin från Annas rum och nerför trappan.

Efter en stund kom Niels och Lena tillbaka och Anna tackade dem båda för hjälpen.

Niels undrade om Anna blev rädd för Edvin och hon medgav att även om han var liten var han ganska otäck när han blev arg. Hon tyckte att han såg ut som en urgammal kines utan bockskägg.

Niels trodde att det var symptom på hans sjukdom och han uppmanade Anna att skrika högt om det hände igen så skulle säkert nästan alla pojkarna i huset komma springande.

Några veckor senare knackade Edvin på igen, men den dagen var även Lena och Anna där. De skrek alla tre och efter några minuter kom Niels och ännu en pojke och de tog Edvin under varsin arm och drog iväg med honom.

Niels hade sagt åt den stackars Edvin att han aldrig mer fick gå in i studenthuset och om han gjorde det, skulle han mula honom och köra in så många snöbollar som rymdes innanför hans kläder.

Edvin uppgavs försvunnen en tid efter att han varit och knackat på i flickornas korridor. Inspektor ringde polisen vid 12-tiden en natt när Edvin ännu inte kommit hem. Edvin hade aldrig varit ute efter klockan elva.

Polisen tog inte så allvarligt på Edvins försvinnande, pojken var 17 år och var säkert ute på något kul eller otillåtet. När ingenting hände avslöjade Inspektor att Edvin var behäftad med flera neurologiska defekter, som gjorde att han inte fungerade som sina jämngamla.

Polisen behövde inte leta länge. En polishund fann Edvin på baksidan av Upsalas bibliotek Carolina Rediviva, där han låg på mage i ett buskage, strypt och med byxorna uppknäppta.

Det var en förskräcklig historia och alla flickorna hade betydande skuldkänslor för att de visat så lite förståelse och vänlighet mot den stackaren. Även pojkarna var störda av denna vidriga händelse och de diskuterade ingående vilken sexuellt sjuklig människa som antagligen våldfört sig på och strypt en sådan försvarslös liten kille.

Det ordnades ett möte på nationen för de landsmän som träffat Edvin och som eventuellt satt inne med kunskap om honom och kvällen då mordet troligen skett. En poliskommissarie redogjorde för de fynd på brottsplatsen som polisen arbetat med. Det var nästan ingenting. Det hade småduggat på natten och även dagen därpå, synliga fotspår saknades. Inga spår på pojkens kropp tydde på sexuellt våld, Edvin hade helt enkelt blivit dödad genom strypning. Kanske stod han och kissade när förövaren kom.

Ingen landsman hade minsta idé, kunskap eller misstanke att berika polisutredningen med. Ingen ville nämna Edvins utflykter till studentbostäderna där han inte blev insläppt utan snarare utkörd. Ingen ville tala illa om Edvin. Han hade från första början varit alla studenters dåliga samvete, en värkande böld som slutligen brustit, en stackare som tydligt illustrerade att människor inte föds lika, och just Edvin hamnade där ingen like fanns.

Nationens sände sitt djupaste beklagande i form av en vacker krans till Edvins begravning och ett antal landsmän paraderade i studentmössa utanför kyrkan.

Det saknades skäl att mörda Edvin. Visst var han annorlunda men han var ju inte farlig. Man enades om att han var obehaglig, särskilt för flickorna men antagligen skulle flickorna kunnat slänga ut honom utan hjälp av pojkarna.

Polisen löste aldrig mordet på Edvin, fallet lades till handlingarna.

38

Sune Kranz satt i sitt kontorsrum och ritade hundar och hästar. De såg alla likadana ut. När det knackade i väggen bakom honom suckade han, reste sig och gick in till Arvid Tegel.

"Det var länge sedan kommissarien knackade."

"Nej, det var det inte, högst en minut sen vill jag påstå."

"För all del, om det är så man ska räkna."

"Hur räknar du, då?

Sune Kranz tittade obesvärat ut genom fönstret och frågade om det handlade om kaffe.

”Tack gärna, så omtänksamt av dig.”

Kranz lämnade kommissariens rum utan ett ord. Äntligen, tänkte de båda poliserna, när de satt vid Arvids skrivbord.

”Berätta Sune, hur du har haft det den senaste tiden.”

”Ingenting har varit sig riktigt likt, man har fått klara sig själv utan sin vanliga chef, huset har vimlat av utsocknes kollegor som inte ens hittar till tingsrätten. Mina uppdrag har handlat om normalt polisjobb, tack och lov. Biggles och jag har plockat in några välkända stötar, Pigge och Gnidde, som du säkert minns, det var riktigt trevligt att träffa dem igen. Det tyckte de också, de ser fram emot att få sitta inomhus, sa Gnidde när jag förhörde honom. Han har blivit så frusen med åren.”

Arvid Tegel småskrattade åt sin kollegas berättelse.

”Ja, Arvid, och var har du varit?”

”Det sägs att den här tiden har handlat om administration. Det är så *lokalpolisområdeschefen* har uttryckt sig. Själv har jag avstått från att yttra mig annat än på uppmaning. Jag har mestadels befunnit mig i norra filialen och det är inget trivsamt ställe för oss. Lokalpolisområdeschefen har föreslagit mig att gå i förtidspension, jag har svarat nej. När han vägrade att lämna ämnet gjorde jag slut på resonemanget genom att säga att mitt CV snarare talar för att jag gör regionen och riket en större tjänst genom att bli kvar ytterligare några år efter pensioneringen.

Sune log med hela ansiktet.

”Det skulle jag ha velat höra.”

”Du fattar, han har förstås en kille som han vill sätta på min plats, det är därför han krånglar med oss. Mig får han inte bort förrän jag begår ett grovt tjänstefel. Han blev väldigt upplivad när han fick veta att vi var vänner och bekanta med Fröydis och därmed helt olämpliga att leda utredningen om stölden av hennes bössa. Han hoppades kunna peta ner mig och helst även dig och Biggles på patrulltjänst men så illa gick det ju inte, som tur är.

Emellertid är det uppenbart att han har gett sina pojkar order om att vara så hårdhänta som möjligt för att sätta dit Fröydis, som under långa tider tydligen fått göra som hon velat med sina vapen utan att polisen har ingripit mot henne. De kommer att slå till mot henne endera dagen och då blir det inte roligt.

”Jag erkänner att jag inte har ägnat tid åt att studera hur Fröydis har skött sitt vapenskåp. Det syntes aldrig där det stod bakom det röda draperiet i hallen, ingen visste om det var öppet eller låst, ingen visste heller vilka vapen som stod där. Eftersom jag aldrig deltagit i jakt på Tyreholm, har jag heller inte haft anledning att fundera på vilka procedurer Fröydis begagnat sig av för att öppna och stänga sitt vapenskåp när främmande människor befann sig i huset.

Polischefen och hans entourage anser att hon inte har visat den omsorg och det förstånd som enligt vapenlagen krävs av en person med licens att inneha vapen och som har ett vapenskåp som rymmer åtta till tio jaktgevär.

Det påstås att hon har låtit skåpet stå öppet från morgon till kväll under de dagar då jakt pågått på Tyreholm. Hon har heller inte låst det då främmande personer såsom hantverkare av skilda slag rört sig i huset, särskilt i hallen där vapenskåpet har sin plats och som är det rum alla måste passera som har ärende in i huset. Skåpet har aldrig varit tomt, det bör påpekas.

”Som vi vet blev ett gevär också stulet ur det olåsta skåpet, antagligen den första jaktdagen,” fortsatte Arvid.

”Vi kan ju inte tjafsa om att det kan ha stulits vid en annan tidpunkt, någon tog det när vapenskåpet var olåst och jag misstänker att det räcker för att anse Fröydis olämplig att ha vapenlicens. Det är klart att hon kommer att bli förbannad, hon blir inte bara av med licensen, hon blir också av med sina vapen och licensen lär hon aldrig få tillbaka.”

Arvid Tegel hade mer att säga.

”När polischefen insåg att han inte kunde sätta dit varken dig eller mig för denna oerhörda försummelse i tjänsten, återstod dock till hans glädje Biggles som enligt uppgift jagat på Tyreholm i flera år. Biggles togs in på förhör och det visade sig, att han aldrig övernattat på Tyreholm och att han alltid förvarat sin bössa inlåst i bilen. På chefens frågor om vapenskåpet stod det snart klart, att Biggles inte hade minsta aning om var i huset det stod fastskruvat.”

”Får man skratta nu?” frågade Sune Kranz.

”Det vore i högsta grad på sin plats,” log den nöjde kommissarien.”

”Det var ett rent himmelskt kaffe,” sa Sune nöjt.

”Ja, så kan man sammanfatta den senaste tidens ovanliga polisarbete,” medgav Arvid.

”Själv undrar jag,” påbörjade Sune en sedan länge utfunderad replik.

”Vad undrar du, nu när vi äntligen får samarbeta igen?”

”Jag undrar, om utredningen av mordet på Bengt Nyman skall tas upp igen eller om det ska ner i källaren och förvaras med de andra olösta fallen.”

”Bra fråga som har plågat mig varje dag sedan vi senast sågs. Jag anser att du och jag hade kommit rätt långt, det vill säga att vi var lösningen på spåret, även om jag har svårt att dela din uppfattning om gärningsmannens identitet.

Det är min bestämda åsikt att stölden av Fröydis gevär och mordet på Nyman har högsta prioritet för dig och mig. Den här tiden när vi fått syssla med andra viktigheter kanske har rensat våra annars högpresterande hjärnor från onödigt tankegods.”

”Väl talat, kommissarien. Hur ska vi börja?”

”Du och jag, Sune, tänker och fungerar på olika sätt, det vet vi sedan gammalt och därför tycker jag att vi ska leverera varsin lösning som vi presenterar för varandra. Det som gör det här fallet så extremt besvärligt är, att vi inte kommer att hitta nya bevis, det enda som kan hända är att vi hittar gamla bevis.”

”Menar du sånt som har funnits där hela tiden och som vi inte sett eller förstått?

”Det är vad jag menar,” suckade Arvid.

”Ska vi börja direkt eller ska det uppskjutas till morgondagen, hade kommissarien tänkt?”

”Vi börjar direkt, Sune och du gör som du brukar antecknar i din lilla bok.”

”O, vad det ska bli roligt,” sa Sune.”

”I högsta grad när vi ska slå våra pannor blodiga.”

”Jag är osäker på om kommissarien tar detta på allvar, det var synd om Nyman.”

”Ursäkta, Sune, jag kände inte Nyman närmare. Vad säger du?”

”Jag säger att det är en nyckelreplik, ingen kände Nyman, varken mördaren eller Fröydis och hennes jaktkamrater. Egendomligt nog kan vi utgå ifrån att högst en eller två ens kände till att han existerade. Ändå ville någon döda honom.”

”Någon trodde kanske att Nyman bar skulden för de tre ungdomarnas död på länsvägen,” sa Arvid.

”Om så är, har två personer motiv, två personer som inte ens visste hur Nyman såg ut, som Putte i blåbärsskogen eller som Gulliver i Gullivers resor.”

”Vem var det, den sista alltså?”

”Han var jättelång, vi struntar i honom. Sune, vi måste skärpa oss ännu mer. Nu ska du få tre välkända korta satser av mig:

vem planerade   mordet?

vem förberedde   mordet?

vem utförde   mordet?

Vilka är de två personer som vi tror eventuellt har *motiv* att planera, att förbereda, att utföra gärningen?

När det är klart övergår vi till frågan vem eller vilka som hade *tillfälle* att utföra gärningen

”Skriv i din lilla bok och underbygg med egna argument. Jag gör samma sak i min större bok.

Nu lämnar vi det brottet tills i morgon och övergår till stölden, som jag vill att vi ska behandla på samma sätt.”

”Arvid, jag är bortom all övertalning helt säker på att Anna Vanleeder på något listigt vis transporterade eller lät transportera ut Fröydis elefantbössa från vapenskåpet till sannolikt sin egen bil.”

”Du menar att med dig går det inte att diskutera vapenstölden?”

”Jag älskar att diskutera men du måste räkna med att det krävs tunga argument för att få mig att ändra uppfattning. Övriga som haft tillfälle har saknat motiv.”

”Ok, Anna snodde vapnet, var ställer det oss?”

”Att Anna sköt Nyman.”

”Där går våra uppfattningar isär,” sa Arvid högt och tydligt. Det blev en stunds tystnad i poliskommissarie Tegels rum. Själv satt han och gungade en smula irriterat och nervöst på sin stol och tittade stumt rakt fram. Sune Kranz skrev i sin lilla anteckningsbok och väntade på att Tegel skulle bryta tystnaden.

”Jaha, Sune, du har redan sagt att Anna Vanleeder planerade, förberedde och utförde stölden av bössan?”

”Ja, vad är din egen åsikt, Arvid?”

”Jag är tveksam.”

”Har du möjligen något alternativ till min lösning?”

”Nej. Jag måste nog sova på saken, Sune. Det är någonting som fattas i den här historien.”

”Ok vi sover, jag tycker också att det saknas några tunga byggstenar i vår gärningsbeskrivning.”

39

”Another lousy day in paradise,” sa Sune Kranz när han steg in i kommissarie Tegels rum.

”Vad är det han säger?” undrade Arvid Tegel, ”har Kranz gått en språkkurs?”

”Det står så på en T-shirt som jag köpte på Mallorca för länge sedan och samma sak gäller väl här.”

”Absolut, det ska jag koma ihåg.”

”Jo Arvid, jag glömde berätta att jag kollade Carl Söderberg, han är straffad för misshandel av sin hustru för tio år sedan.”

”Men vad i.. hur har han fått vapenlicens?”

”Att skjuta eller inte skjuta, det är frågan,” deklamerade Sune med höger hand mot hjärtat.

”Men snälla Sune, är du nykär eller vad är det frågan om? Du är dig inte lik idag.”

”Kanske det, har sovit väldigt djupt i natt.”

”Det var roligt att höra.” Arvid Tegel brast i skratt. ”Du är en lustig typ, inte lik någon annan polis jag känner, varken mig eller Biggles.”

”Man får väl vara tacksam för det lilla,” sa Sune Kranz och bockade.

”Jo Arvid, jag glömde berätta att även fru Söderberg vid namn Brita har dömts vid samma tingsrätt för mened. Jag har inte kollat om hon har vapen.”

”Det här är bra men allra mest förvånande och därför anser jag att vi ska dyka rakt ner i Söderbergs historia och få honom att berätta vad han vet om stölden och mordet.”

”Arvid, har du glömt att vi är bortplockade?”

”Nej, men jag tänker inte låta mig styras av en löjlig skrivbordskanalje. Vi gör som vi brukar, Sune, på vårt eget sätt. Jag ringer Carl Söderberg och ber honom komma in till Brobackens station för att dela med sig av all information han lär sitta inne med. Tror du han kan motstå det?”

”Nej, jag tror att han gärna vill imponera på polisen.”

”Sune, du förstår väl hur jag tänker avsluta intervjun?”

”Ja, det finns bara ett sätt.”

Arvid avslutade förmiddagens arbete med några telefonsamtal och kontroller av diverse slag. Han kände sig rätt nöjd.

*

Carl Söderberg, iklädd jaktrock och gummistövlar inställde sig klockan tre på Brobackens polisstation och inbjöds av en vänligt leende Arvid Tegel att slå sig ner vid det runda kaffebordet i kommissariens rum. Sune Kranz hälsade artigt och ägnade sig därefter åt sin viktiga syssla som servitris och serverade herrarna och sig själv kaffe.

Både Arvid och Sune studerade grundligt Carl Söderberg. Han var en relativt kort man, stadig i kroppen, antagligen ganska stark. Han hade bakåtstruket mörkbrunt vågigt hår med stålgrå stänk och han hade bruna, pigga ögon. Hans händer var stora och märkta av bondelivet. Han var bonde, det syntes. Han såg inte alls ut som Arvid Tegel föreställt sig.

Arvid hade presenterat dem – Sune hade han träffat tidigare – och han föreslog att de kallade varandra vid förnamn.

"Calle går bra," sa Söderberg.

"Ok, vi går rakt på sak," sa Arvid, " vill du vara vänlig att berätta för oss om dina tankar och misstankar om stölden av Fröydis gevär och mordet på Bengt Nyman. Du har uttalat egna idéer om båda dessa brott och dem vill vi gärna ta del av. Vi behöver inte ställa frågor, du berättar som du vill."

Carl Söderberg var förtjust i att tala, att berätta om sina erfarenheter och kunskaper och att delge viktigt folk vad endast han hade god kunskap om. Orden flödade och när ingen försökte stoppa honom eller ville skjuta in minsta fråga, fortsatte Calle full av tillförsikt att han var polisens viktigaste och kunnigaste vittne.

Carl Söderbergs berättelse saknade kanske inte intresse för polisens utredning, men nästan. Genom att lyssna på den självbelåtne berättaren som utan ett uns av självkritik lät Arvid och Sune förstå att *så här ligger det till,* stod det klart för de två polismännen att detta var en man som sannolikt inte drog sig för att muta rätt person – vem nu det var i Luleå – för att få en vapenlicens.

"Det var en fängslande historia du hade att delge oss," sa Arvid, "vi vill nu gärna ställa några frågor kring det du berättat. Du anser alltså att Anna Vanleeder och Fröydis gemensamt har stulit vapnet, men Fröydis kan inte stjäla sitt eget vapen, alltså är det Anna som har begått stölden, menar du?"

"Jag menar att de har jobbat ihop, att de var överens om det," sa Calle.

"Då talar vi om planering, det är en annan sak," sa Arvid.

"Det är väl samma sak om de har bestämt sig, de är skyldiga," sa Calle.

"Hur anser du att vapnet har smugglats ut ur huset på älgjaktens första dag?"

"Det har Anna Vanleeder gjort."

"Frågan är hur, det syns när man bär omkring på ett gevär och Anna är en ganska liten kvinna, det skulle synas på långt håll om hon försökte sig på det. Det här är svårt, Calle, det finns många vittnen, du och din son bland annat, och ingen har sett vare sig Fröydis eller Anna på väg över grusplanen med ett gevär."

"De är listiga de där damerna, de hittade säkert på ett sätt att få ut det. Egentligen är det ingen stor fråga, det är bara att konstatera att de har gjort det."

Calle lät mycket irriterad, han hade inte väntat sig att bli emotsagd i sina påståenden som borde vara självklara för polisen.

Sune tyckte att detta var en av de roligaste dagarna på länge och med den största förtjusning serverade han Arvid och Calle påtår. Under åren hade han lärt sig att inte skratta i onödan, men idag var det svårt. Det var rent vederkvickande att se den respektingivande kommissarie Tegel sitta och bita sig i underläppen för att inte brista ut i gapskratt.

"Vi lämnar för ögonblicket problematiken kring vapensmugglingen och koncentrerar oss på mordet. Du Calle har idéer om vem som kan ha begått det."

"Jag har redan sagt att Anna och Fröydis har köpt en person för att avrätta Nyman."

"Ja, det har du sagt. Nu vill jag veta var du har fått den idén ifrån."

Arvid hade ändrat röstläge, han lät sträng och Calle såg förvånad ut.

"Vaddå, var jag har fått det ifrån? Det är ju självklart, Anna och Fröydis är inga vanliga kvinnor, de gör vad fan som helst, de frågar ingen om lov, de är antagligen inte kloka."

"Är det din uppfattning att kvinnor ska fråga om lov innan de gör det ena eller andra?"

"Det är inte det, men som de går på, jagar och skjuter och som de bär sig åt, de tror att de är riktiga jägare och det är de inte jämfört med mig och de andra karlarna. Som ett exempel kan jag berätta att en gång sköt jag två älgar i tre skott.”

”Nu skröt du bestämt åt fel håll,” sa Arvid och skrattade rått.

”Vaddå?” undrade Calle förvånat och fortsatte.

”Särskilt Fröydis är jobbig som tror att hon är chef över allesammans där på Tyreholm.”

”Hon är chef på Tyreholm, hon äger jaktmarkerna och hon är jaktledare och chef på älgjakten. Stör det dig, Calle?”

”Det är faktiskt på goda grunder som kvinnor normalt sett inte ska hålla på med sånt där, det vill jag tydligt säga och poängtera.”

”Nu har du sagt det. Vem köpte damerna för att döda Nyman?

”Vem det var kan jag inte veta, de hade säkert flera att välja bland.”

”Det skulle underlätta om du gav oss ett exempel på din tankegång, i vilka grupper sökte Fröydis och Anna en villig mördare? Intressant fråga, eller hur?”

Arvid lutade sig tillbaka i stolen och log mot Calle, han såg ungefär lika kärvänlig ut som en hungrig kungskobra.

”Jag är nyfiken på ditt svar, Calle, jag tror att det är helt avgörande för vår utredning.”

Calle hörde och förstod att polisen behövde honom.

”Den där domaren, jurist eller vad han är, han känner väl till varenda tung brottsling i landet, då har man historier att berätta hemma, vill jag lova. Anna visste bättre än de allra flesta vem hon skulle fråga.”

”Så allt hängde på Anna, menar du?”

Nu såg Calle att kommissarien var nyfiken, det syntes lång väg.

”Nej, nej, Fröydis bekantskapskrets innehåller åtskilliga fula fiskar, där finns både utlänningar och zigieiol-önare. Hela branschen är ju full av skatteskolkare och löst folk. Det är gamla sanningar som är välkända för de flesta, så det behöver jag inte orda mer om.”

Arvid Tegel reste sig upp och tog några steg runt bordet tills han lutade sig mot väggen på andra sidan rummet.

”Calle, din son lånade ett vapen av dig för älgjakten men det anmälde du aldrig.”

”Va, vad har det med saken att göra?” Calle såg minst sagt häpen ut.

”Ingen får jaga med lånat vapen utan anmälan.”

Arvid Tegel satte sig ner igen på sin plats mitt emot Carl Söderberg som teg och svalde.

”Vi befinner oss på en polisstation och du har här i vittnes närvaro riktat allvarliga anklagelser mot två kvinnor och en man. Du påstår att Niels Vanleeder har läckt information om tunga brottslingar till sin maka Anna Vanleeder och att hon med hjälp av den kunskapen eventuellt har betalat den person som mördade Bengt Nyman.

Den tredje person du grovt förtalat är Fröydis, vars yrkesmässiga bekantskapskrets du förklarat innehåller lika grova brottslingar som lagmannen Niels Vanleeders och att hon i likhet med Anna Vanleeder är misstänkt för att ha betalat den person som mördade Bengt Nyman.

Det är helt uppenbart att du saknar kunskap om dessa personer och deras yrken. Du vet ingenting om en tingsrätt, personerna som arbetar där och de etiska regler som yrket kräver. Du vet lika lite om hotell- och restaurangbranschen, du är ingenting annat än en nolla som leker besserwisser och misslyckas.

Din vapenlicens har du fått genom mutor och korruption, vems vet jag inte men det har jag för avsikt att ta reda på. Licensen är indragen sedan i morse och dina vapen tar vi i beslag om en stund. Vi vet att du fick åtta månader för hustrumisshandel och vi vet att även din hustru är straffad.

Har du nyckeln till vapenskåpet på din nyckelknippa?

Arvid reste sig upp och ställde sig framför Carl Söderberg och sträckte fram handen. Calle drog upp en nyckelknippa ur byxfickan och tittade stumt på Arvid.

”Vilken går till skåpet? Se där, ta loss den och ge den till mig.”

Carl Söderberg for upp från sin stol och skrek: ”Jävlar, va fan tar du dig till?”

Arvid gav nyckeln till Sune, som glad och rosig slank iväg som ett skott.

”Du kan åka hem nu,” sa kommissarien till Carl Söderberg.

Arvid satt kvar och funderade. Han visste att Sune skulle komma och hämta honom när han beslagtagit Carl Söderbergs vapen. Han gissade att

Calle skulle försöka bråka med Sune men det skulle inte få någon effekt. Sune brukade avsluta det han blivit ombedd att göra, om någon kom i vägen blev han oftast bortlyft.

Arvid skrattade för sig själv vid minnet av Sunes servitrisaktiga beteende under eftermiddagen, det var inte omöjligt att Calle fått uppfattningen att han var bög. Sune hade kört den scenen förr och Arvid kunde inte låta bli att skratta vid minnet.

När han åter var allvarlig tänkte han igenom vad Calle egentligen sagt. Hade han gett några nya synpunkter? En enda, han *visste* att Anna burit ut vapnet från huset. Han visste!

Han visste inte alls, han *förstod* att det var så det måste ha gått till. Arvid var beredd att gå med på det. Men sen då! Varför klarade inte Sune och han av detta med tanke på alla komplicerade brott de löst tillsammans under åren? Arvid hade en känsla av att det var hans fel.

Tankarna på Anna kom direkt, han hann inte mota bort dem. Vackra Gertrud var vacker, tilldragande och klipsk. Anna var inte påfallande vacker, men hon var djupt tilldragande, hon var smart och skyddslös. Han visste att hon inte kunde ha skjutit Nyman.

40

Tidig förmiddag, Anna hade gjort sig i ordning för en lång promenad med Kaiser när Fröydis BMW bromsade in och parkerade utanför grinden. Anna släppte ut Kaiser då hon såg att Fröydis öppnade för King. Båda schäfrarna stack direkt runt husknuten för att som vanligt leka på den stora grässlänten ner mot sjön. Anna gick glatt emot Fröydis och önskade henne välkommen.

"Så oväntat och trevligt att du kom," smilade hon glatt mot sin vän. "Slå dig ner i glasrummet så ska du få kaffe."

"Jag ska inte ha kaffe, jag vill inte ha någonting av dig. Sätt dig ner själv, jag har en del att säga dig."

Fröydis gick hastigt ut i glasrummet, sjönk ner på närmaste stol och såg uppfordrande på Anna som kom efter och ställde sig vid sidan av bordet och undrade vad det var hon inte förstod. Fröydis såg annorlunda ut, det såg ut som om hon gråtit, hon var grå i ansiktet, osminkad och okammad. Hon såg ut som om hon drabbats av en svår olycka.

Anna satte sig ner mittemot sin vän och frågade tyst:

"Vad har hänt, Fröydis?"

"Vilken hemsk människa du är, Anna, det finns tydligen ingenting som stoppar dig från att förstöra livet för din bästa vän. Du har tagit ifrån mig allt och på något sätt ska jag ge igen, jag ska hitta ett otäckt sätt att hämnas på dig riktigt grundligt, det kan du vara säker på."

Fröydis ilskna grönfläckiga ögon lämnade inte Annas förskräckta ansikte, de stack som vassa knivar i henne och hennes röst var sig inte heller lik. Hon var hes som om hon skulle ha skrikit länge.

"Vad är det som har hänt, snälla Fröydis, du kan väl berätta för mig, jag förstår ingenting."

Fröydis vred sig om, tittade ut mot småfåglarna.

"Ditt ansikte orkar jag inte titta på längre, din jävla falska häxa, jag begriper inte hur en riktig karl som Niels har orkat med dig under alla år. Kan det vara så att han inte har upptäckt någonting av din vidriga personlighet förrän Lisa dog? Han kanske inte begrep någonting då heller, vad vet jag. Ja, så kan det förstås vara även om det är svårt att tro, han är ju en intelligent människa, men ok han är karl och de har sina välkända svagheter.

Du förstår ingenting, säger du, lilla otäcka Anna, nej det är klart, det har ingen betydelse längre vad du säger, du är förljugen inifrån och ut, förrädisk och bedräglig och med ett ljuvt smajl går allting hem, va?

Geir och Arvid Tegel och säkert några till blir så tjusade i all sin manlighet av din avmagrade och tillgjorda kraftlöshet att de inte ser längre utan sväljer hela skådespelet. Jag medger att även jag fascinerades och gick på ditt agerande, fy fan. Nu när jag vet vill jag bara spy.

Jag kom till Sverige för snart fyrtio år sedan men jag är lyckligtvis ännu norsk medborgare och det tänker jag förbli och idag kör jag tillbaka till

Norge, till Trondheim där jag växte upp och till Geir som gärna vill att jag flyttar in hos honom."

Nu tystnade Fröydis och kastade några iskalla blickar på Anna som satt blickstilla och spikrak i ryggen och med halvöppen mun betraktade den egendomliga kvinna som en gång varit hennes närmaste vän men som nu tydligen av obegriplig anledning helt ändrat uppfattning om henne.

"Fröydis, vad är det som har hänt, även om du inte tror mig så säger jag det igen att jag har ingen aning om vad det här handlar om. Kan du inte vara snäll och berätta det för mig."

"Det är många gräsligheter man får lära sig i livet, själv har jag under de senaste veckorna en bit i taget grundligt fått klart för mig vad hat innebär. Det är vad jag känner för dig, din falska överlöpare. Hat, det räcker inte med avsky när jag talar om dig. Det värsta är att jag förstår precis varför du gjorde som du gjorde, det fanns helt enkelt inget annat sätt och då gav du fan i att andra människor – i synnerhet jag – drabbades. Du gav faktiskt fan i att du tog ifrån mig allt det viktigaste jag ägde i livet. Visst gjorde du det, annars hade du väl inte gjort det?"

Fröydis reste sig från bordet och gick ut i köket. Anna såg att hon tog ett glas och fyllde med vatten och kom tillbaka och satte sig i glasrummet.

"Anna, du har många märkliga drag, du är inte särskilt lik någon annan jag känner och du är heller inte speciellt omtyckt. Folk tycker att du är en smula egendomlig, tycker jag också. Det verkar inte som om du bryr dig om vad omvärlden tycker och säger om dig, du verkar okänslig på den punkten. Det enda viktiga för dig är vad du själv tycker och du tycker om dig, Niels, Kaiser och era söner. Mig tyckte du faktiskt inte om, för då skulle du inte ha förstört mitt liv så som du har gjort."

Anna försökte hejda Fröydis' monolog för att få till ett samtal men Annas röst gjorde Fröydis så komplett vansinnig att hon slängde ut vattnet ur glaset på golvet och skrek av ilska:

"Håll käften, ditt satans helvete, nu ska du få det sista. Jag vet att du stal min 338Varberg och jag vet att du sköt Bengt Nyman för att hämnas Lisas död. Du är en listig fan, men ser du jag är lika listig som du och jag vet efter alla dessa år hur du tänker. Det var snyggt uträknat, tydligen snyggt utfört också, varken indicier eller bevis åt den stackars Tegel. Nog fan har du blivit misstänkt alltid men det räcker inte med bara misstankar för åklagare och domstol. Jag är övertygad om att du kommer att gå fri, trots att polisen, såväl Tegel som Kranz, med hundra procents säkerhet vet både *att* du Anna Vanleeder mördade Bengt Nyman och *hur* du gick till väga. Tyst och snabbt, bara ett skott, precis som med älgkalven och sen tyst och snabbt iväg för att kasta mitt gevär i det vattendrag du valde eller i en rotvälta som jag en gång föreslog dig eller någon annan, det minns jag inte längre.

Så var det dags för dig att köra hem, nöjd med dig själv och strax därpå kom Kaiser och Niels och allt var frid och fröjd, va? Det är inte alla som har en domare att luta sig emot, jag har ingen men det skulle jag behövt när Arvid plockades bort från stöld och mordutredningen och polischefen skickade sina idiotmannar för att vända upp och ner på hela Tyreholm.

Jag orkar fan inte dra hela historien men nu ska du få veta vad du åstadkommit. Man har tagit ifrån mig mina vapenlicenser och jag kommer aldrig att få igen dem. Man har även tagit alla mina vapen i beslag och de kommer jag heller aldrig att få tillbaka. Mina jaktkamrater har övergett mig eftersom jag enligt hela Brobackens uppfattning klart och tydligt är inblandad i mordet på Bengt Nyman.

Jag har packat bilen full med det viktigaste, min son får ta hand om resten. Vad ska jag med Tyreholm och dess älg- och rådjursrika marker att göra, skaffa mig pilbåge, va? Gården är död för mig, lika död som Nyman. Tack ska du ha, Anna, vad du gör, glöm aldrig att alltsammans är ditt och endast ditt fel. Jag önskar dig helvete och olycka, jag hoppas att Kaiser dör och att Niels överger dig."

Niels röst hördes från dörröppningen mot vardagsrummet.

"Jag överger aldrig Anna, det ska du ha klart för dig Fröydis. Jag kom hem för tjugo minuter sedan och hörde din upprörda röst varför jag stannade i hallen för att inte störa damernas samtal.

Det var minst sagt grova anklagelser du riktade mot Anna, var har du skaffat dig stöd för att hon skulle ha begått dessa brott, som inte ens polisen klarat av? Hur kan du vara så säker på din sak att du vågar uttala dig på det viset?"

Anna lämnade sin plats vid bordet och sökte sig till Niels, ställde sig bakom honom och det framkallade ett elakt hånfullt skratt från Fröydis.

"Jag orkar inte kommentera ditt spel, du har inte lurat mig, det räcker för mig men Niels har du tydligen i kort koppel. Gud, vad jag avskyr kvinnor som du och ert sätt att lura världen. Glöm inte bort, Anna att jag vet hur stark du är som kvinna och människa, det betyder att jag märker ditt falskspel."

Niels vände sig mot Fröydis och höjde rösten en smula.

"Jag undrar om du inte sagt vad du kom hit för att säga och i så fall föreslår jag att du lämnar oss. Vi har inga svar på dina påståenden utan de får helt enkelt stå för dig. Anna och jag får leva med att du har halkat totalt fel i dina misstankar beträffande mordet på Nyman.

Om du inte har mer att säga i den delen, vill jag emellertid gärna beklaga polisens sätt att behandla dig, dina licenser och dina vapen. Såvitt jag förstår beror de besluten till stor del på bristande kunskap om ditt sätt att sköta dina mångåriga jakter och enligt vilka mönster du låst och låst upp ditt vapenskåp. Efter ditt sätt att anklaga Anna för mord bär det mig emot att erbjuda dig hjälp att återfå licens och vapen. Det kan du fundera över hemma i Trondheim."

Fröydis reste sig från bordet och trängde sig förbi Niels och Anna, fortsatte genom vardagsrummet och ut genom ytterdörren som hon slängde igen. Niels skyndade sig efter henne för att ta in Kaiser som fanns i närheten. De hörde Fröydis BMW starta och med ett ilsket vrål lämna deras lilla gatstump.

"Kom Anna, vi sätter oss i soffan och lugnar ner oss. Det var en förskräcklig scen hon spelade upp, kom och sitt nära mig, lilla Anna. Det gör mig alltid ont när någon ger sig på dig, det vet du, och det gjorde ont i mig det hon sa."

"Niels, jag förstår nästan ingenting, allt det hon säger är ju fel."

"Hon är rejält förbannad, hon har skapat detta skeende och känner att det passar bra ihop med resten som hon vet eller tror sig veta. Det räcker för henne just nu, när hon är så rasande på dem som har berövat henne licens och vapen. Jag tror att du och jag skulle må bäst av att lägga undan alla tankar på henne för ett bra tag. Vi måste få leva våra liv i lugn och ro efter allt som passerat de senaste månaderna."

"Niels, hon skrämde mig ordentligt, det var skönt att du kom hem, det var hemskt ett tag, när hon hällde ut vattnet på golvet, jag kände att hon ville skada mig."

"Det ville hon säkert. Nu är det över för den här gången. Låt oss göra vårt bästa och glömma Fröydis och hennes hysteriska utbrott.

För att göra vår tillvaro trevligare kan vi tänka på att vi om en dryg månad reser till Kanarieöarna med båda våra pojkar och att det ska bli helt underbart.

41

Arbetsdagen var över, Arvid Tegel samlade ihop sina papper för att trycka in dem i kassaskåpet. Han tänkte att pizza blir bra idag och någon spännande polisserie på TV, *Forensic detectivs*, den tyckte han bra om och han såg den nästan varje vecka. Han skrattade åt sig själv och började leta efter kassaskåpsnyckeln. Den satt på samma knippa som resten av nycklarna till dörrar i polishuset och han hade den alltid i höger ficka på sin skinnjacka. Det var bara det att knippan inte låg i fickan.

Arvid kände i vänster ficka på skinnjackan, den var tom och till sin förskräckelse kände han att det var ett hål i fickan.

"Hjälp," sa Arvid Tegel högt rakt ut i luften.

"Är det möjligt att någon har snott båda mina nyckelknippor?"

Tegel knackade i väggen och lydig som årets polishund öppnade Sune Kranz dörren och fann sin chef stå mitt på golvet i sitt rum och se helt olycklig ut.

"Snälla Sune, du måste hjälpa mig, båda mina nyckelknippor är försvunna, jag håller på att bli hysterisk."

”Det skulle kunna bli en rolig upplevelse,” sa Sune och gick bort till Arvids skrivbord och lyfte upp den nyckelknippa, som låg ovanpå en hög med papper.

”Kan den här duga för ögonblicket,” sa Sune retsamt och skrattade åt Arvids förskräckta min.

”Låg den där,” frågade Arvid och pekade på skrivbordet?”

”Ovanpå pappren du tänkt lägga in i kassaskåpet. Kommissarien stod väl och tänkte på vackra Gertrud kan jag tänka mig,” fortsatte Sune sina sarkasmer.

”Men snälla Sune, var är den andra nyckelknippan, det verkar sinnessjukt att alla mina nycklar försvinner på samma gång?”

”Nu har ju inte alla försvunnit, minst hälften förefaller att ha återkommit.”

”Jag är så tacksam att du hittade polisknippan, det hade varit förskräckligt om den försvann. Men förstår du Sune, den andra nyckelknippan med fyra nycklar på en ring verkar ha ramlat ur jackans vänsterficka, för det enda som finns där är ett hål som man kan köra minst tre tjocka polisfingrar genom.”

”Jaha, så dem har du tappat,” sa Sune lugnt.

”Herrejävlar,” stönade Arvid.

”Jag förstår,” sa Sune beklagande, ”en nyckel går till vackra Gertrud, antar jag.”

”Två till min ytterdörr, en till källaren och en till henne, ja.”

”Var har du varit idag?”

”Ingenstans, vad jag kan minnas.”

”Då kan det bli svårt att leta.”

”Sune, fattar du inte, jag har bara varit här i polishuset och utanför.”

”Varför har du varit utanför huset?”

”Men skit i det, jag gick ut vid lunchtid för att få lite frisk luft, du tycks ju ha varit i Motala hela dagen. Det har varit trist här.”

Sune log vänligt mot sin kommissarie och bäste vän.

”Kom Arvid, så går vi ut och letar.”

De båda poliserna gick de vanliga trapporna och korridorerna med blickarna riktade mot golvet och till slut gick de ut genom porten och började söka i området runt polishuset.

"Var gick du för att få frisk luft?"

"Ingen aning."

"Du hade väl ingen bil idag?"

"Nej."

"Varför går du då till parkeringsplatsen och letar?"

"Det är upplyst där, lättare att se så här dags på kvällen."

"Arvid, nu ger vi upp för den här gången, vi begär in en polishund i morgon om du kan ordna ett doftprov på vackra Gertrud. Det kommer säkert att gå bra. Gå upp och ring fastighetsägaren och be om extra nyckel till din bostad."

Sune skrattade tyst för sig själv ty de få tillfällen då Arvid Tegel tappade fattningen ville han gärna minnas för att kunna ta fram senare och få skratta ut ordentligt.

42

Påföljande dag var Arvid Tegel på ett uruselt humör. Gertrud hade ringt igår när han kom hem och bett honom komma och besöka henne på kvällen. Han hade känt sig tvungen att säga nej eftersom han absolut inte vågade berätta att han hade tappat hennes dörrnyckel. Han ljög ihop en historia som han märkte att hon inte trodde på men han insisterade och till slut slängde hon på luren.

Fan också!

Pizzan blev kall och *Forensic detectivs* var slut för säsongen.

Arvid Tegel svor, slog upp en stor whisky och enades med sig själv att detta var hans värsta Tyko Brahe-dag någonsin. I alla fall i år.

Sune Kranz lagade till en god fiskgratäng med smör, pepparrot och grädde och sist hyvlade han parmesan över; han drack alkoholfri öl och längtade, om sanningen ska fram, efter något starkare. Han satt och tänkte på hålet i Arvids jackficka och undrade om Arvid tänkte laga det själv eller om Gertrud skulle få den äran.

Sune skrattade för sig själv, han förstod att Arvid inte frivilligt greppat nål och tråd efter folkskolans första år, han förstod också att Arvids charm hade räckt till för att få den hjälp han behövt under årens gång med bekymmer av den kalibern.

Kaliber var ett opassande ord när det gällde att reparera en jackficka. Kaliber syftade på vapen och ammunition. Sune slutade tänka, han visste att hans hjärna skötte sig bra själv och utan påverkan, han visste att hjärnan mådde bäst, när den fick vara i fred och efter eget skön sortera all inkommen information.

Han bestämde sig för en liten whisky till kvällens musikprogram på TV, det var en pianokonsert av Chopin, enda risken var att han somnade innan han svept hela drinken.

Han väcktes sent på natten mitt i en dröm om Anna Vanleeder.

*

Sune började dagen med att gå in till Arvid utan att vara kallad. Det var ett ovanligt beteende och framkallade en rynka mellan Arvids ögonbryn.

”Jag förmodar att kommissarien inte hittat sin nyckelknippa.”

”Din förmodan är riktig.”

Därefter hade herrarna ingenting mer att säga varandra varför Sune efter en tyst minut lämnade Arvids rum och gick in till sig.

I Sunes hjärna pågick en konflikt, en form av ofred, en fejd av okänt slag. Han visste inte vad det var men han anade att det handlade om kunskap som ur en djup brunn försökte sega sig upp mot ytan. Han var inte helt okunnig om ett dylikt märkligt händelseförlopp, men han måste vänta tills dess know-how blev möjlig att tillgodogöra sig.

Sune var en tålmodig man, han kunde vänta länge, längre än de flesta om han på tämligen goda grunder var måttligt säker på att hans väntan skulle visa sig fruktbar.

Det svåraste var att inte veta vad det var han väntade på och så var det nästan alltid.

Sune ägnade de närmaste timmarna åt den hänsynslösa stöldliga som under hösten skövlat vindar, källare, cykelstall och nu även gett sig på de klädinsamlingar som organiserades av flera föreningar för välgörenhet. Polisen hade tidigt förstått att detta byte med stor sannolikhet fraktades till något av de baltiska länderna; svårigheten var att ta bovarna på bar gärning. Polisen visste även att förövarna med stor sannolikhet var från något av de nämnda länderna.

Under hösten hade polisen gripit ett tiotal förövare, de var unga, förnekade allt och kunde knappt ens utvisas. Det går inte att leta efter en speciell myra i en stack. Sune tyckte att detta ärende var det mest hopplösa han någonsin tvingats krafsa omkring i.

Sune la ifrån sig stöldligan med en anteckning överst i högen. *Omöjligt att lösa utan medverkan av tullen.SK* vilket betydde Sune Kranz. Den pappersbunten passar bäst i skrivbordets understa låda.

Ur den näst understa lådan tog Sune nu fram Svenska Dagbladets stora korsord från i söndags, som han bara som hastigast tittat på. Han hade bestämt sig för att spara det till en riktigt speciell dag och som han förstod det, så hade den dagen just anlänt.

Det hade hänt förr att Arvid var sur, Sune var dock förvånad över att han inte hade kommit över det där med nyckelknippan ännu. Sannolikt var vackra Gertrud inblandad, hon var en skör pjäs på Arvids spelplan, det hade Sune förstått för länge sedan. Frågan var om Arvid själv hade fattat det.

Sune klottrade i korsordet medan han tänkte och han var uppriktigt sagt infernaliskt trött på Anna Vanleeder som gång på gång gjorde inhopp i hans huvud.

Till slut sa han rent ut: "Om du inte kan hålla dig borta, säg vad det är du vill!"

Vid tiotiden tog Sune en rask promenad ner i stan och utan att vara helt säker på sitt mål gick han mot Alskogs Jakt & Sport. Efter en kort tvekan

klev han in i affären och möttes av en leende medelålders man som gärna
ville hjälpa till.

Sune tvekade men sa till slut att han hört talas om en snygg rock
härifrån, som han ville se på. De gick mot stället med jakt och sportrockar
och Sune sa att han bara ville titta och därför klarade sig själv. Expediten
gick och ställde sig och tjurade bakom kassan. Sune tog på sig den största
rocken, betraktade sig själv i spegeln där han stod med händerna i
fickorna.

"Visst är du snygg i den här men du är snyggare i skinnjackan."

Han tog av sig rocken och hängde upp den igen, tackade den
medelålders mannen och ljög att han skulle fundera och kanske
återkomma. Han fick ingen reaktion.

43

Klockan var elva, när Sune vek ihop korsordet såg han lösenordet
förvara regn, han kollade orden omkring, sedan skrev han *pluviometer,*
kände sig nöjd och la tillbaka tidningen i den näst understa lådan.
Därefter gick han ut i korridoren och knackade på Arvid Tegels dörr.

Efter ett kort och ilsket svar frågade han med så snäll röst han bara
kunde, om han fick komma in.

"Nej," röt Tegel, "eller förresten det är väl lika bra."
Han förstod att han i både Sunes och Gertrude ögon hade uppfört sig
som en riktig stövel. Arvid lyfte blicken mot Sune.

"Hoppas du kan ursäkta mig, Sune, det blev ett dåligt slut på gårdagen,
både nycklarna och Gertrud."

"Ok," sa Sune, "även en kriminalkommissarie kan få bli lite irriterad,
ibland alltså."

Arvid drog på munnen åt Sunes formulering.

"Jag anar att du har något mer på hjärtat."

"Kanske det, ja."

"Hördudu, vad trycker du på för hemlighet, det syns på dig att du har gjort någon viktig upptäckt, sjung ut bara!"

"Arvid, du måste förstå att det lönar sig inte att försöka dra ur mig mina hemligheter."

"Fan ta dig, Kranz, en vacker dag går du för långt."

"Den dagen, den sorgen, bäste Arvid.

"Ja, jag har tänkt på det här med din nyckelknippa. Vore det inte bra om du hade någon symbol fäst i nyckelringen, stålmannen eller någon liknande figur som kunde påminna om dig. Jag tror att det skulle gå så mycket lättare att hitta den om du råkade tappa den igen, tror du inte det själv?"

"Vad håller du på med, Sune, var det där ett skämt? Det var inte särskilt kul, tycker jag."

"Nej, jag skämtar sällan, som du vet, men jag hörde att man vid mottagningsdisken pratade om några nycklar som någon hittat. Jag tittade dit och såg direkt att det inte var din knippa men för säkerhets skull borde du gå dit och kika själv."

"Fan ta dig Kranz, sa jag!"

Kommissarien var redan ute i korridoren och sprang nerför trapporna och Kranz gjorde sitt bästa för att hänga med. Den här stunden ville han inte missa.

Arvid stod och lutade sig in över disken vid mottagningen och frågade vänligt Fru Blixt som huserade där om någon möjligen hade funnit hans borttappade nyckelknippa.

"Har själva kommissarien tappat sina nycklar, det var tråkigt att höra, dem har ingen hittat. Vi har bara fått in några nycklar som vi förstår tillhör ett barn, men barnet har vi ännu inte hittat."

"Barn, hur kan ni veta det?" Arvid såg förvånad ut. "Kan jag få se nyckelknippan ni hittat?"

"Inte utan beskrivning, är jag rädd," sa Fru Blixt, "hit kommer så många misstänkta figurer."

"Tre patentnycklar, på två står det YALE, på den tredje minns jag inte vad det står och den fjärde är en lång källarnyckel."

”På den nyckelknippa som vi har tagit hand om finns ytterligare en viktig symbol, ett verkligt igenkänningstecken, om kommissarien inte känner till det, tillhör knippan uppenbarligen en annan person, sannolikt ett barn som sagt var.”

”Ge hit mina nycklar med nallebjörnen på ringen, annars hoppar jag över disken och tar dem själv!”

Skrattet spred sig i mottagningen, Sune stod i trappan för att få god överblick och sex sju andra kollegor hade kommit sedan ryktet spridit sig att kommissarien hamnat i något slags krakel med den välkänt stränga Fru Blixt som huserade bakom disken.

Arvid stod med nyckelknippan i handen och kämpade med sig själv om han skulle skratta eller gråta åt denna befängda situation. Han såg sin vän Sune skratta och han såg sina poliskollegor så glada och förtjusta över den oväntade och ovanliga händelsen.

Kommissarien uppläxad av stränga damen, Fru Blixt som stått bakom disken rätt länge, ända sedan stadens blodbad, påstods det. Arvid övermannades av stundens komik och brast själv i skratt till övrigas förtjusning.

”Och all denna glädje för en liten nallebjörn som getts mig som gåva från en framträdande person inom rättsväsendet. Jag ska framföra er glädje och själv vill jag skicka ett hjärtligt tack till den vänliga upphittaren av mina nycklar och som hade den goda smaken att lämna in dem till polisen.”

”Det var jag som hittade kommissariens nyckelknippa i morse under en bänk i väntrummet. Klart jag tog hand om den, det är sådant som vi, stadens ordningsmän, är till för, inte sant, kommissarie Tegel?” sa Fru Blixt med sitt välkända syrliga tonfall.

Det var en rolig förmiddag och ännu roligare blev det då kommissarie Tegel tog Fru Blixt i famnen och kysste henne på kinden för att slutligen bocka sig och säga ”Tusen tack, bästa Fru Ordningsman.”

Sune var nöjd, Arvid var lycklig över sina fyra nycklar, åskådarna gick därifrån ännu mer förtjusta i sin kommissarie och fru Blixt var både charmerad och lite förbannad.

44

Arvid och Sune återvände till Arvids rum, tittade på varandra och skrattade en stund till.

”Vad gjorde du i väntrummet igår?”

”Vet inte, gick väl bara runt lite och hoppades att hitta någon att prata med, men Sune nu tycker jag att vi lämnar gårdagen och försöker gå vidare med våra liv. Har du fixat Pigge och Gnidde, har du löst inbrotten på vindar och källare och så vidare? Berätta för mig så att vi kan göra ett program åtminstone för resten av dagen.”

Sune tog upp sin lilla anteckningsbok och med den i knät kunde han ge sin chef alla detaljer om den senaste tiden kriminella aktiviteter i residensstaden och dess omgivningar. Arvid satt tyst och lyssnade och till slut frågade han om det var allt.

”Nej, svarade Sune, ”jag undrar hur du har tänkt kring hålet i din jackficka?”

”Hur jag har tänkt, det var en egendomlig fråga, jag tänker lägga nyckelknippan i en annan ficka, det var väl inget mer med det. Ibland förstår jag mig inte på dig.”

”Du borde laga hålet, det kanske Gertrud kan göra åt dig, annars glömmer du det och stoppar ner någonting viktigt som också försvinner.

”Sune, jag känner dig, jag hör och märker att du är på väg någonstans och jag skulle sätta värde på om du ville informera mig om dina speciella tankar kring hålet i min ficka. Det vi talar om nu låter inte riktigt klokt och därför har det antagligen en helt annan betydelse.”

”Det är dags för lunch, jag tror att vi ska äta innan vi ger oss ut på djupt vatten, eller vad säger du?”

”Jag har ingen smörgåstårta med mig, så det får bli Åhléns idag.”

”Gärna,” sa Sune.

Det var skönt att komma ut och flanera, för det var det de gjorde, de två poliserna Tegel och Kranz. De gjorde sig ingen brådska, de observerade de vanliga människorna som rörde sig på Kungsbroesplanaden tillsammans med det särskilda klientelet. Snattarna, langarna, småfolket och ett par av de tyngre. Samtliga ur de fyra kategorierna antingen ökade takten, vände sig bort, vek av runt närmaste hörn, talade intensivt med varandra eller glodde ilsket på Arvid Tegel och Sune Kranz. Damer i varierande ålder sände stundtals gillande leenden.

Reaktionerna framkallade roade miner hos poliserna, det var alltid likadant.

"Man är älskad och hatad," sa Sune.

"Ja, få äro likgiltiga. Ska vi festa på pyttipanna idag igen, den var väldigt god, vill jag minnas?"

"Det gör vi, Arvid, då är man lite mätt ända till kaffet."

Med vändstekta ägg och skivade rödbetor till den smakrika pytten började det goda livet återvända och med det även breda leenden på två prövade poliser.

"Tror inte att jag åt middag igår, det fanns i alla fall inga rester i morse, sa Arvid."

"Det var tråkigt att höra, själv åt jag en riktigt fin gratäng på torskrygg."

"Det påminner mig om att vi har planerat in ännu en middag tillsammans och den tycker jag inte att vi ska skjuta så värst mycket längre fram i tiden. Vad säger du, Sune, ska vi planera den tills i kväll eller i morgon kväll?"

"Vi går tillbaka, så ska jag snart säga vad jag tycker, är det ok?"

"Visst, och extra spännande med."

"Du börjar," sa Arvid från sin sida av skrivbordet och Sune nickade.

"Vi återvänder till vårt värsta och svåraste fall, det som började med grovt vållande till tre människors död, följdes av en grov stöld och avslutades med ett ovanligt bestialiskt mord. Vi, du och jag alltså vet hur det mesta har gått till men vi är ännu inte helt överens om gärningsmannens identitet.

Du och jag vet – det har vi enats om för länge sedan – att Bengt Nyman orsakade kraschen på länsvägen, som dödade de tre ungdomarna, det behöver vi inte ägna mer tid eller tankar.

Brott nr två, stölden av Fröydis 338Varberg som i och för sig hade kunnat äga rum vid en tidpunkt långt före älgjakten, men som du och jag vet, begicks den 12 oktober, älgjaktens första dag, har en ensam och självklar gärningsman nämligen Anna Vanleeder och innan vi går vidare, ska jag förklara för dig hur en liten nallebjörn satte mig på rätt spår. En nallebjörn som hittat en väg ut ur fickan där han var instängd.

Anna Vanleeder lämnade middagsbordet efter första dagens älgjakt, gick ut i hallen, klädde på sig stövlar, rock och hatt och gick ut därifrån med Fröydis gevär. Utanför ytterdörren stod Geir och en annan jägare och rökte. De såg Anna gå över stallplan mot sin bil med en nästan tom ryggsäck över ena axeln och med sin käpp i höger hand.

Hur fick hon med sig Fröydis älgstudsare?"

"Sune, tänker du förklara det?"

"Ja, jag har försett mig med en del rekvisita, en sopborste och ett par gummistövlar och jag ska be att få låna din skinnjacka, den med det nödvändiga hålet i fickan. Ett ögonblick så hämtar jag somligt från mitt rum."

Med Arvid som häpen åskådare stoppade Sune ner sopborsten, som föreställde gevärspipan, i stövelskaftet och med vänster hand i den trasiga fickan grep han tag om gevärskolven och höll fast den innanför Arvids knäppta jacka som föreställde Annas jaktrock.

"Ingenting att springa med men på en liten dam som går försiktigt, stödd på käpp finns ingenting att anmärka."

"Herregud Sune, hur har du kommit på den här smarta för att inte säga intelligenta lösningen, jag är helt förstummad?"

"Minns du inte, att Annas jaktrock hängde i det Vanleederska kapprummet, jag kände på den och förstod att den var ny, jag tog en snabb koll på insidan och såg att det fanns fickor där. Det var ju ingen noggrann undersökning men jag har hela tiden misstänkt att Anna har haft geväret hopfällt eller isärtaget under sin jaktrock. Hålet i fickan är uteslutande din förtjänst, Arvid, det var bara det som fattades för att alltsammans skulle stämma."

”Du måste nog förtydliga för en gammal kommissarie, hur kan du veta att Annas rock har hål i fickan?”

”Anna sticker ner handen i vänster ficka och hamnar på rockens insida, det är praktiskt för en skytt att nå den ammunition som hon förvarar i en ficka där det är torrt och fint. Anna har köpt sin rock på Alskogs Jakt & Sport, jag var där och provade en likadan och vänsterfickan är enbart till för att nå och krafsa i insidans fickor. Somliga jägare kanske förvarar cigarretter och tändare där, men om jag var älg skulle jag nog känna lukten av rök och sticka snabbare än ett snälltåg.”

Nu började Arvid att skratta och Sune förstod av kraften i kommissariens glädjeyttring att denna munterhet med säkerhet skulle pågå en bra stund. Han reste sig från bordet och drog sopborsten ur stöveln, som han sparkade av sig. Arvids jacka hängde han på dess galge vid dörren. Han vände sig om och såg på Arvid som satt och torkade glädjetårar ur ögonen.

Arvid satt och funderade på det som Sune hade delgett honom, han låtsades att han var Gertrud och försökte föreställa sig hur hon skulle reagera på denna förklaring av den grova stölden.

Elegant, skulle hon säga, ett resultat av Kranz polisiära fantasi, snyggt men oanvändbart i rätten, såvida han inte kan styrka att Anna Vanleeder också brukat geväret till att skjuta Nyman.

Arvid suckade. Gertrud och han betraktade ofta människors handlingar på helt olika sätt. Han gissade att de skulle gräla en hel del om de gifte sig. Det vore synd, som det var nu grälade de sällan, fast igår blev hon ganska ilsken och det var hans fel, det medgav han.

Men egentligen var han mer nyfiken på Sunes slutsatser beträffande mordet på Nyman; han var imponerad av hur Sune kombinerade fantasi med egna iakttagelser och han trodde blint på förklaringen hur Anna med pipan i stövelskaftet och ett fast grepp om kolven hade burit ut geväret under sin nya jaktrock. Sune var en fantastisk kriminalare, tänkte Arvid och suckade.

”Vilken tur att just han blev min best man!”

45

Anna och Niels hade varit tillsammans hela dagen. De hade tagit en tur ner till Ica och till Systembolaget och handlat det som Niels av erfarenhet visste att de skulle må bra av. Han kände Anna och visste att just nu efter Fröydis besök, behövde hon honom mer än någonsin och allt han kunde ge henne i form av uppskattning, god mat och dryck och viktigast av allt, närhet.

Lisas död hade förändrat Anna. Niels tyckte inte att det låg något konstigt i det. Allt som händer en person under ett ganska långt liv, påverkar henne, gör henne annorlunda lite i taget. När en stor katastrof slår ner en människa till marken är det inte säkert att hon ens orkar kravla sig upp igen och stå själv utan hjälp. Anna behövde mycket hjälp för att ta sig upp och nu efter tre kvarts år klarade hon sig själv en dag med Kaisers hjälp men två dagar blev för mycket. Då var risken stor att hon hamnade i ett depressionsliknade tillstånd när hon varken åt eller sov.

Niels tänkte inte låta det hända, hon var viktigare än någonting annat för honom. Alltsedan de som unga studenter möttes i Upsala hade han vetat att den här flickan ville han behålla i sin närhet.

Anna var nere vid sjön en kort sväng med Kaiser och Niels lagade mat innan hon kom hem och ställde i ugnen för att ta fram lite senare. Han tände en brasa och hällde upp ett halvt glas vin som Anna kunde dricka medan han gjorde färdig middagen.

”Tack för att du är så snäll och förtjusande, Niels, du skämmer bort mig och det älskar jag dig för.”

”Roligt att höra, sitt kvar vid brasan tills jag är klar om ett par minuter. Jag har sparat en bit lever till Kaiser och den ska jag ge honom så att han äntligen förstår att jag är minst lika viktig för honom som du.”

”Försöka går ju,” log Anna.

”Jag lägger upp maten nu, Anna, det är dags att du kommer till bords.”

”Du lagar så god mat, Niels, mycket bättre än jag.”

”Det var en gammal sanning,” log Niels, ”ät ordentligt nu, jag menar allvar med att du behöver öka i vikt, du behöver skaffa dig större motståndskraft så att du inte drabbas av några onödiga bakterier och virus som starka människor klarar. Vi ska ladda för en skön framtid, du och jag och då måste vi vara friska och glada.”

”Det låter som om du har fått en idé som kräver min medverkan.”

”Det var inte så illa gissat men vi tar den efter middagen. Just nu vill jag helst uttrycka hur oerhört roligt och skönt det ska bli att resa till Kanarieöarna med våra pojkar. Det kommer att bli precis så annorlunda som vi behöver efter året som snart gått.

Förresten köpte jag ett par obehagliga gräddbakelser på *Verandan,* du brukar ju gilla sådana, vill du ha en som fetmande efterrätt?”

”Ja tack, jag tycker att det låter så läckert så jag kan äta upp din med.”

”Det var själva meningen med det inköpet, tack så mycket. Sätt dig vid brasan, så kommer jag med kladdet.”

Anna hade inte lyckats göra sig fri från Fröydis hemska anklagelser, hennes bleka och ovårdade ansikte dök ideligen upp i minnet. Hon hade varit rädd att Fröydis skulle slå henne, ilskan och fientligheten hade hela tiden hängt i luften; när Niels kom var Anna nästan illamående av skräck för Fröydis aggressiva uppträdande. Alltsammans kom över henne när hon nu satt ensam vid brasan, utan att riktigt veta vad hon gjorde, sprang hon ut i köket och Niels tog förvånat emot henne och frågade vad som hänt.

”Jag kan bara inte vara ensam, jag blir rädd då.”

”Då går vi in tillsammans, Anna, kan du ta gräddbakelserna så tar jag vinflaskan och så ropar du på Kaiser också, så har du både godis och två livvakter, duger det?”

Kaiser kom direkt, han hoppades förstås på en bakelse.

”Nu stannar vi här, du och jag,” sa Niels till Kaiser, ”för nu ska vi tala om något som matte gillar och då gillar du det också.”

Niels var bekymrad över Annas nervösa reaktion, han såg fram emot resan över jul men han hade länge anat att det krävdes mer kraftfulla metoder för att få henne på benen och mer lik sitt gamla jag.

”Anna, jag har funderat under lång tid om inte du och jag borde förändra vår tillvaro helt och hållet. Jag är pensionerad och du har ingen lust att ta upp ditt gamla jobb, vad säger du, hur vore det om vi flyttade till södra Spanien eller till Mallorca, vi skulle slippa snöskottning, dubbdäck och ylletröjor. Golfbanorna ligger tätt och du skulle få en egen trädgård där det blommade året om. Våra pojkar skulle ofta komma och hälsa på och livet skulle bli så mycket enklare."

"Kaiser, då?"

"Kaiser ska självklart följa med oss, han tillhör familjen. Vad säger du?"

"Det vore skönt att komma från Brobacken, det är inte trevligt här längre, det finns egentligen ingenting som vore svårt att lämna."

"Det var en mycket positiv inställning till mitt radikala förslag, det gläder mig, Anna, det gör det lättare att planera. Tryck i dig båda bakelserna nu så blir du ännu snyggare i baddräkt!"

Niels log mot sin maka.

"Då kan vi sitta utomhus på kvällarna kanske nästan året om, äta paella och tacos, dricka rioja och cava – herregud man får nog vara försiktig med det ena och andra. Besök från Sverige lär vi få, jag tror att man blir extremt populär med tillgång till ett hus i Spanien."

"Menar du att vi bara ska bo där och aldrig komma tillbaka?"

"Ja, så hade jag tänkt mig, vad säger du?"

"Jag tycker, att det låter bra att bo där och kanske aldrig komma tillbaka."

"Se där, vi är tydligen helt överens, kan inte bli bättre, lilla Anna. Och du, det bor många katter där så det blir roligt för Kaiser."

Äntligen skrattade Anna glatt och avspänt och Niels lyfte sitt glas mot henne och sa: *Felicidades senora!"*
Anna log lyckligt mot sin man.

När brasan brunnit ner och makarna Vanleeder vridit och vrängt på den svåra frågan om Malaga var bättre än Mallorca eller om Sicilien kunde vara ett alternativ eller södra Portugal för den delen och de absolut inte visste varken in eller ut, då reste sig Anna upp och sa att hon tyckte att det verkade allra bäst med Mallorca.

Niels skrattade glatt och sa: "Mallorca it is, så skönt att ha fattat det beslutet."

Klockan var elva, dagen hade varit full av dåliga och goda inslag och nu var det äntligen dags att få vila. Anna stod kvar mitt i vardagsrummet medan Niels plockade undan efter dem.

"Niels, får jag sova hos dig?

"Kom Anna, kom och sov hos mig."

46

Anna satt i glasrummet med resterna av sin frukost. Hon försökte samla sig och tänka på vad hon borde göra idag, men hjärnan hängde inte med. Tankarna återvände gång på gång till Fröydis, till det sista obegripliga besöket som nästan skrämt livet ur Anna. Allra värst var nog telefonsamtalet när hon berättade att man hittat en skjuten person i Brobacken, en människa som mördats. Innehållet i Fröydis berättelse hade till en början varit obegripligt. Hon hade lyssnat och förträngt det mesta men det tvingades sig tillbaka in i hennes medvetande och hjärna och det gjorde henne skräckslagen.

Anna hade inte riktigt kunnat ta till sig innebörden av det besked som Fröydis gett henne. Det var ganska nära hennes och Niels hem, som man funnit offret, en promenad på högst en kvart.

Mördad i den här byn låter overkligt. Här bor folk, spelar golf, sjunger i kör och tittar på fotbollsmatcher på Hjalmarsplan. Man eldar på valborg, demonstrerar på första maj, dansar runt lövad stång hos Liljekrona på midsommarafton och uppför sig ganska hyfsat under större delen av året. Hittills har inget mord blivit känt.

Anna tömde sin tekopp, hon kände sig orolig och när hon hörde Kaiser skälla ute i trädgården reste hon sig kvickt och tittade ut. Kaiser stod vid grinden och skällde på en hare som sprang nere vid sjön. Hararna hade lärt sig att Kaiser inte kunde komma ut till dem, så de visade ingen rädsla för den stora hunden.

Anna var förtjust i att så många olika djur rörde sig i området; förutom hararna som hon såg nästan varje dag, kom många hjortar framför allt på vintern och ibland även rådjur. En gång slank en räv förbi på grannens tomt och fortsatte ner till vattnet där den bökade omkring tills en ilsken skata anföll den och räven ledsnade på sällskapet och stack.

Det måste ha hänt någonting före mordet. Fröydis tyckte att det värsta var att någon stulit hennes gevär men Anna tyckte att mordet var värst. Hon kom ihåg att pappa slog henne när hon var oppositionell i tidiga tonåren, hon slog tillbaka och då blev han ännu argare och slog mer och hårdare. Hon undrade flera gånger om han skulle kunna bli så arg att han slog ihjäl henne.

Niels och hon hade lärt känna ett stort antal människor i Brobacken och många andra visste de vilka de var, kände igen eller hade hört talas om. Det var troligt att mördaren fanns bland dem som Niels eller hon kände till och den tanken var lika svår att ta till sig som mordet.

Niels hade åkt in till tingsrätten tidigt i morse, Anna tyckte att det var jobbigt när han var borta hela dagen, hon fick svårt att bestämma sig för vad hon skulle göra. Kaiser skällde vid dörren och hon släppte in honom.

"Så fint, att du alltid är här hos mig, kom får jag krama dig."

Med armarna om Kaiser blev hon lugn igen.

"Kaiser, vi går ut, jag orkar inte med planering, jag vet inte hur man gör. Jag ska bara ta ett par huvudvärkstabletter för det känns som en myrstack i skallen på mig. Det känns faktiskt inte som om jag är mitt vanliga jag."

Kaiser satt mitt i vardagsrummet och tittade på sin matte som rörde sig i ett oregelbundet mönster mellan glasrum, sovrum och badrum och som talade med honom i lösryckta meningar som inte ens den kloke Kaiser förstod.

"Kaiser," sa hon, "jag känner mig så bekymrad men jag hoppas att det ska försvinna, när vi går ut. Jag ska berätta för dig, det finns ingen annan jag kan berätta allting för. Det finns kanske ingen annan som skulle förstå.

Idag vill jag inte ha på mig den nya jaktrocken, jag ska plocka fram den gula duffeln, den har varit med på många långa vandringar med dig och de tidigare schäfrarna som bott i vårt hus. Det har lättat lite i huvudet på mig nu, kom pojken min, här får du halsbandet, kopplet stoppar jag i fickan."

Anna tog inte den vanliga vägen som ledde till ekdungen utan hon valde att gå rakt norrut där villasamhället glesade ut och övergick i avfolkningsområde. Här låg en och annan bilverkstad, ett vedupplag, en skrotfirma, mycket få bostäder, alla i sämre skick.

Även Kaiser såg att detta var olikt deras vanliga stråk och på Annas order gick han utan koppel fot med spetsade öron för att inte missa något störande, ljud eller rörelse. En vandring som denna var arbete för Kaiser, Anna log åt honom, ingen av hennes tidigare schäfrar hade varit en sådan totalt hängiven livvakt.

Mordet låg och skvalpade i Annas hjärna, hon kunde inte för ett ögonblick göra sig fri från det. Hon försökte ändra riktning på tankegången genom att erinra sig undervisningen i straffrätt under sin egen tid vid den juridiska fakulteten. Då hade brottsbalken ännu inte kommit, men brotten var desamma och mord var sig ganska likt och då som nu var livstids fängelse det hårdaste straffet.

I de stora städerna sköt kriminella gäng på varandra, ibland med dödlig utgång, men på landsbygden såg brottsligheten annorlunda ut. Misshandel, slagsmål, våldtäkt förekom förstås och även sprängningar och hedersmord hade man börjat med. Men att en person blev skjuten till döds sannolikt med ett grovkalibrigt jaktgevär hade ingen tidigare upplevt i Brobacken eller dess omgivningar, såvitt hon visste.

Anna och Kaiser hade passerat avfolkningsområdet och kommit ut på en smal väg som gick mellan Liljekronas leriga gärden och tallskogen som täckte landskapets norra del. De gick i riktning mot landsvägsbron och lilla gångbron och den långa vägen till ekdungen. De behövde vila nu och hon fann så småningom en sten att sitta på, Kaiser fick en näve Frolic och hon fick ingenting utom några kladdiga Läkerol, som täckta av ludd låg kvar sedan förra året i duffelns ficka.

"Det här är det andra mordet i mitt liv, nu säger jag det högt, det är ju så. Edvin mördades för snart fyrtio år sedan i Upsala och jag var där då och det var Niels också. Kaiser, jag måste få tala högt om detta nu och därför säger jag det till dig. Det var i Upsala när Niels och jag läste där och Edvin var 17 år och hade en konstig sjukdom. Han var liten och tanig, hans röst var hög och gäll, han såg inte ut som någon annan och han ville ta på alla flickor. Någon ströp honom nedanför biblioteket, kom bakifrån och överrumplade honom. Polisen lyckades aldrig lösa det mordet. Det var hemskt förstår du, Kaiser.”

Kaiser låg på marken bredvid Annas fötter och lyssnade uppmärksamt. Matte talade lite tystare nu.

”Du förstår, han sprang alltid på kvällarna, men han visste att det nästan alltid fanns många pojkar i huset som kunde beskydda oss, när han inte var där. Han visste att jag och alla de andra flickorna tyckte att Edvin var mycket obehaglig och att alla var rädda för honom. Det är många år sedan jag tänkte på Edvin, jag vill verkligen inte alls tänka på honom eller när polisen kom och frågade ut oss om vad vi visste. Ingen visste någonting, så klart och därmed blev det tillåtet att glömma.

I vår lilla studentvärld mördades Edvin och nu har en man, som ingen kände mördats i den lilla Brobackavärlden och i de världarna finns både Niels och jag. Jag är rädd, Kaiser därför att jag inte förstår vad som händer, jag är rädd för att jag också kommer att dö. Kom Kaiser, nu springer vi till vägen som leder till ekdungen, jag måste få lugn i huvudet och där kan du bada och plaska.”

De sprang på dikeskanten intill gärdet ända till stora bron, där de vilade ett ögonblick för att hämta andan.

”Nu ser du var vi är, vi ska inte gå över någon bro, vi ska till ditt och mitt eget ställe, varsågod Kaiser du får springa fritt.”

De gick hela den långa vägen utmed ån och de såg samma människor och får som rörde sig i hagarna och på stallplanerna. Det fanns ingen bro, det fanns ingen som vinkade, ingen hade intresse av Kaiser och Anna, de skulle kunna försvinna upp i det blå utan att någon brydde sig det bittersta om deras existens.

Anna var trött på sig själv, på att inte längre vara stark, hon var rädd för att inte klara sig själv och sitt eget liv. Döden hade varit nära henne så länge och nu hade den kommit ännu närmare. Det som var värst var att hon inte längre hade kontroll på sina tankar, de slank omkring i hennes huvud som de själva ville och hon kunde inte styra dem.

Anna drog upp kapuschongen över huvudet innan hon la sig ner på den stora stenen. Det var vindstilla och hon hörde droppar som föll och rann och samlades i pölar som säkert glittrade om hon hade kunnat se dem. Kaiser ordnade som vanligt med sitt, när han såg att matte vilade. Det fanns inga löv på träden, inga hängen eller ollon och ekorrarna var någon annanstans. Ekarna var desamma som alltid och Anna ville vara där jämt, där ingen kunde hitta henne under de gigantiska kronorna, som var så täta att de, trots att de var nakna endast släppte fram smala spår av mörkgrå himmel.

Hon visste inte vad som hänt med henne och hon ville heller inte veta det. Det kändes som om hon måste akta sig för både Fröydis och Niels, de liknade inte henne, de förstod henne inte.

”Jag vill stanna här.”

Anna hörde Kaiser skälla men hon kunde inte göra någonting åt det, hon var långt borta, långt hemifrån och det var skönt. Niels drog i henne men hon ville vara kvar på sin sten, till slut lyfte han upp henne och bar ut henne och ställde henne på vägen. Kaiser var där hela tiden och när hon vaknade riktigt, märkte hon att Niels stod och höll henne upprätt.

”Hör du mig, Anna?” frågade han.

”Ja.”

”Vill du gå hem nu?” undrade han.

”Jag kan gå.”

Niels hjälpte henne av med duffeln i tamburen och Anna gick direkt ut och satte sig i glasrummet. Hon brukade känna sig trygg där. Niels stökade i köket och efter en stund kom han ut och ställde en kopp te på bordet framför henne.

”Tack.”

Han satte sig mitt emot henne.

”Vill du tala om det här?” frågade han.

”Om vad då?”

”Att du somnade på en sten under ekarna och inte hörde Kaiser skälla, för det vet jag att han gjorde. Han gjorde fullkomligt klart för mig att det var bråttom, att jag skulle följa med honom och att det var du som behövde hjälp. Du har en fin hund, Anna.”

”Jag vet inte vad klockan är.”

”Hon är halv sex. Jag kom hem vid femtiden. Hur mår du?”

”Vet inte.”

”Betyder det bra?”

Anna ryckte på axlarna och sträckte ut handen mot Kaiser som satt framför henne.

”Kom till mig, Kaiser.”

”Anna, vi kan skjuta på det här samtalet, jag bara hoppas att du förstår att jag inte vill någonting annat än att hjälpa dig. Du bestämmer själv vad du vill göra, om du vill äta eller sova – så länge du inte vill sova utomhus sent på hösten – för då opponerar jag mig.”

”Jag tror jag går och lägger mig, kan du ge Kaiser mat?”

”Det är bra om du vilar dig, jag tar hand om din duktiga hund.”

Anna stängde dörren om sig, släckte och kröp ner i sängen.

”Det är varmare här än under ekarna och det är riktigt mörkt också, ingen ser mig och jag behöver inte vakna. Kaiser ligger utanför dörren och vaktar mig, han kommer aldrig att släppa in någon.”

47

Arvid och Sune satt tigande kvar medvetna om att vad som återstod var det mödosamma arbetet att nysta fram den troligaste lösningen på det mest svårlösta brott de ställts inför.

Arvid bröt tystnaden.

”Sune, jag har tänkt igenom vår sits, den är både bra och dålig. Vi har löst två delar av tre, kraschen och stölden, du löste ensam del två. Mordet är kvar och det riskerar att bli extra jobbigt, om vi inte kan enas om troligaste gärningsman. Jag föreslår att vi arbetar var och en för sig under det närmaste dygnet och söker i ett större område och att vi letar efter nya vägar. Det är möjligt att vi kommer fram till varsin lösning, det kan inte hjälpas att gåtan i så fall förblir olöst.

Vi ses här på mitt rum vid fyratiden i morgon. Vad säger du, Sune?"

"Det är ett bra förslag, Arvid."

Sune reste sig och lämnade kommissariens rum. Både Arvid och Sune var redan långt inne i sina tankar på Bengt Nymans sorgliga öde.

Sune gick in på sitt rum och tog fram all information om Anna Vanleeder som han hade i datorn. Han hade tagit reda på det mesta om henne från studietiden i Upsala som avslutades med en juridisk examen. Under den tiden fanns inte en enda anteckning om henne någonstans. Hennes studietid var lite längre än de flesta andras, troligen därför att hon gifte sig och fick ett barn samt var höggravid vid examenstillfället.

Rätt duktigt, tänkte Sune.

Sedan då, med två barn hemma tillsammans med olika barnflickor, och Niels i Svea Hovrätts garn, skaffade hon jobb på bank och skattemyndighet och slet vidare. Hon berättade i en tidningsintervju långt senare att de jobben var de enformigaste hon kunde minnas. På länsstyrelsen, där man hanterade skatter var hon inte välkommen att fika med manligt skattekunnigt folk utan man bad henne att sätta sig vid ett annat bord bland den kvinnliga kontorspersonalen. Hon sa upp sig direkt.

Banken var bättre men var inte påfallande framtidsvänlig, den heller. Den tid då kvinnor fortfarande fick slita livstycket av sig för att bli betraktade som tänkande varelser hade passerat sedan åratal, men vissa branscher var långsammare än andra.

Fortfarande enligt intervjun beslöt Anna att starta en egen rörelse och det gjorde hon också.

Hon fann en kvinnlig vän som var civilekonom och tillsammans startade damerna ett företag som med glädje och förtjusning åtog sig att hjälpa små företag med juridik och ekonomi – just de två ämnen som i allmänhet var småföretagarnas stötestenar.

Sune kände till detta och han hade känt sympati för Anna från början när han läst om hennes slit under de första åren. Vad gjorde Niels då?

Han jobbade i Svea Hovrätt, Vattendomstolen och på en advokatbyrå en kort tid. Han passade inte där anförtrodde han en vän.

Sune visste allt detta, han hade noggrant gått igenom vad som sagts och skrivits om båda makarna Vanleeder. De hade goda betyg utan att vara alltför bra.

”Var ska jag hitta någonting?” sa Sune till sig själv och övergick till att studera vad det kunde finnas mer om Niels Vanleeder.

*

Arvid Tegel hade ägnat många timmar åt att fundera på Anna Vanleeder och vad för slags människa hon egentligen var. Nu måste han glömma att hon var kvinna, det hade han hittills inte klarat av men nu var det enbart henne karaktär som skulle synas. Ok.

Sune hade gett honom hennes bakgrund med studier och examen i Upsala och några ganska meningslösa och trista jobb, två små barn, barnflickor och hur hon så småningom startade eget företag tillsammans med en annan kvinna. Han anade att hon hade fått slita hårt och det blev säkert inte lättare när tredje barnet, dottern Elisabeth föddes.

Arvid hade svårt att sätta sig in i hur ett sådant äktenskap fungerade, själv hade han endast fått uppleva de första lyckliga åren innan sjukdom och död gjorde slut på gemenskapen. Ändå förstod han att Niels och Anna hörde ihop, det märktes inte minst genom att de fortsatte tillsammans genom lust och nöd. Han kom väl ihåg hur Anna lutat sig mot Niels när Sune ställde sina provocerande frågor till henne vid deras besök i det Vanleederska hemmet och hur Niels genast tog över rollen som svarande. Det var uppenbart att de var en odelbar enhet och att Anna visste att Niels tog sin uppgift att skydda henne på största allvar.

Arvid undrade om Niels hade gett henne samma beskydd redan under Upsalaåren. De hade gift sig tidigt, vilket tydde på att deras gemenskap var av gammalt datum. Han hade velat veta mer om deras studietid, borde det inte finnas gamla kataloger från universitetet där man kunde se vilka som studerat samtidigt på fakulteterna. Det borde det absolut.

Nu var det viktigt att inte be Sune om hjälp att leta i datorn, det fick han göra själv och när han kommit en bit på vägen, dök ett välkänt namn upp. Arvid lutade sig bakåt och tänkte. *Didrik Kestner, med.dr.* hade opererat Arvids högerhand som skadats vid ett våldsamt ingripande för ett antal år sedan. Arvid mindes honom väl, lika skicklig som trevlig och de var nästan jämngamla. Han hittade Kestner som kirurg vid grannstadens lasarett och han ringde upp, lämnade ett meddelande och satte sig att vänta. Under tiden fortsatte han att söka gamla kataloger.

Sent på eftermiddagen ringde Didrik Kestner.

"Har du varit i slagsmål nu igen?"

Arvid skrattade.

"Det var vänligt att du ville besvara mitt samtal."

"Självklart, gamla patienter månar man om. Ringer du om något allvarligt, eller, bra, det låter som om du ropar nej. Jag befinner mig ett kvarter från polishuset. Vi kan ses om det passar dig."

Ett mycket oväntat möte, en öl på Emils Källare, två gamla vänner som var glada att ses.

"Hur är det med din hand?"

"Allvarligt talat minns jag knappt om det var höger eller vänster."

"Då är det bra."

Didrik, 62 år, handkirurg och överläkare i grannstaden, Arvid, 60 år, kriminalkommissarie i residensstaden hade så mycket att tala om att de knappt visste var de skulle börja.

"Det har uppenbarligen gått bra för oss," sa Didrik. Jag är gift, har två vuxna söner som sköter sig, hyggligt jobb osv. Du?"

Arvid berättade och så småningom halkade de in på Arvids jobb och själva orsaken till att han ringt upp Didrik.

"Allt i livet är tillfälligheter," sa Arvid, "jag letade efter gamla kataloger vid Upsala Universitet, satt och slog på fakulteter och nationer och där dök ditt namn upp i ett sammanhang som jag redan glömt."

"Jag är medlem i en förening för medicinsk forskning och vi träffas ofta i Upsala, det bör ha varit det som dök upp."

Arvid och Didrik fortsatte att tala och ringade mer och mer in den egendomliga tillfälligheten som gett upphov till deras möte.

"Jag anade att du under din studietid var medlem i Stockholms nation i Upsala och detsamma gäller två personer som är av intresse i en brottsutredning som har sysselsatt mig sedan en tid.

Det här är svårt, jag måste tala klarspråk och dessutom vädja till din eventuella tystnadsplikt, men om det går att hänvisa till den i detta sammanhang, det vet jag absolut inte."

"Handlar det om liv och död?"

"I högsta grad."

"Då kör vi tystnadsplikt."

"Du kände alltså Niels Vanleeder och Anna Stäring i Upsala?"

"Så som studenter känner varandra under studieåren, ytligt men varmt och vänskapligt."

Arvid gav Didrik hörnstenarna i de grova brotten i Brobacken

"Ni vet alltså, att Anna tog geväret ur sin väns vapenskåp?"

"Utan någon som helst tvekan."

"Den fråga du söker svar på är om hon sköt denne Nyman med det försvunna geväret?"

"Ja," sa Arvid, "jag har mycket svårt att tro det."

"Vem är skytten, då?"

"Här har jag flera frågor jag skulle vilja ställa till dig."

"Kör på."

"Du kände ju Niels och Anna i Upsala, hur var deras relation, skulle du säga?"

"Det tog tid, mer än en termin innan de blev ett par, men därefter var de oskiljaktiga. Niels fanns alltid i närheten av Anna redan under den första terminen och hon visade aldrig intresse för någon annan."

"Var de populära?"

"Svår fråga, Niels var en glad och trevlig kille, han var en uppskattad klubbmästare under ett år, han spelade bridge, handboll och poker. Ja, han hade nog många vänner."

"Anna då, var hon en ensamvarg?"

"Nej, det var hon inte, hon hade väl en fem, sex flickvänner, hon var trevlig mot pojkarna också men hon hade en mycket tydlig *noli me tangere* attityd. Några killar försökte sig på en flirt men jag tror knappt att hon märkte det. Det talades om att hon hade haft en olycklig historia innan hon kom till Upsala. Jag måste fråga dig, Arvid vart dina frågor leder."

"Jag ska berätta, Didrik. Vi har ett äkta par som inte är riktigt likt andra äkta par. Jag som är änkeman sedan evigheter och min närmaste man som är glatt ogift erkänner oss olämpliga och okunniga att bedöma andras äktenskapliga gemenskap. Vi förstår den helt enkelt inte. Vad gäller just detta par har vi sett att de har ett ovanligt gediget samförstånd. Jag tror att deras enighet är sällsynt.

Låt mig säga att Anna har fascinerat mig från första början och därför fattar jag att jag inte kan bedöma henne. Niels däremot har jag lättare att förstå."

"Oj, Arvid, där uttryckte du eventuellt själva essensen i problemet. Du förstår varför Niels vill skydda och försvara Anna. Han älskar henne. Frågan är om du själv är känslomässigt engagerad."

"Nej Didrik, det är jag inte, jag har en egen Gertrud och jag har gjort vad jag kunnat för att sortera ut Anna."

"Ska vi återgå till frågan vem som sköt Nyman?"

"Ja, gärna Didrik, du är inte dummare än att du förstår vad jag är ute efter?"

"Arvid, egentligen vill du att jag ska ge dig information om Niels, eller hur?

"Ja."

"Mellan dig och mig under min tystnadsplikt vill du veta om Niels gjort sig skyldig till något grovt brott. Har jag förstått dig rätt?

"Ja."

"Det har han inte som jag känner till. Det begicks ett mord i Upsala på en ung neurologiskt skadad pojke under ett av Annas första år. Han var svår på flickor och besvärade dem. Han hittades strypt utomhus, man fann ingen misstänkt och mordet löstes aldrig."

"Människan är ibland en obehaglig skapelse."

"Man kan så tycka om enstaka exemplar men i stort är det min åsikt att människan är en fantastisk just skapelse. Jag arbetar med hennes fysiska delar, du har en svårare uppgift, du tvingas förstå hur hon kommer på idén att förstöra livet för andra mänskliga varelser.

Jag känner till olyckan då Vanleeders förlorade sin dotter och det är inte ovanligt att en sådan tragedi förändrar en människa från exempelvis stadig och vänlig till våldsam och aggressiv. Det tycks du inte ha sett här men förändringar kan vara av många sorter.

Niels Vanleeder är enligt min uppfattning och minnesbild en synnerligen intelligent och begåvad person. Detsamma gäller Anna men hon har haft tre barn att ta hand om jämsides med sin yrkesmässiga karriär i ett ogynnsamt patriarkalt klimat. Kvinnor har det svårare än män, den saken är klar, även om det lyckligtvis har lättat under senare år.

Anna är nog en varm person, Niels skulle jag beskriva som något svalare. Det skulle inte vara lätt för mig att misstänka någon av dem för överlagt mord.

Arvid satt tyst en lång stund och reflekterade över Didriks kommentarer. Samtalet hade gett en ny vinkling av mordet i Brobacken, avvikande från Sunes och hans egna gängse hjulspår. Didrik tänkte på ett särpräglat sätt jämfört med cyniska kriminalare. Arvid var glad och full av tacksamhet när han promenerade hemåt. Didrik och han hade beslutat att snart ses igen.

Han ringde Gertrud när han kom hem, frågade om han fick bjuda henne på middag på Stadshotellet. Hon tyckte att han skulle komma hem till henne i stället. Så gärna! Livet kanske kan bli lite hyggligt igen, tänkte han och log för sig själv.

Lastad med en rosa orkidé och två Amarone ringde han på Gertruds dörr innan han låste upp med den nyckel hon anförtrott honom. Hennes armar om hans hals liknade en bekräftelse på att de kunde mötas på halva vägen.

48

Eftermiddagen hade inte gett så mycket nytt, tyckte Sune, han hade heller inte förväntat sig det. Som den praktiske man han var föreföll det honom troligast att den som snodde ett gevär också var den som tänkte använda det. Sune visste att Arvid normalt sett skulle hålla med honom om det påståendet men för närvarande var allting inte normalt. Särskilt inte Arvid.

Sune visste att Arvid gärna ville hitta en annan skytt än Anna och därför tänkte han leta efter lite tråkigheter på Niels. Det var inte lätt, men när var någonting lätt i det här yrket? Sune suckade och bad högt sin älskade Mac att ge honom alla de svar han ännu inte fått.

Niels hade varit reservofficer i Kustartilleriet. Han tillhörde KA 4 och han hade tjänstgjort i Karlskrona och Göteborg och även haft en avstickare till Stockholm. Sune var inte särskilt militärt lagd och kunde inte dra några som helst slutsatser av vad han läste om Niels karriär som militär.

Majors avsked stod det på slutet. Sune tyckte sig känna igen det uttrycket.

Sune visste att hans hjärna för närvarande hade gjort vad den kunde, framför allt vad den hade lust att göra och därför bröt han upp för dagen. Var Arvid var hade han ingen aning om, han hade inte knackat i väggen och heller inte synts till.

"Bäste Sune Kranz, gå hem och njut lite extra ledighet, det är du sannerligen värd."

*

Under natten hade Arvid funderat på att fria till Gertrude som vilade i hans famn. Han hejdade sig framför allt därför att hon sov. Man bör nog välja tillfället lite bättre, sa han sig. Det fick dröja en smula, dagen han hade framför sig var tänkt att ägnas Bengt Nymans frånfälle och oavsett hur Sunes och hans försök till lösning föll ut, skulle mordet antingen ner i källaren eller läggas under Gertruds skarpa ögon. Kanske bäst att sova en stund.

Varför jagar Anna? Arvid vaknade med den frågan och beslöt sig för att den fick vänta tills han åter satt vid sitt skrivbord. Gertrud sa att hon var trött. Amarone är ett tungt rödvin, italienarna vet precis hur de ska tillverka ett kärleksrus. Arvid tog en extra kopp kaffe och en mjuk småfranska med aprikosmarmelad medan han försökte fundera ut hur denna dag bäst borde planeras.

"Somna om," föreslog han sin kvinna och kysste henne.

Tillbaka i sitt rum på polishuset började han skriva ner vad han förstått av makarna Vanleeders gemenskap. Didrik hade berättat hur det hade varit i studentkorridorerna, vad man sagt, hur man försökt att hjälpa Anna som vid slutet av sin andra termin i Upsala oväntat hade blivit övergiven av sin pojkvän. Själv hade han anat att Niels var den som var bäst på att hjälpa. Han tog med Anna på fest på nationen och han såg till att hon inte var ensam.

Mer visste ingen utom hennes närmaste vänner, franske Francois och hans flickvän Paula. Didrik hade berättat vad han visste om dem, att de fått två döttrar och att Francois numera var död. Han trodde att Paula och hennes döttrar bodde i Frankrike.

Francois och Paula tog hand om Anna och även Niels som bodde på samma våning deltog. Anna var inte ensam, dessa tre fanns i hennes närhet. Hon sa ingenting men Paula och Francois förstod antagligen att Anna blivit övergiven på ett oförlåtligt sätt.

Didrik hade berättat hur det hade varit i studentkorridorerna och hur Niels så småningom fått Anna att ta emot hans önskan att få stödja, hjälpa och bära henne över alla hinder, att få vara hennes närmaste vän, så småningom äkta man och far till deras tre barn.

Det var inte svårt att tänka sig hur gemenskapen vuxit mellan Niels och Anna.

Arvid förstod hur Niels hade reagerat på hennes hjälplöshet, han hade svårt att sätta ord på det han väl kände igen; minnet, när han stod framför Anna som just fått veta att hennes dotter var död. Hennes bleka ansikte som stelnat i en förvriden min, hennes ögon som varken såg honom eller prästen som höll henne i ett fast grepp.

Arvid Tegel reste sig upp och gick fram till fönstret. Det hade börjat snöa, det var trevligt att titta på, ungefär som när han var pojke och längtade efter att åka kälke.

Niels Vanleeder hade också förlorat sin dotter men redan dagen efter Elisabeths död anade han att han riskerade att också förlora Anna som då varken kunde gå eller tala. Han gjorde vad han gjort ända sedan de möttes i Upsala för länge sedan, han tog hand om henne, hjälpte henne och älskade henne, gav henne allt stöd hon behövde, gav henne allt som bara han kunde ge henne.

En försiktig knackning på dörren väckte honom ur de gamla tankarna och plötsligt stod Biggles där och såg förskräckt ut.

"Kom in Biggles, hur har jag förtjänat denna ära?"

"Äsch," sa Biggles, "jag tänkte bara berätta en sak."

"Gör det," sa Arvid, "sjung ut, du."

"Jo, det var i går förmiddag, jag var vid mottagningsdisken där nere när Fröydis kom in och det kan jag tala om att argare har varken jag eller någon annan sett henne. Hon ville tala med högsta chefen, den som Sune och du kallar TOP DOG. Bra namn förresten. De ringde efter honom och han kom faktiskt ner efter en stund.

Herregud, Arvid, hon bad honom dra åt helvete i såna ord att jag knappt vågar upprepa dem. TD gick mot henne för att få stopp på henne men då vrålade hon att hon skulle slå ner honom om han tog ett steg till.

Han stod stilla och hon talade om att hon visste att han sannolikt knappt gått ut folkskolan och sen bara fuskat sig fram, för ett så okunnigt och olämpligt blötdjur som han hade aldrig kunnat bli polis. Du är den värsta jävla skit som förstör allt du får kontakt med och som stänger av stans riktiga och skickliga poliser, vår kommissarie först och främst. Fy fan för dig, jag ska se till att du får ångra allt du har ställt till med, du har förstört mitt liv, du och dina analfabeter till mannar. Dig kan man inte använda som något annat än spottkopp och det är vad varenda polis på den här stationen gärna skulle vilja, så nu vet du det.

Jag har skickat brev till landets polisledning med beskrivning på hur du dragit in min vapenlicens och gett dina lågpresterande tjockskallar order att utan laga skäl beslagta alla mina värdefulla vapen. Jag har begärt snabbast tänkbara hantering av mitt ärende. Din stolliga ordergivning har resulterat i att jag tvingas flytta tillbaka till Norge."

Så gick hon mot honom och vrålade *Stick din pissröv, innan jag slår ner dig.*

Kan du tänka dig Arvid, han rusade uppför trappan till sitt rum.

Arvid skrattade men kände sig mycket beklämd.

"Vad hände med Fröydis, gick hon?"

"Jag följde med henne ut och då sa hon att hon hade hunden i bilen och var på väg att köra ända till Norge men att hon först skulle hem till Anna och tala om att hon visste hur allt hade gått till."

"Var det allt hon sa?"

"Ja, det gick ju inte att förstå vad hon menade, hon var så satans förbannad så jag önskade henne bara lycklig resa."

"Det gjorde du rätt i Biggles, tack ska du ha för den hiskliga rapporten. Det verkar som om det är märkliga tider vi lever i."

Biggles avlägsnade sig och Arvid kände en stor oro efter vad han berättat.

Mitt på dagen gick Arvid ut på stan i ett sällsynt ärende. Han styrde in på Macdonalds och fick med sig en hamburgare med extra allt och en stor Coca-Cola och en smula besvärad försökte han slinka förbi den glada grupp konstaplar som stod och flamsade utanför porten. Någon ropade till honom men det blev just inte mer antagligen på grund av den bistra uppsyn han exponerade just denna dag.

Inte var den lunchen särskilt god inte, men det var endast mättnad han behövde för tillfället. Coca-Cola var en vidrig dryck, det visste han förut men han kände inte igen någon av de övriga dryckerna på Macdonalds hyllor.

Vi ska äta kungligt i kväll min best man och jag och det ska jag tala om för honom om en liten stund. Ska bli roligt att få veta vad han har luskat ut i sin ensamhet, den gode Sune.

När klockan slagit halv tre knackade Arvid i väggen och ett par minuter senare stod Sune i dörren och låtsades som ingenting.

”Knackade kommissarien?”

”Det är så förfärligt tråkigt här utan dig, Sune, så jag knackade och hoppades på ditt sällskap.”

Arvid Tegel log när hans best man kom in genom dörren.

”Undrar vad jag skulle göra utan dig, Sune.

”Det skulle säkert bli trist i längden för kommissarien.”

”Fint, Sune. Har du fått ihop någonting sedan igår, hittat något nytt?”

”Niels Vanleeder har varit reservofficer i kustartilleriet, tjänstgjort i Karlskrona och Göteborg, KA4 hette det vill jag minnas.”

”Bravo, det har även jag stött på.”

”Arvid, här vill jag säga att den mannen kanske inte är älgjägare men skjuta kan han.”

”Det har du rätt i.”

”Något mer?”

”Min åsikt är att den som stjäl ett gevär med stor sannolikhet har för avsikt att skjuta med det.”

”Ligger mycket i det, Sune. Har du mer i din lilla bok, kanske?”

”Nej, den är tom efter den sista meningen.”

”Vill du veta om jag har någonting nytt att komma med?”

”Mycket gärna, Arvid, jag väntar med spänning.”

”Då ska jag börja med att informera dig om vad Biggles fick uppleva i går morse.”

Sune skakade på huvudet och skrattade åt Fröydis och Top Dogs möte. Hans enda kommentar var att det var förskräckligt men allt utom oväntat.

Därpå berättade Arvid för Sune om sitt möte med handkirurgen Didrik och hur denne skildrat studentlivet i Uppsala på 1970-talet. Han tog god tid på sig, försökte få med så många detaljer som möjligt, därför att han hoppades att Sune skulle få samma bild som han själv av makarna Vanleeders långa gemenskap.

”Nu ska jag läsa de noter jag skrivit i min anteckningsbok de två senaste dagarna.”

Varför jagade Anna?

1) Hon deltog i älgjakten för att visa jaktlaget att hon hade tillfrisknat efter Lisas död.

2) Hon hade beslutat sig för att stjäla Fröydis 338 Varberg för att skjuta Lisas baneman.

Tillfälligheterna gjorde att älgkalven dök upp vid Annas pass.

Anna sköt den och tyckte att det var avskyvärt, hon beslöt sig för att aldrig jaga mer.

Hon var mycket blek enligt Fröydis och fick åka älgdragare hem med Geir.

Fröydis sa åt henne att lägga sig och vila.

Hon ringde Niels och sa att hon aldrig ville skjuta mer eller delta i morgondagens jakt. Slut på Arvids noter.

Arvid övergick till att delge Sune sin uppfattning om hur det hade gått till. Han förutsåg att Anna skulle behöva landets bästa försvarsadvokat och den han tänkte på skulle säkert klara henne ur den knipa hon själv satt sig i.

Niels behov av ombud var mindre med tanke på den stabila person han var och de djupa juridiska kunskaper han besatt och inte minst hans vana vid polis, åklagare och deras förhörsmetoder. Men han skulle nog ändå behöva ett kunnigt ombud. Arvid antog att en förhörsledare skulle kallas in från någon annan polismyndighet och att man skulle välja den bästa.

Han kände sig orolig för hur Anna skulle klara påfrestningarna när hon inte hade Niels vid sin sida. Han ifrågasatte även om Gertrud var lämplig som åklagare på grund av den personliga insyltningen som gällde stora delar av fallet Bengt Nyman. Fast det kanske var vanligare än han tidigare tänkt på.

Sune satt länge tyst och funderade.

”Arvid, det är snygga och tänkvärda slutsatser du dragit och när jag låtit dem vila en stund i hjärnan, kan jag säkert svälja dem. Men du har, med avsikt förstår jag, avstått från att avslöja vem du anser att skytten är, det vill säga mördaren. Jag vill gärna få hela lösningen, som du ser den.”

”Jag föreslår att vi gör en kort paus för att besluta om dagens middag, vad tycker du,” sa Arvid.

Sune log mot sin chef.

”Till dessert kunde det kanske passa med en marängsviss, eller vore det för barnsligt för kommissarien?”

Arvid kastade huvudet bakåt och skrattade högt.

”Förmodar att du även har tänkt ut någonting att äta före desserten. Har du redan förberett middagen, din spjuver, kanske lagat den också?”

”Den här middagen fixar jag medan du sippar på din första whisky.”

”Sune, det kommer att bli förbaskat trevligt och du vet att idag bjuder jag på alltsammans. Klockan är halv fem, jag tycker att vi sticker ner på stan nu och plockar på oss de godbitar du föreslår, därefter går vi till Systembolaget och flirtar med söta lilla Maggan – hon kan väldigt mycket om vin och hon blir så glad när man frågar henne. Jag brukar bjuda Gertrud på Amarone men jag tänkte att du nog behöver något manligare, en tungsint Rioja, kanske. Vad sägs?”

Sune skrattade.

”Det håller redan på att bli en rolig kväll.”

49

Arvid Tegel och Sune Kranz avnjöt en god middag i Sunes välstädade våning. Liksom förra gången han var gäst hos sin vän uppskattade Arvid den smakfulla och välskötta miljön och inte minst den vällagade måltiden.

”Fantastisk middag,” sa Arvid när av marängsvissen blott återstod ett sött minne.

”Vinet bör söta Maggan få beröm för, tillade Sune och hällde i sig de sista dropparna i sitt glas. Vad säger du,” fortsatte Sune, ”ska vi öppna en flaska till eller föredrar du kaffe och whisky?”

”Först vin, sen får vi se, ” föreslog Arvid.

På soffbordet stod två höga ljusstakar i mässing och Sune tände ljusen innan de satte sig i varsin fåtölj. I vardagsrummets båda fönster lyste julmånadens sjuarmade ljuskällor.

"Så fint och vackert du har det, Sune," sa Arvid och lyfte sitt vinglas mot Sune. De båda kollegorna log tillgivet mot varandra.

"Sune, jag ska försöka återge de slutsatser jag dragit av informationen jag fått de senaste dagarna och – det vill jag påpeka – även under tiden sedan älgjakten och tidigare.

Svårare har det aldrig varit under min tid i detta yrke, vi har inte kunnat lita på den lilla kunskap som har tilldelats oss, och det vi behandlat som kunskap har ibland visat sig vara dimmor.

Jag hade tur som fick kontakt med handkirurgen Didrik. Han läste medicin i Upsala och kände till Anna och Niels Vanleeder innan de blev ett par. Vad han berättade om livet i studentkorridorerna och på Stockholms Nation och hur det påverkade och rent av formade studenterna och deras respektive framtid har sen dess oavbrutet stört och vevat runt i min hjärna.

Jag har förstått att Niels tidigt visste och önskade att Anna skulle bli hans partner för livet. Antagligen var Anna nöjd med det beslutet, hon visade aldrig intresse för någon annan man. Vad jag redan tidigare funderat på var hur Annas liv såg ut före Upsalatiden och där fick jag oväntad hjälp av Gertrud.

Hon visste genom bekanta att Annas föräldrar motarbetat hennes lust att studera men att Anna på egen hand skaffat studentrum och studielån och utan vare sig tillåtelse eller hjälp flyttat till Upsala. Hennes viktigaste vän var en ung man som var mycket förälskad och Anna lär ha varit lika förälskad som han. Mot slutet av Annas första år i Upsala fick Anna veta att denne pojkvän gjort en annan kvinna med barn som han därför var tvungen att gifta sig med.

Hon var i totalt nedslaget skick när hennes vänner tog hand om henne i Upsala och in i den gruppen klev Niels Vanleeder och han tog sig steg för steg närmare Anna och så småningom blev Anna säkert lika förälskad som Niels.

Niels tog sin examen och fick ting i en annan stad, de gifte sig, flyttade
och inom några år hade de två barn. Anna studerade och tog hand om
barnen. När hon tagit sin examen fick hon några meningslösa jobb – ting
var omöjligt, det skulle ju betyda flytt till en annan stad. Anna blev mer
och mer beroende av Niels.

När det tredje barnet Lisa var i åttaårsåldern startade Anna sitt företag
och först då kunde hon arbeta och leva som hon själv ville, även om
ansvaret för hem och familj ännu till största delen låg på henne.

Du Sune undrar säkert varför jag drar den här historien, som vi känt
till delar av sen förr och knappt sett som särskilt viktig. Det var Didriks
sätt att beskriva det forna studentlivet och placera dem vi känner som
paret Vanleeder i den ungdomliga och för oss okända miljön. Han rörde
i sammanhanget vid en öm och svår punkt, nämligen att ondska inte
uppstår ur intet. Ondska manas fram ur människans erfarenheter och i
de flesta fall tvingas den tillbaka eftersom den vid närmare besinnande
visar sig vara orättfärdig.

Anna hade inga syskon, ingen god relation till sina föräldrar, den enda
person som stod henne nära övergav henne på det mest otrogna sätt,
hennes närmaste vänner i studentkorridoren hjälpte henne tillbaka till
kamratskap och tillgivenhet och Niels gav henne allt det och kärlek
därtill.

Hennes yrkesliv kan jag inte yttra mig om, det hade säkert både toppar
och dalar men under hela den tiden hade hon sin dotter Lisa. Vi har fått
veta att Lisa var begåvad och framgångsrik, det mesta hon gjorde blev bra
och hon dog genom ett nidingsdåd i trafiken.

Genom Fröydis har vi fått veta hur Anna och Niels reagerade på sin
dotters död. Jag påstår att Anna överlevde den chocken och sorgen
enbart genom Niels hjälp och stöd. Utan honom hade hon helt tynat
bort, vi såg själva hur sorgen tagit ifrån henne både tyngd och styrka. Anna
vet sedan snart fyrtio år tillbaka att hon kan luta sig mot Niels och att han
alltid är beredd att stödja och hjälpa henne. Han är en stark man och han
älskar henne.

Niels Vanleeder älskade även sin dotter men Anna är den viktigaste människan i hans liv. Sju månader efter Lisas död kastade Anna äntligen den sista kryckan hon behövt för att kunna gå, hon klarade sig därefter med käpp.

Låt oss dröja där ett ögonblick, hennes skada motsvarar ett rejält, kanske rentav ett komplicerat benbrott, men Annas skada satt i hjärnan och den kunde ingen doktor bota, det kunde bara hon själv kurera med oavlåtlig och kärleksfull hjälp av Niels.

Jag har kommit fram till början av oktober och vad som nu börjar utspinna sig känner du och jag till nästan ända ner till de minsta detaljerna och de tänker jag inte upprepa. Nu känner jag att en paus vore lämplig och ett byte av talare, vad säger du om det, Sune?"

Arvid reste sig ur fåtöljen och sträckte på sig, gick några steg fram och tillbaka i vardagsrummet, stannade upp och betraktade Sune som satt stilla i sin fåtölj, djupt försjunken i egna tankar.

Arvid väntade och strax spratt Sune till.

"Förlåt mig, Arvid, jag var långt borta i den här historien, den här ännu märkligare historien skulle man kunna säga. Jag har förstått att du har dykt djupt under ytan och även om jag misstänker vart du är på väg, tänker jag inte gissa mig till någon lösning. Jag kan tala en stund så du får vila men jag är inte beredd att försöka ta oss närmare det avgörande som vi söker."

Arvid gick och hämtade vinflaskan och fyllde på deras glas.

"Det här är spanskt tjurblod, det mest märgfulla som produceras på Iberiska halvön. Drick Sune, av detta vin blir man kärnfull, det garanterar jag."

Det var skönt med en liten paus för att skratta men i grund och botten var båda vännerna ganska berörda av den levnadssaga som Arvid manat fram.

"Hur mycket har du berättat för Gertrud?" undrade Sune.

"Mycket mindre än vad du vet. Förresten så friade jag till henne igår men hon svarade inte."

"Svarade hon inte?" Sune lät upprörd

”Nej,” sa Arvid, ”jag upptäckte att hon sov och då ville jag inte väcka henne.”

Sune skrattade högt och Arvid hakade på, det lät rätt roligt.

”Har du läst psykologi på fritiden?” undrade Sune.

”Fritid kan jag inte minnas att jag haft under de senaste fyrtio åren men livet pågår oavbrutet i det här yrket och dess drivkrafter är, som du vet lika bra som jag, lystnad, avund, girighet, hämnd, längtan, kärlek, hat och några till. Vi har sett dem alla, enstaka såväl som i nya och välkända kombinationer. Det händer att de är dunkla och mödosamma att mana fram och genomskåda men med tiden har vi väl lärt oss att lyfta på dimslöjorna.”

”Arvid, jag är beredd att kommentera din framställning utan att försöka mig på det slutgiltiga svaret.

1) Fröydis arrangerade en älgjakt, som kom att stå henne dyrt. Hon förlorade licens, vapen, alla sina vänner och har nu lämnat Sverige.

2) Bengt Nyman berövade genom grov vårdslöshet tre människor livet Han fick betala med sitt eget liv.

3) Anna Vanleeder stal Fröydis gevär men det är oklart om hon använde det. Det är också oklart om det dödande skottet avlossades från Fröydis bössa.

Vi har enats om att Anna och Niels Vanleeder är de enda som har motiv att döda Nyman. Motivet är hämnd och antagligen hat. Båda hade tillfälle att skjuta honom. De behöver inte ge varandra alibi. De svaga och ofullständiga alibin de har kommer från annat håll. De förnekar båda kännedom om Nymans existens och närvaro i Brobacken. Anna förnekar stölden av vapnet, båda förnekar mordet.”

”Det är bra, Sune, nu saknas bara redovisningen av en knapp halvtimme någon gång mellan klockan 21.00 och klockan 24.00 den 12 oktober.”

”Under de timmarna befann sig båda makarna i sitt hem tillsammans med sin schäfer Kaiser. Ingen motsäger dem. Kaiser vägrar vittna mot sin matte.”

"Men Sune, där fann du en lös flik. Kaiser kanske vittnar mot sin husse."

Sune stirrade på Arvid som vänligt såg tillbaka på sin best man.

"Jag fortsätter nu, går tillbaka till tiden för Annas företagsliv. Jag anar att hon under den perioden äntligen fick komma till sin rätt, undervisa andra kvinnor i företagsekonomi och juridik och hjälpa dem i kontakter med myndigheter mm. Anna och hennes kompanjon hade även manliga klienter som behövde hjälp med redovisning och skatter. Hemma hade hon tre fina barn och en hygglig man i en bra karriär.

Barnen tog studenten och flyttade åt olika håll. Niels och Anna flyttade också flera gånger, vad som styrde dem var Niels karriär, inte Annas. Utan sitt företag och sin kompanjon blev hon mer och mer beroende av Niels. Han hade sin domargärning och golf. Anna hade sina schäfrar samt Fröydis och jakterna på Tyreholm.

Anna var van vid att luta sig mot Niels och att lita på hans förmåga att lösa problem, när hon själv blev hetsig och ilsken. Anna och Niels levde både gemensamma och parallella liv. Antagligen hade de det bra.

Lisas död förändrade allt och från den tidpunkten vet du och jag lika mycket. Vi vet att Anna eller Niels sköt Nyman. Hur urskiljer vi mördaren ur paret Vanleeder?"

Sune suckade.

"Någonting säger mig att du vet hur, men först vill jag gå tillbaka till stölden av geväret."

1) Visste Niels att hon hade tänkt stjäla geväret för att skjuta Nyman?

2) Anna ringde till Niels och sa att hon tänkte åka hem, att hon inte ville delta i nästa dags jakt.

3) Ville Niels att hon skulle stjäla geväret ändå?

4) Svar: Ja.

5) Anna stal geväret.

6) Slutsats: Niels tänkte använda geväret för att skjuta Nyman.

Nu var det Arvids tur att sucka.

"Vi ska strax runda hörnet, Sune. Vår föregångare Sherlock Holmes uttryckte sig så här:

'När man har eliminerat det omöjliga, måste det som återstår vara sanningen, hur osannolikt det än verkar.'

Jag vill återvända till hur Niels tog hand om Anna när hon blev sjuk efter Lisas död. Vi vet att han har beskyddat och hjälpt henne ända sedan studietiden, han släppte säkert inte in några andra flirtsugna killar i hennes närhet. I mångt och mycket påminner han om Kaiser. Oss emellan är det inte omöjligt att han ströp den där lille stackaren som besvärade Anna och hennes flickvänner i Upsala.

Vi kan utgå ifrån att Niels har betraktat Anna som sin egendom genom hela deras gemensamma liv. I början på oktober berättade Anna för Niels att hon visste vem Lisas mördare var och att hon ville hämnas hennes död. Jag vet förstås inte hur Niels reagerade på det beslutet men min gissning är, att han tog det som ett friskhetstecken från Anna."

"Alltså," sa Sune, "avslutar vi härmed Brobackens första kända mord med det gemensamma utropet: Niels Vanleeder sköt Nyman och gjorde sig därefter av med Fröydis gevär som Anna stulit."

"Det finns väl ingenting annat att säga än Skål,"sa Arvid.

"Skål! Kommissarien är en rent kristallisk kriminolog."

"Det vill till att man har hyggliga underhuggare."

"Tackar ödmjukast."

Så dunkade de båda kollegorna varandra i ryggen, skrattade och njöt av stunden. Äntligen, tänkte de, trots att båda visste, att deras jobb bara var början på en lång utredning, som omfattade fler poliser, åklagare, advokater, domare och nämndemän. De behövde inte tänka på fortsättningen.

De slog sig ner igen med varsin whisky, log och tackade varandra med ännu en Skål.

"Arvid, hur tror du att de rent praktiskt hanterade det?"

"Niels återvände från herrmiddagen hos grannen Sverker och då antar jag att makarna hade en pratstund. Niels fattade beslutet att med Fröydis gevär – som säkert låg under en filt i Annas bil - utföra den akt av vedergällning som Anna önskat och som Niels med stor säkerhet var lika angelägen om. Brobackaborna har tidiga vanor och han dröjde säkert till halv tolv – tolv innan han i sin svarta Volvo körde till Nymans torp, knackade på, fyrade av och for vidare till bössans gömställe. Därefter återvände han hem till Anna. Vem anser du är ansvarig för denna iskalla avrättning?"

Sune tänkte en kort stund.

"Niels och Anna har gemensamt ansvar för mordet på Nyman."

"Båda kommer att förneka allt som åklagaren lägger dem till last, tror du att domstolen kommer att förklara dem skyldiga till stöld av vapnet och mordet på Nyman?"

"Arvid, du och jag vet att i detta mål saknas frekvent gångbara bevis. Endast yrkesmässigt polisförnuft stödjer åklagarens talan, fälls de i tingsrätten överklagar försvaret och hovrätten friar."

"Jag delar din uppfattning till fullo, Sune. Det finns ingen rättvisa i en lagstiftning som inte dömer en ogärningsman därför att brottet inte når den värdegrund som lagstiftaren tänkt sig i sin juridiska föreställning. För övrigt har jag aldrig förstått vad värdegrund egentligen betyder, i grund och botten, alltså. Jag borde inte ha använt det ordet. Tur att det bara var du som hörde vad jag sa."

"Jag vet inte heller vad det betyder men jag minns att en känd professor i civilrätt och före detta rektor för Upsala universitet i en ilsken artikel skrev att det betydde amöba. Jag kollade på amöba och det betyder murmeldjur och slöfock."

Arvid log mot sin bäste man.

"Nu Sune misstänker jag att solen har gått ner för idag och att det är dags att krypa till sängs och därför säger jag tack för den goda middagen och för i kväll och för den tur som försett mig med en sådan smart lakej. Good night sweet prince."

Sune stod och tittade ut genom fönstret och såg Arvid Tegel sakta bege sig hemåt. Stadens ljud hade tystnat och kvällens trafik upphört. Kommissarien höll sig försiktigt i husväggen och såg sig om en lång stund innan han korsade gatan. Sune log. Han visste att det inte fanns en enda polis i residensstaden i natt. Top Dog hade gett order om en storslagen trafikrazzia på E4-an med hundraprocentigt deltagande. Han är rätt korkad TD tänkte Sune men det måste väl få finnas korkade poliser också och TD är ju inte ens en riktig polis.

Arvid hade försvunnit och Sune stängde fönstret.

*

I det mörka, tysta sovrummet hade Annas tankar äntligen nått den klarhet hon sökt under lång tid, alla frågor hade fått sina enda rätta svar. Hon var lättad, kände en stark befrielse, nu visste hon. Mindes hur det kändes när hon sköt kalven.

Vid tolvtiden på natten släppte Anna in Kaiser i sitt sovrum. Han hoppade upp och la sig i sängen och betraktade sin matte som stökade i garderoben. Anna satte sig ner hos Kaiser sedan hon tagit på sig skor och badrock.

"Du min älskade vän, jag kan inte förklara allt för dig men du vet att jag älskar dig lika mycket som om du var mitt barn, som om du var min lilla Lisa. Jag är trött nu för jag har nästan inte sovit alls, jag längtar väldigt mycket efter att få sova, förstår du. Ser du att det har börjat snöa, då blir det lite ljusare. Allt annat är nästan svart, berget på andra sidan sjön, träden och vattnet. Nu går vi, Kaiser, du och jag."

Anna hängde geväret över axeln och gick ut i köket, öppnade dörren mot trädgården och Kaiser följde henne ut på den frostiga altanen. Vinden grep tag i gardinerna som fladdrade bakom dem och släppte in decembernattens iskalla luft i det tysta och mörka huset.

50

Klockan var ännu inte halv nio när Arvid Tegel nalkades polishusets port. Där hejdades han av en blek och osäker Biggles som bad att få tala med honom.

217

”Kommissarien, för en stund sedan mötte jag en bekant från ambulansen och han hade hemska saker att berätta.”

”Kom med upp på mitt rum, Biggles, där kan vi tala ostört med varandra.”

När Arvid Tegel kommit upp på sitt rum knackade han i väggen bakom sitt skrivbord och strax därpå kom Sune Kranz in.

”Vi har besök, Sune och sätt dig ner, Biggles.

Vad som än har hänt, Biggles så ska vi nog klara upp det, det brukar vi göra.”

Med Kranz i sällskapet bad Tegel Biggles att berätta. Den stackars nervöse hundföraren såg ut som om han var på väg att brista i gråt.

”Jag vet ju inte allt.”

”Berätta vad du vet.”

”Min kompis på ambulansen talade om att de hade kallats till en adress i Brobacken mitt i natten, två ambulanser hade de ringt efter och de som var skadade var lagmannen Vanleeder och hans fru Anna.”

”Vad i helvete,” ropade Arvid Tegel och reste sig halvt upp i sin skrivbordsstol. ”Vad hade hänt dem?”

”Jag vet inte men Anna Vanleeder drog de upp ur sjön och om hon var död vet jag inte men hon var åtminstone medvetslös och lagmannen var väldigt blodig.”

”Blodig,” röt Arvid, ”men vid liv menar du?”

”Det tror jag. Det var några grannar där som hjälpte dem.”

”Herregud,” sa Kranz, ”var hunden där?”

”Den hade lagmannen slagit ihjäl, han låg längst ner på stranden, blodig han med.”

”Herregud,” sa Kranz igen.

”Biggles, vet du om någon av grannarna följde med till sjukhuset?”

”Ja, Kjell Myrén, han var den ende som inte var dyngsur och nedkyld.”

”Bra Biggles, du ska ha hjärtligt tack för att du kom till mig med dessa nyheter. Nu tänker jag ringa dels en av Vanleeders grannar, dels en kirurg som möjligen tog hand om dessa patienter. Vi måste få veta i vilket tillstånd de befinner sig, om de lever och så vidare. Du får gärna stanna här om du vill men sannolikt kommer jag att veta mer om några timmar."

"Då kommer jag tillbaka i eftermiddag, tack kommissarien."

"Tack Biggles, vi hörs senare."

"Herregud," sa Sune Kranz ännu en gång.

"Sune, för fan," svor Arvid Tegel.

"Ja, så kan man också uttrycka det," sa Kranz och lämnade rummet.

Arvid kände att han behövde tala med Didrik Kestner och på sjukhuset lovade man underrätta kirurgen om att polisen sökt honom.

Arvid funderade. Hade lagmannen dragit ut sin maka i det iskalla vattnet och försökt dränka henne? Nej, han skulle med största sannolikhet aldrig skada Anna. Hade Anna själv gått ner i sjön för att ta livet av sig? Den tanken var svår att ta till sig. Varför slog lagmannen ihjäl Kaiser? Snälla Sune kom hit och hjälp mig!

"Bästa kommissarien, jag är här nu."

"Tack Sune, vilken tur att jag har dig."

"Det har kommissarien helt rätt i."

Arvid ringde till Vanleders granne Gunnar som han träffat ett par gånger tidigare, för att få ett trovärdigt vittnes direkta berättelse.

Gunnar hade vaknat vid tolvtiden av Kaisers våldsamma skall som aldrig slutade. Gunnar förstod att något var galet och kikade ut från sin inglasade veranda och det han såg var Niels Vanleeder och Annas schäfer som slogs som dårar nere vid sjön. Gunnar slängde på sig byxor och jacka och sprang ner till sjön. När han kom dit såg han att även Sverker var på väg och att Kaiser låg stilla och blodig och värst av allt att Anna låg en bit ut i sjön och inte rörde på sig och att lagmannen också var skadad och väldigt blodig.

Då skrek grannen Kjell från sin altan och Sverker och han själv skrek tillbaka att han skulle ringa på ambulans, två ambulanser och samtidigt sprang både Sverker och han ut i det iskalla vattnet och drog in Anna som var lika iskall och helt orörlig.

"Jag vet inte om hon andades, kanske gjorde hon det, svårt att känna när man själv är genomsur och iskall, men lyckligtvis kom ambulanserna ganska snart. Innan dess hade våra fruar Birgitta och Lisskulla kommit springande med handdukar och filtar och vi lindade in både lagmannen och Anna i allt de hade med sig och vi lät Kaiser ligga kvar. Han var död. Det var ruskigt att se, varken Sverker eller jag förstod någonting av vad som hänt."

"Ja, det här är en hemsk historia," sa Arvid, "jag hoppas att både du och Sverker har värmt upp er nu. Det var en väldigt fin räddningsinsats ni gjorde för både lagmannen och Anna. Jag ska ta reda på hur deras tillstånd är och så kan jag återkomma, jag vill förstås tala med både Sverker och Kjell. Tack ska du ha, Gunnar."

Arvid och Sune satt länge tysta och såg på vandra som om de sökte den andres hjälp med att förstå vad som hänt Anna och Niels under natten. De avbröts av en telefonsignal.

"Arvid, det är Didrik Kestner."

"Ja, tack för att du ringer."

"Jag ger dig det svåra beskedet direkt, Anna dog i ambulansen fast man gjorde allt man kunde för att hjälpa henne. Vid ankomsten till sjukhuset stod det helt klart. Det är en tung underrättelse för dig och även för mig. Annas man Niels skadades mycket svårt av familjens hund och är kvar på operation så jag kan inte säga mer om hans tillstånd nu men jag återkommer till dig. Jag förmodar att du underrättar sönerna."

"Självklart Didrik, tack vi hörs igen."

"Arvid," Sune såg frågande på sin kommissarie.

"Anna är död."

"Lever Vanleeder?"

"Än så länge men Kaiser försökte bita ihjäl honom så Vanleeder dödade honom.

"Herregud," sa Sune.

"Sune," sa Arvid, "ta reda på sönernas adresser och telefonnummer och ring dem omgående innan Corren hinner fram. Hänvisa dem till dr

Didrik Kestner med telefonnummer till sjukhuset. Och förlåt mig, Sune, jag behöver vara ensam en stund, vi ses om ett par timmar.”

Arvid Tegel tryckte på röda lampan för att inte bli störd. Han kände sig ledsen och tröttare än på länge och han kände sig mycket gammal men det svåraste var att han tyckte sig snudda vid hur allt hängde ihop. Tidigare hade han bara anat och när han antytt sina tankar för Sune så hade denne inte tagit dem på allvar.

En gammal erfaren polis förstår och genomskådar människans svagheter bättre än många andra som arbetar genom att räkna och maila och sitta på sina kontorsstolar eller vad tusan de gör, en kommissarie lär sig fatta både det onda och det goda som människan tar sig för, tänkte Arvid och slog numret till Gertrud och när han hörde hennes röst sa han bara:

”Ta ledigt från kl 16.00 och kom till mitt tjänsterum. I närvaro av min närmaste man Sune Kranz ska jag berätta för dig om två mord, varav det senaste är mordet på Bengt Nyman och det sorgliga öde som drabbat lagmannen Vanleeder, hans maka Anna och hennes schäfer Kaiser. Välkommen!”

Arvid la på luren utan att invänta svar från åklagaren.

Vid lunchdags knackade Sune på Arvids dörr, kom in och ställde en apotekspåse och en påse från Verandan på bordet.

”Tänkte att det skulle passa med en räkmacka idag och att kommissarien skulle sätta värde på en liten pilsner som omväxling.”

”Har du köpt öl på apoteket?”

”Nej, jag bara gömde den i en sådan påse som jag hade sparat för framtida behov.”

”Du är mycket omtänksam, Sune.”

”Jag har även skaffat halstabletter så att vi kan cachera en Tuborg.”

Arvid Tegel skrattade och skakade på huvudet.

”Cachera! Jag hade inte räknat med att skratta idag, tack för den, Sune. Det ska bli gott.”

*

Dagen gick medan Arvid Tegel utförde vad som förväntades av honom i en svår situation. Det mesta gick att sköta per telefon. Biggles kom tillbaka och fick veta vad som hänt med order att hålla tyst ännu några timmar.

Arvid talade med Kjell och Sverker och även med deras fruar, Gunilla och Birgitta Samtliga hade väckts av skrik och Kaisers våldsamma skall, ingen hade någonsin hört sådana ljud från Kaiser. Alla var givetvis djupt bedrövade och chockade över dessa förskräckliga händelser.

Vid halvfyratiden ringde Didrik Kestner.

"Nu kan jag berätta för dig om Niels som är opererad för sina skador, han orkade prata en kort stund. Jag presenterade mig, talade om att jag var läkare och frågade om han kände igen mig från vår gemensamma studietid i Upsala och det gjorde han.

Jag frågade hur det kom sig att han hade sprungit ner till sjön – han kom ju dit först av alla – då sa han att Anna hade lämnat dörren ut mot altanen öppen och att den stod och slog. När han tittade ut såg han Anna på väg ut i vattnet och Kaiser som sprang fram och tillbaka på stranden. Han rusade ut barfota och i bara pyjamasen och skrek åt Anna och när han närmade sig anfölls han av Kaiser. Jag har förstått att det var mattes hund. Kaiser hindrade honom från att närma sig Anna – han ville tydligen skydda henne. Anna hade tagit sitt gevär med sig och det hade hon tappat eller kastat i vattenbrynet och Niels lyckades få tag på det och använde det som försvar. Han krossade visst skallen på Kaiser med kolven."

Didrik suckade och gjorde en paus, Arvid hörde att han var ordentligt tagen av dagens händelser.

"Vi kan fortsätta senare om du vill," sa Arvid.

"Det går bra, du ska få veta om Niels tillstånd. Hans högra arm och hand är svårt sönderslitna men de svåraste skadorna är i magen och i skrevet. Det går inte att ännu uttala sig om hur en återhämtning kommer att se ut. Han är också riven i ansiktet. Mer vet jag inte nu, han får som du förstår tungt smärtstillande.

"Ok," sa Arvid, "Det räcker bra för idag, vi kan talas vid senare i veckan eller träffas rentav."

"Det vore en god omväxling, bara en fråga till. Jag har haft flera hundar och Kaisers beteende antyder för mig att han ogillade sin husse. Har jag fel?"

"Jag vet inte men jag har sett Kaiser uttrycka sina känslor för Anna och förstått att den kärleken var så stark att ingenting annat betydde något för honom. Han dog för henne."

Arvid knackade i väggen och en minut senare stod Sune i dörren.

"Vi blir tre om en stund och då behöver vi några Ramlösa."

"Ska ske, kapten!"

51

Arvid hade städat sitt rum, plockat undan allt som låg och skräpade i onödan, torkat av skrivbordets gamla nötta ekskiva och slutligen lagt sina polispriser och dekorationer i en lång rad på bokhyllan. Han öppnade fönstret för att släppa in frisk luft och vände sig om och granskade kritiskt resultatet av sin ovana lokalvård. Därpå gick han raka vägen till bokhyllan och föste ihop sina dekorationer och slängde dem i en skrivbordslåda.

När domkyrkans klocka slog fyra knackade Gertrud på och steg in, välklädd och vacker som vanligt. När han tänkte på henne hade hon oftast inga kläder på sig alls men han medgav att hon var mycket attraktiv även i snäv grå kjol, röd kavaj och höga klackar.

De log mot varandra i en snabb kram och Arvid drog ut en karmstol vid skrivbordet åt henne och slog sig ner på sin sida om bordet.

"Jag väntar med spänning på vad detta ovanliga möte ska avslöja för okända sanningar," log Gertrud, "och om de möjligen har anknytning till Brobackamordet."

"Den anknytningen finns och innan dagen är slut ska du få veta det mesta."

"Det mesta? Tänker du undanhålla information från åklagaren? Domstolen brukar visa starkt ogillande mot poliser som hellre tiger än talar."

"Bästa Gertrud, jag är ännu osäker på om domstolen ska behöva besväras med vad jag har att berätta. Vi får se, vi ska även få nyttan av Sune Kranz uppfattning, här kommer han, min bäste man med eftermiddagens kaffebricka. Välkommen Sune, du och vår åklagare Gertrud har träffats tidigare, så presentation uteblir. Vad kommer du med idag, bakelser? Det var inte dåligt, vad kallas sådana?"

"Ja kommissarien, de heter visst "Budapescht", på Verandan sa de att de brukar gå åt fort."

"Pescht var ett konstigt namn på en kaka men tack Sune, vi kör direkt, det här kan ta tid."

Medan Sune hällde upp kaffe försökte Arvid koncentrera sig på hur han skulle presentera vad han visste om nattens händelser och lite till.

Allra först informerade han Gertrud om vad som hänt familjen Vanleeder föregående natt och vad som rörde utredningen av mordet på Bengt Nyman.

"Men kära nån," utropade Gertrud till Sunes förtjusning, "det var en förskräcklig historia."

"Visst," sa Arvid, "och därmed har du sannolikt hört slutet på den förskräckliga historien."

"Vad menar du?" Gertrud såg oförstående ut.

"Jag menar," sa Arvid, "att vi tre, du, Sune och jag som under ett par månader har delat och diskuterat våra uppfattningar framför allt om vem som höll i bössan och sköt Bengt Nyman nu eventuellt är klara att omvärdera, då den ena av de två tänkbara gärningsmännen har avlidit.

Sune och jag har tidigare enats om att båda makarna har skuld i Nymans död – Anna stal Fröydis gevär och Niels är den mest sannolike skytten. Vi är också överens om att mycket saknas, bevis framför allt.

Fröydis gevär har inte återfunnits, därför kan man inte påstå att Nyman sköts med just det vapnet.

Av alla de människor som kommit och gått ut och in i Fröydis hus och hem vid de tidpunkter som intresserar oss, före, under och efter älgjakten, då avser jag jägare, rörmokare, snickare med flera, finns bara två personer med motiv och möjlighet att skjuta Nyman och det är lagmannen och hans hustru.

Nattens händelser har fått mig att i viss mån ändra uppfattning. Anna avsåg att dränka sig. Det är inte omöjligt att hon också hade svalt en rejäl dos av det sömnmedel som hennes läkare skrev ut när Elisabeth Vanleeder förolyckades, men det vet vi ännu ingenting om. Sömnmedlet innehöll morfin. Det står klart att hon ville ta livet av sig och att det var allvarligt menat.

Jag vet inte varför hon tog med sig geväret, kanske ville hon bara dränka det också. Hon varken ville eller kunde skjuta sig själv och framför allt kunde hon inte skjuta Kaiser.

Varför gjorde Anna slut på sitt liv nu och inte för tio månader sedan då dottern Lisa omkom i den svåra bilkraschen, som förorsakade henne sådan sorg och smärta, både fysiskt och psykiskt? Jag återkommer till det.

Vi har tänkt fel. Anna köpte inte en ny rock till jakten för att kunna gömma Fröydis gevär, hon köpte den för att glädja sig själv. Det är väl oftast därför kvinnor köper nya kläder. Varför tog hon Fröydis gevär? Därför att Niels sa åt henne att göra det. Hon hade närmare fyrtio års vana att följa Niels uppmaningar utan att ifrågasätta. Det var först när Sune och jag besökte Vanleeders hem och Sune ställde ett par personliga frågor som Anna reagerade som om hon plötsligt och för första gången begrep att vi möjligen misstänkte henne för att ha mördat en människa.

Det var inte Anna som mördade Nyman, det gjorde hennes man och den vetskapen vaknade sakta men säkert hos Anna. Hon erinrade sig kanske att Niels hade sagt till Sune och mig att Niels och hon hade suttit uppe och pratat ganska länge sedan han kommit hem från Sverker kvällen efter älgjakten. Det stämde nog inte alls, hon hade gått och lagt sig bara en kort stund efter att han kommit hem. Just då reagerade hon inte på vad han sa, det brukade sällan finnas skäl att ändra på hur Niels återgav verkligheten.

Fröydis berättade för mig att Anna rätt kort tid efter olyckan erkänt för henne att hon ibland önskat att få hämnas på den som förorsakat henne denna oerhörda sorg. Fröydis övertygade henne om att det var ett högst naturligt sätt att reagera efter en stor förlust.

Jag tror att Anna for mycket illa av att veta att polisen misstänkte henne för en sådan ogärning som ett mord. Därför började hon själv att fundera och hon var självklart den som var närmast att förstå sin egen man. Hon kände honom efter ett långt äktenskap, han hade aldrig ägnat sig åt olagligheter, det var helt självklart. Han kunde inte ha skjutit Bengt Nyman men om det inte var han så var det ju hon enligt polisens sätt att diskutera. Och det var ju inte hon.

Vi går tillbaka till stölden av Fröydis gevär. När Anna talade om för sin man att hon ville hämnas så följde säkert samtalet om att hon inte kunde använda sitt eget gevär för det ändamålet men att det vore en god idé att låna ett vapen ur Fröydis välfyllda skåp.

Efter jaktens första dag då Anna sköt älgkalven och i telefon berättade för Niels att hon gripits av en stark motvilja mot att någonsin mer skjuta för att döda, kan han ha uppmanat henne att ta med sig ett av Fröydis gevär ändå och hon gjorde som hon brukade, reflekterade inte över orsaken utan följde sin mans inrådan eller snarare order.

Under den tid som följde och under sina långa vandringar med Kaiser arbetade ett långt äktenskaps många händelser, ord, minnen och upplevelser i Annas hjärna och till slut visste hon att hon nått svaret och det enda logiska slutet på sitt eget i vissa avseenden förödmjukande liv. Hon var antagligen sedan många år ganska säker på att Niels hade strypt den obehaglige unge mannen i Upsala. Han var den ende tänkbare gärningsmannen såvitt hon förstod och hon var den enda som visste att Niels var kapabel att begå mord."

Arvid tystnade, sköt undan stolen och gick fram till fönstret, stod där en bra stund

och tittade ut. Sune var van vid Arvids promenader men Gertrud förstod inte,
hon blev nervös och reste sig upp för att gå.

"Jag förstår, du skämtade tidigare, det blir åtal, bevisen förefaller solklara."

Arvid gick emot Gertrud och med båda händerna på hennes axlar tryckte han ner henne på stolen igen.

"Tro mig, Gertrud, den här förhandlingen kommer du att slippa, sista akten är
ännu inte färdigspelad. Du kan lita på en gammal kommissarie."

Han kände sig lite elak när han sa det men han var faktiskt besviken på att
hon visat sig vara vackrare än smart. En snabb blick på Sune räckte för att övertyga
honom om att hans bäste man uppfattat stundens spänning.

Arvid Tegel återvände till sin plats bakom skrivbordet. Han såg härjad ut, Sune hade aldrig tidigare sett honom så trött och sliten.

"Jag kommer att få mer information av Didrik Kestner i morgon bitti och därför föreslår jag att jag kontaktar er när jag vet mer. Gertrud, jag ringer dig i morgon förmiddag."

Han reste sig och följde Gertrud till dörren. Sune låtsades städa undan papper.
Arvid kom tillbaka och tog fram en flaska whisky ur en skrivbordslåda.

"Vill du ha?"

"O ja, " sa Sune.

Arvid fick fram två små glas ur lådan, fyllde dem till brädden och sköt fram ett till Sune.

" Låt oss skåla för de oskyldiga, Anna Vanleeder och hennes livvakt Kaiser som båda blev offer i dessa fasansfulla händelser som ingen av dem kunnat föreställa sig skulle utvecklas som de gjorde."

"Arvid, du antydde att det inte blir åtal, hur tänkte du?"

"Jag ser ingen ljusning i bevisläget, Anna som egentligen är det enda och därmed det viktigaste vittnet har avlidit. Om vi tänker oss ett förhör med lagmannen så vet vi att han aldrig ens skulle öppna munnen för annat än att skratta åt polisen. Fröydis har begett sig till Norge utan tanke på att någonsin återvända till dessa trakter. Hon kom visserligen inte hela sanningen på spåret men hon var snubblande nära. Niels Vanleeder själv kan lugnt vända sig på andra sidan i sin sjukhussäng – för det fall att han ens kan vända sig – och somna om. Någon annan finns inte, detta är Sherlock Holmes mest avskydda fall, sanningen drunknade med Anna och slogs ihjäl med Kaiser. Det sista påståendet, Sune, är högst privat, det förstår du säkert.

Lagmannen Niels Vanleeder kommer troligen inte att vara vid liv så länge till. Han har förlorat sin älskade hustru, trots att han gjorde allt han kunde för att rädda henne ur det iskalla vattnet. Han var barfota klädd i bara pyjamas, Kaiser måste ha tillfogat honom helt förfärliga skador, han hade sannolikt dödat honom om Niels inte fått grepp om geväret och slagit ihjäl honom.

Sune, jag erkänner att jag mår ganska illa, det här är fanimej det jävligaste jag har varit med om."

"Arvid, jag delar din uppfattning. Sönerna kommer hem i morgon."

"Tror inte att vi behöver ge det här mer än ett par dagar, eller högst tre. Sannolikheten är stor att åtminstone den ene av Niels Vanleeders söner har ärvt pappans iskalla beslutsamhet."

* * *

Solen lyste in i Arvid Tegels tjänsterum och fick dammkornen att dansa över det tomma skrivbordet. Han hade använt förmiddagen åt att sortera och lägga alla dokument som rörde affären Nyman i kronologisk ordning i den särskilda typ av kartonger som polismakten ansåg passade bäst för just denna typ av brottslighet.

Tegel funderade på vilken etikett han borde sätta på det sista locket, "OLÖST FALL" eller "LÖST FALL"

Fallet var löst men det var det inte många som visste, allra minst TOP DOG som vid morgonens möte haft svårt att dölja sin tillfredsställelse över makarna Vanleeders grymma öde som för TDs personliga del bara betydde att ett obegripligt polisiärt fall äntligen kunde packas ned och placeras i den otrivsamma källaren. Han hade redan från första början gett order om att det skulle läggas i kartong men Tegel hade som vanligt struntat i den obegåvade Doggens order. Tegel och Kranz var vana vid att fortsätta i sina egna spår, de ledde oftast i mål.

Arvid hade träffat Didrik Kestner dagen innan. Didrik hade ringt och föreslagit ett kort möte över en alkoholfri öl på samma gamla schapp.

"Såvitt jag förstått," inledde Didrik, "så är det bara du och din kollega Sune Kranz som har nått full insikt i hela historien och händelserna kring Niels och Anna Vanleeder. Nils är allvarligt skadad, exakt hur allvarligt vill jag inte yttra mig om eftersom det inte var jag utan en annan kirurg som opererade. Jag har förstått att det inte är osannolikt att skadorna leder till hans död. Det är heller inte osannolikt att han överlever. Han har två välartade söner som har bett om råd för att på bästa sätt hjälpa sin far och det tänker jag naturligtvis ge dem."

Arvid väntade på fortsättningen när Didrik plötsligt frågade:

"Hur ställer sig åklagare och andra juridiska intressenter åt att utredningen av den dödliga bilkrocken, stölden av en älgstudsare och slutligen mordet på Bengt Nyman förefaller att läggas i träda eller vad det kallas på polisspråk?"

En hastig blick på Didriks spända käkmuskler och ett långt polisliv erfarenhet hjälpte Arvid att vänligt förklara att hur komplicerad denna utredning än varit tycks den nu ha löst sig själv.

"Själv funderar jag på att fria till åklagaren, hon som kallas vackra Gertrud, det är frestande men vi får väl se."

Didrik Kestner skrattade hjärtligt, han såg lättad ut.

"Jag väntar med att gratulera tills hon har sagt ja."

"Det är nog klokt, hon är en bestämd dam. Vad utredningen beträffar finns det knappast någon inblandad kvar att förhöra, än mindre ställa till svars inför domstol. Ett av de ovanligare och märkliga fallen i min så kallade karriär packas nu in i kartonger för att samla damm i polishusets källare tills någon framtida GW får lust att gräva efter var en antik elefantbössa ligger och rostar."

Didrik reste sig upp, han såg glad ut när han sträckte fram handen mot Arvid.

”Inom kort ses vi över ett glas med tyngre malt eller vad det är som smakar så gott.”

Arvid log vänligt och lugnande mot sin vän.

”Ja, det gör vi absolut.”

* * *

Minnet av den alkoholfria stunden med Didrik gjorde Arvid törstig och han knackade i väggen samtidigt som han öppnade understa skrivbordslådan. Sune stod redan i dörren, Arvid hade inte ens hört honom knacka.

”Jag anade att kommissarien var törstig så jag tog med mig lite dricka.” Sune drog upp en miniflaska whisky ur innerfickan.

”Jaså, den där miniatyren har du visst köpt på Barnens Dag.” Arvid log mot sin bäste man som drog upp ännu en liten flaska ur den andra innerfickan.

”Ja, käre värld, med dig har man visst alltid roligt.”

”Trevligt att kommissarien uppskattar serveringen.”

”Sätt dig Sune, så vi äntligen får prata ut om Nymanfallet. Jag har döpt vårt värsta uppdrag till Nymanfallet fast det var aldrig vårt, TD rensade ju bort oss redan från början. Det är ganska intressant att tänka sig att genom en huvudlös omorganisation av den lokala enhet som en gång var ditt och mitt trivsamma polisiära område, Sune, så ansvarar vi numera nästan för ett helt landskap. Mer personal har vi inte fått, det spelar ingen roll för du och jag brukar klara upp det mesta ändå. Chefen för denna omorganisation tog de sannolikt från första årets utslagna, de som låg runt 70 i IQ. TD passade utmärkt i den rollen.”

Sune harklade sig diskret.

”Ursäkta kommissarien, klockan är redan halv sju.”

”Ja men gå hem då om du inte vill prata,” fräste Arvid Tegel.

"Bäste Arvid, jag vill gärna tala om Nymanfallet men det utesluter inte
varsin pilsner för att reda ut tankarna, jag har två Carlsberg."

"Ursäkta mig Sune, jag är lite utsliten."

Under den närmaste timmen gick de båda poliserna i detalj igenom
Nymanfallet. De enades om att ingen domstol kunde fälla Nyman för
något brott i samband med den dödliga bilkraschen. Allt som fanns var
tänkbara indicier. De enades om att det saknades bevis för att Nyman
ens kört sin styvfars Toyota Aygo den dagen.

Beträffande Fröydis försvunna kulgevär visste man ingenting annat än
att det försvunnit, man visste varken när eller inte hur det burits iväg från
vapenskåpet. Om det stals i samband med älgjaktens första dag är det
endast de som deltog i jakten som kunde misstänkas. Bevis saknas.

Bengt Nyman dödades av ett skott i huvudet från ett kulgevär. Vapnet
har aldrig återfunnits.

Den viktigaste frågan i *Nymanfallet* är: Finns det ett ovedersägligt
samband mellan dessa händelser?

Arvid som ställt den senaste frågan reste sig upp och promenerade runt
en stund.

Sune bröt den tillfälliga tystnaden.

"Jag är rädd att vi redan har sagt allt i *Nymanfallet* men jag tror att du
vill ge oss en ny vinkel och det gör mig nyfiken."

"Ok, du och jag har oss emellan löst det här fallet, vi vet hur det gick
till och varför ingen kommer att lyssna på oss, vår lösning finns inte i
brottsbalken. Förr, för mycket, mycket länge sedan tänkte man och
dömde enligt andra principer. Öga för öga, tand för tand var lätt att förstå.
Vedergällning var den enda rättvisan. Vad som förloras genom annans
handaverkan skall gottgöras genom att den skyldige åsamkas jämlik
skada. Anna sökte vedergällning, hon önskade livet ur gärningsmannen,
det var en laglig hämnd. Lagmannen begrep omgående att genom Annas
oförmåga att hantera ett gevär, överflyttades den skyldigheten på honom.
Vi har redan noterat att hans personlighet tillät de åtgärder som Annas
behov och lycka krävde.

Han sa säkert åt Anna att hon gott kunde ta med sig Fröydis gevär, för skojs skull eller för säkerhets skull. Mer behövde inte Anna höra, Niels hade som vanligt befriat henne från dagens problem och besvärligheter."

"Sic transit gloria mundi," deklamerade Sune.

"Den har jag hört förut," sa Arvid, "handlar visst om all världens jävligheter och dem ska vi lämna bakom oss. Nu får det vara nog, i fortsättningen ägnar vi oss huvudsakligen åt cykelstölder."

"Väl talat kommissarien."

* * *

Didrik Kestner gick in till Niels Vanleeder på kvällen.

"Hur är det, Niels?"

"Anna är död, dog hon i sjön?"

"Niels, jag är mycket ledsen för vad som drabbat dig och era söner, Anna dog i ambulansen, man gav henne all tänkbar hjälp men det räckte inte."

Niels grep tag i Didriks hand.

"Kan inte leva utan Anna, hjälp mig, Didrik."

Didrik Kestner betraktade sin förtvivlade vän, anade vad för slags tillvaro som väntade honom och hans sönderslitna kropp, han såg den bottenlösa sorgen i Niels ögon och han visste att ingen behandling skulle kunna leda till vare sig kroppslig eller själslig läkning för en så svårt drabbad människa.

"Var lugn käre vän, jag ska hjälpa dig att sova, det är den enda hjälp jag kan ge dig just nu."

Didrik strök försiktigt med handen över Niels kind och talade lågt mot hans öra.

"Jag måste få sova, hjälp mig, Didrik."

Didrik la handen bakom Niels nacke för att ge honom stöd.

"Här svälj, drick lite vatten, drick lite till. Nu får du sova djupt, gamle vän jag stannar hos dig tills du somnat."

* * *

Sönerna Vanleeder kom till sjukhuset den andra dagens morgon och möttes av Didrik Kestner och kirurgen som opererat deras far och som gav dem det tunga beskedet att deras pappa lagmannen Niels Vanleeders tillstånd var mycket allvarligt. Både Gustav och Johan grät när kirurgen redogjorde för pappa Niels svåra skador.

"Det går väl knappast att reparera, va?" frågade Gustav

"Jag antar att du menar återställa och det går inte, han är allvarligt stympad."

"Mamma är död och pappa kommer inte att vilja fortsätta sitt liv i det tillståndet och framför allt inte utan mamma."

Johan snyftade och Gustav la armen om sin yngre brors axlar.

"Du har rätt, han kommer att vilja ta livet av sig så snart han kan."

Tystnaden låg tung i det kliniskt vita besöksrummet, de båda läkarna betraktade sorgset och medlidsamt de två unga männen som utsatts för så grymma förluster under kort tid. De hade inte längre någon familj men de hade varandra och Didrik Kestner såg Niels Vanleeders välkända blick i Gustavs ljusblå ögon, så lika faderns.

"Johan, nu ska vi gå till pappa och tala om att vi tänker ta hand om honom och ge honom all den hjälp han behöver. All hjälp, sa jag och det gör du och jag tillsammans, visst gör vi det?"

"Det gör vi," viskade Johan med skrovlig röst.

Didrik Kestner följde dem till Niels Vanleders rum.

"Var beredda på att han fått sedativ och är bandagerad, ni kommer knappast att kunna föra ett vanligt samtal med honom men han kommer att uppfatta er närvaro. Jag finns här på sjukhuset till er hjälp med vad ni än kan behöva."

Det satt plåster i lagmannens ansikte, mellan plåstren syntes skråmor, resten var en bandagerad kropp med en vit hand som placerat sig strax nedanför halsen. Hans ögon var öppna och uttryckslösa, han såg knappt levande ut. Sönerna ställde sig intill sängen och tog hans hand.

De behärskade sig bortom sin förmåga, talade till honom och uttryckte sin kärlek och önskan att hjälpa och de väntade förtvivlat på en reaktion från vad de såg som resterna av sin stora och ståtliga pappa.

Niels Vanleeder såg på dem och sa några ord som var svåra att uppfatta.

"Är slut," sa han, "har inget kvar," i hans ögon syntes både sorg och vrede.

"Gå nu," sa han och efter en kort stund drog han undan sin bleka hand från deras beröring och slöt ögonen.

De lämnade lagmannens rum, stod kvar i korridoren, betraktade varandra och funderade över den obegripliga verkligheten.

"Det enda vi har är mammas sömnmedel," sa Johan "och det räcker kanske inte."

"Vi talar med Didrik Kestner, han måste hjälpa oss, jag är rädd att det kan bli svårt, omöjligt kanske, svensk lag är i det närmaste omutlig på den här punkten, det har pappa talat om många gånger."

"Kan du tänka dig att medverka till pappas död," frågade Johan knappt hörbart.

"Vet inte, kanske, jo, det kan jag, hans tillstånd är det värsta jag någonsin hört talas om. Kaiser var enormt stark, dessutom var han en mycket stor schäfer, vägde närmare sextio kilo. Minns när jag brottades med honom för länge sedan och knappt klarade av honom och det var ändå en lek. Vem som än hotade mamma var han beredd att döda, det vet vi sedan länge, bara så oerhört sorgligt att det skulle bli pappa som ville detsamma som Kaiser, bara rädda henne. Vi ringer Didrik i morgon"

Johan grep tag i Gustavs arm och höll den hårt fast.

"Jag ställde en fråga, Gustav. Kan du tänka dig att medverka till pappas död? Vi måste fatta det beslutet nu, med eller utan Didrik Kestners hjälp och vi måste vara överens om att det ska ske mycket snart, helst omgående. Ställer du inte upp så gör jag det ensam."

Gustav såg förvånad på sin yngre bror som plötsligt hade tagit ledningen i den svåra processen att hjälpa deras far ur en ofattbart svår situation. Bland släkt och vänner hade man alltid sagt att Gustav var så lik sin far.

Gustav suckade, han hade länge vetat att den tystlåtne yngre brodern ärvt Niels Vanleeders iskalla förmåga att snabbt fatta svåra beslut men det hade aldrig högt noterats i familjen. Han kände sig lättad när han såg in i Johans kalla blå ögon och han sträckte fram sin hand mot honom.

"En för alla, nej förlåt, självklart hjälps vi åt du och jag, Johan.",